마음이 아픈 엄마들을 위한 감정 공부

이젠 엄마의 감정을 돌볼 시간이다

이젠 엄마의 감정을 돌볼 시간이다

초판 인쇄 2026년 1월 15일
초판 발행 2026년 1월 30일

지은이 윤정희
발행인 조현수
펴낸곳 도서출판 프로방스
기획 조영재
마케팅 최문섭
편집 문영윤

주소 경기도 파주시 광인사길 68, 201-4호(문발동)
전화 031-942-5366
팩스 031-942-5368
이메일 provence70@naver.com
등록번호 제2016-000126호
등록 2016년 06월 23일

정가 20,000원
ISBN 979-11-6480-408-5 (03810)

이젠
엄마의 감정을 돌볼 시간이다

마음이 아픈 엄마들을 위한 감정 공부

윤정희 지음

P 프로방스

　더 멋진 엄마, 좋은 엄마가 되고 싶으면 일단 엄마인 나 자신의 감정부터 돌보라고 이야기합니다. 핵심 감정과 부정적 감정을 직면하고 마음의 상처부터 치유하라고요. '좋은 엄마'가 되기 위한 온갖 '해야할 일 리스트'가 판을 치는 시대에, 진정으로 아이를 위한다면 내 마음 먼저 돌보라는 윤정희 작가의 외침은 그 자체로 위로가 됩니다. 특히 이 책은 단순히 저자의 에피소드를 들려주는데 그치지 않고 치료사의 입장에서 실질적인 도움을 잔뜩 제공합니다. 엄마가 된 후 감추고 싶었던 내면아이를 만나게 된 엄마들, 아이에게 부정적 감정의 유산을 남겨주고 싶지 않은 엄마들, 무엇보다도 아이를 사랑하는 만큼 나 자신을 아끼고 잘 돌보고자 하는 모든 엄마들에게 이 책을 추천하고 싶어요.

김애리

《여자에게 공부가 필요할 때》, 《어른의 일기》 저자, 콘텐츠기획자 엄마가 되고서 많은 부분이 달라졌다. 이전에는 나를 위한 삶을 살았지만, 엄마가 되면서 많은 부분을 포기하며 자녀를 건강하고 행복하게 키워야 한다는 책임감을 가지고 살아간다. 그 과정에 행복한 순간도 많지만, 마음 아프고 속상한 부분들을 의도치 않게 경험한다. 엄마가 되지 않았다면 몰랐을 부분들, 경험하지 않아도 될 일들이 참 많다. 알지 못했던 내면아이가 불쑥 찾아와 잔잔한 마음을 흔든다. 멋진 엄마, 좋은 엄마로 살아가고 싶은데 생각처럼 잘되지 않는다. 숨기고 싶었던 순간들이 현실에 파고들면서 요동치는 감정을 다스리기가 어렵다. 이제는 자녀를 돌보느라 놓치고 있었던 엄마의 감정을 돌봐야 한다. 엄마 자신의 마음이 어떠한지 더 물어봐야 한다.

'지금 마음은 어때?', '괜찮아?', '도와 줄 것은 없어?'

핵심 감정과 부정적 감정을 통하여 삶의 무게를 느끼고, 마주할 때마다 벗어나려고 안간힘을 쓴다. 하지만 벗어나려 할수록 더 빠져들게 된다. 이 감정을 금방 알아차리면 좋은데, 안타깝게도 오랜 시간이 지나고서야 알게 된다. 마음의 상처를 치유하기 위해서는 엄마 자신의 마음을 가장 먼저 파악해야 한다. 지금 내가 느끼는 감정이 무엇이며, 이 감정이 왜 왔는지 알아야 한다. 그 원천을 알면, 어쩔 수 없었던 그때를 위로하고 이해하게 된다. 비로소 치유의 길에 접어들 수 있다. 나를 흔드는 것이 타인이 아니라 바로 나임을 알게 되고, 나를 변화시키기 위해 방법을 찾는다. 사람마다 나타나는 핵심 감정이 다르지만, 치유의 과정은 거의 비슷하다. 많은 책에서도 각자의 방법을 통해 치유하는 과정이 소개되어 있는데, 대부분 비슷한 경로를 가진다.

나는 로고테라피(Logotherapy)라는 심리치료 이론과 여러 책에서 읽은 것을 토대로 감정 공부를 시작했다. 제일 먼저 자주 찾아오는 핵심 감정을 알고 많은 대화를 나눈다. 나의 감정을 가장 잘 아는 사람이 나 자신이기에 많은 시간을 투자해야 한다. 상처받고 울고 있는 내면아이가 있다면 내면아이를 위로해 주고, 부정적 감정에서 벗어나기 위해 바로 행동강령을 만들고 실천해야 한다. 행동강령을 통하여 핵심 감정이 자신에게 머무는 시간을 줄여줄 수가 있다.

다음으로 칭찬 일기, 감사 일기, 확언 일기를 쓴다. 이 부분이 거의 모든 책에서 강조하는 것들이다. 과연 이것들이 실질적으로 도움이 될지 의문이 생기겠지만, 아주 조금씩 치유되는 자신을 발견할 수 있을 것이다. 평소에 하던 일들도 당연한 것으로 여기지 말고, 의미를 부여하고 칭찬해 주며, 현재의 삶에 감사함을 느끼는 연습을 한다. 앞으로 어떤 사람으로 살아갈 것인지 긍정적인 단어를 사용하여 나에게 소리 내어 이야기해 준다.

시작은 아주 작지만, 얻는 효과는 매우 크다. 이 작은 하나가 나의 삶을 대하는 태도를 바뀌게 해준다. 사랑받지 못했다고 생각한 사람에게는 이미 사랑받고 있었음을 알게 하고, 타인에게 상처를 받은 사람은 타인을 용서해 주고 이해함으로써 그들보다 더 멋진 사람인 것을 확인하게 된다. 자신의 가치를 알게 됨으로써 잃어버렸던 자존감과 상실감을 회복할 수 있다. 예전과 다름없는 환경이지만 일상에서 느껴지는 풍만함은 더 커질 것이다.

내가 나를 돌보고 사랑하는 법을 배우면 옆에 있는 가족에게까지 좋은 영향을 미친다. 바로 엄마의 영향력이 아이들에게까지 미치는 것이다. 아이들은 엄마와 보내는 시간이 가장 많다. 엄마의 밝은 표정과 좋은 말을 듣고 자란다면 아이도 밝고 행복한 아이로 클 수 있다. 엄마에게 상처와 시련이 와도 긍정적 태도를 가지고 회복 탄력적으로 살아가는 모습을 보인다면, 아이들은 실패했을 때, 일어서는 법을 가르쳐 주지 않아도 스스로 극복할 수 있다. 책에서 읽은 글이나 강연에서 들은 말보다, 엄마가 하는 행동과 말이 아이들은 흡수를 잘한다. 만약 아이들이 잘못된 길로 가고 있다면, 엄마의 태도와 행동이 어떠한지 먼저 살펴봐야 한다. 아이에게 대하는 태도와 행동이 어긋난다면, 엄마의 마음은 분명 편안한 상태는 아닐 것이다. 가장 먼저 엄마의 마음부터 달래주길 바란다.

이 책의 2장에 나온 것처럼, 나는 자주 느끼는 감정들이 무엇인지 알아보았다. 그다음 4장의 감정 공부를 통한 회복하는 과정에서 홀로서기하는 법을 터득했다. 이것은 심리상담사로 상담할 때,

이젠 엄마의 감정을 돌볼 시간이다

내담자와 공유하며 치료하는 부분이기도 하다. 감정 공부를 하면 어려운 부분도 많고, 자신과 잘 맞지 않는 부분도 많다. 하지만 자신과 맞는 부분을 파악하여 치유의 길을 찾아가면 된다. 마음이 아픈 엄마들이 많음에도 불구하고 자신은 강하고 아프지 않다고 인식하는 엄마들이 제일 안타깝다. 그 엄마들에게 지금 마음이 힘들고 마음이 아픈 상태라고 말하기도 조심스럽다. 마음이 아프다고 해서 엄마의 잘못이거나 정신이 나약한 것은 절대 아니다. 그동안 애를 많이 쓰고 최선을 다한 삶을 살았기에, 그 고통의 한계를 알지 못하고 과부하가 된 것이다. 자신의 마음이 아프다는 것을 아는 엄마는 스스로 이를 받아들이고, 벗어나려는 노력을 통해 마침내 그 감정의 주인이 되어서 살아가고 있다. 그렇기에 감정 공부는 끊임없이 해야 한다. 언제 갑자기 시련과 역경이 올지 모르기 때문이다. 그렇다고 두려워하며 지낼 필요는 없다. 4장에 나온 것을 잘 기억하고 실천하면 된다. 어떻게 해야 하는지 알고 있으면 어떤 시련도 극복해 나갈 수 있다.

　마음이 아픈 엄마들이 있다면, 함께 걸어가 보자고 말하고 싶다. 나 역시 마음이 아픈 순간들과 많은 시련이 있었지만, 이제는 일어서는 법을 조금 알게 되었다. 타인에게 말할 수도 없고, 알아주지도 않고, 혼자서 많이 울고 있을 엄마들이 많다는 것 또한 알고 있다. 나도 혼자서 많이 울고, 막막한 미래가 두려워 도망가서 숨고 싶었다. 하지만 떠날 수 없었다. 내가 지켜야 할 아이와 가족이 있었기 때문이다. 내가 살아야 할 이유가 바로 여기에 있다.

그렇기에 나처럼 힘든 시간을 보낸 사람이 있다면, 주저하지 말고 함께 걸어갔으면 좋겠다. 엄마는 감정 공부를 통해 스스로 일어나서 멋진 50~60대를 살아갈 수 있다. 또한 그동안 잊고 있던 좋아하는 일, 할 수 있는 일, 그리고 새로운 꿈을 찾아 현재를 살아갈 수 있다. 20대처럼 무엇이든지 할 수 있는 자신감을 되찾을 수 있다. 이제 다시 태어나 엄마의 길로 걸어가면 된다.

그뿐만 아니라 사춘기가 온 자녀와 잘 지낼 수 있고, 아이들이 독립할 때 손뼉을 치며 떠나보낼 수 있다. 매일 이해 안 되고 밉던 남편, 어려운 인간관계도 어렵지 않게 된다. 나 혼자라면 힘들지

이젠 엄마의 감정을 돌볼 시간이다

만, 나와 비슷한 누군가와 함께하면 충분히 해나갈 수 있다. 더 이상 힘겨워하지 말고 나의 블로그를 방문하여 쪽지를 남겨주길 바란다. 숨어서 혼자 힘겹게 울고 있을 엄마들을 만나고 싶은 마음에 글을 쓰기 시작했고, 내가 이 책을 출간하는 이유다. 나처럼 오랜 시간 어둡고 캄캄한 터널을 혼자 걷지 않길 바란다. 함께 걸어갈 한 명만 있다면 그래도 살만한 세상이다. 그 한 명을 멀리서 찾지 않았으면 좋겠다. 그리고 그렇게도 바라던 멋지고 마음이 건강한 엄마가 될 수 있다. 더 이상 힘들어하지 말고, 내 삶의 주인공이 되어보자. 이젠 엄마의 감정을 돌볼 시간이다.

---

* 본문에 나오는 이름은 모두 가명임을 알립니다.

차 례

Chapter 1.

아이보다 엄마의 마음이 우선이다

Chapter 2.

엄마가 되고서 마음이 아프다 – 엄마의 부정적 감정

Chapter 3.

아픈 엄마의 감정을 받아들이는 과정

Chapter 4.
감정 공부를 통하여 회복하기 위한 발버둥
– 홀로서기 하는 법

Chapter 5.

감정 공부 후 달라지기 시작한 것들 – 엄마의 긍정적 감정

Chapter 6.

이제서야 엄마의 길을 걷는다

Chapter 1.

아이보다
엄마의 마음이
우선이다

1.

엄마가 되고서 모든 것이 달라졌다

나를 닮은 아이, 누구에게도 없는 작고 작은 생명이 태어났다. 그 생명이 안전하고 예쁘게 커가는 모습을 보면서 좋은 엄마가 되기 위해 애를 많이 쓴다. 엄마가 되어보지 않고는 어떤 일이 일어나는지 모른다. 결혼하고 나면 삶이 달라진다고 하지만, 사실 아이가 태어나고 진짜 삶이 달라진다. 삶의 변화는 우리가 생각하는 것 이상이다.

엄마는 임신하면서부터 건강한 아이로 태어날 수 있게 체중 관리, 영양 균형 등 출산 준비를 하게 된다. 또한 아이가 생후 2개월부터 18세가 되기까지 돌보고 감독하는 보육을 한다. 자녀가 안

이젠 엄마의 감정을 돌볼 시간이다

전하고 건강하게 자랄 수 있게 돌보는 것이다. 의식주를 잘 해결해 준다면 자녀는 건강하게 클 수 있다. 엄마의 역할은 아이를 잘 보육하는 것으로 끝나는 게 아니다. 엄마들이 가장 어려워한다는 양육과 훈육을 한다. 양육은 아동이 성인으로 잘 성장할 수 있도록 돌보면서 지적, 사회적 능력을 길러주는 일이다. 그리고 훈육을 통해 의도하는 특정한 인성이나 행동 특성을 가지도록 한다. 자녀가 성인이 되었을 때, 스스로 생활하는 힘을 길러주는 것이 바로 양육과 훈육의 최종 목표다. 안타깝게도 엄마들은 이 두 가지에 대한 적절한 방법을 잘 모른다. 그래서 아이를 키우는 일이 어렵고 힘들다고 느낀다. 엄마는 부모에게서 배운 그대로 자녀에게 적용하는 경우가 있고, 많은 서적이나 강연, 영상을 통해 배운 것을 자녀에게 적용하기도 한다. 자녀가 어릴 때는 책과 영상에서 본대로 커가는 것 같지만, 커갈수록 엄마의 예상과 다르게 커간다. 이때야 엄마가 하는 양육과 훈육 방식이 맞는 것인지 의문을 가지게 된다.

자녀가 사춘기에 이르면 감정과 지성이 폭발적으로 성장한다. 특히 이 시기에 엄마는 이전의 훈육 방법이 잘못되었다는 것을 자식의 행동과 태도의 변화로 확신하게 된다. 보육 위주로 해주던 어릴 때가 가장 쉬웠다는 것을 알게 된다. 의식주 마련은 기본이 되고, 지적 능력을 길러주기 위해서 가장 많은 시간과 돈을 투자한다. 직접 자신의 아이를 가르치기도 하지만, 그것은 쉬운 일이 아님을 알게 된다. 학생들을 가르치는 교사도 자신의 자녀를 직접 가르치기보다, 학원을 보내거나 과외를 시키는 이유도 여기에 있다. 다른 사람의 아이를 가르치는 것은 할 수 있으나, 자기 자녀를 가르친다는 것은 감정이 섞이고, 잘했으면 하는 생각에 참고 기다려주지 못한다. 그래서 자녀에게 싫은 소리를 하게 되고, 관계가 나빠져 타인에게 도움을 요청하기도 한다.

지식과 정보가 넘치고, 인공지능이 많은 일들을 해가고 있는 요즘, 지식을 습득하는 방법도 달라지고 있다. 친구를 사귀는 것도 놀이터나 학교보다, 학원이나 인터넷상에서 만나서 소통하는 경우가 많다. 대면으로 사귀고 대화하는 것보다, 온라인으로 소통하는 것이 많다 보니, 아이의 사회성이 부족해진다. 특히 자신이 가장 중요하고 세상의 주인공이 되어서 살아가야 한다고 생각하는 아이도 있다. 어떤 부모는 자신의 아이가 최고이고, 자신의 아이를 중심으로 세상이 돌아가지 않을 때는 불편함을 호소한다. 심지어 훈육을 제대로 받지 못한 아이는 고학년이 될수록 사회적으로 고립되고, 친구와 대립하는 경우가 생긴다.

단순히 아이의 성격이 내성적이고 외향적인 것을 떠나서 사람을 대할 때 존중과 배려가 무엇인지 모른다. 안타깝게도 그것을 인지하지 못하고 아이들이 잘못 커가는 것을 내버려두는 부모가 많다. 결핍 없이 자라는 아이는 커서 사회생활을 하다가 부족함을 느끼면 못 견디고 좌절에 빠진다. 가진 것이 넘치더라도 결핍을 만

이젠 엄마의 감정을 돌볼 시간이다

들어줘서 그 결핍을 극복하고 채워가는 것을 가르쳐야 한다. 아이의 결핍을 안타깝게 생각하여 부모는 아이가 원하는 것을 무조건 다 해주는데, 이것은 바람직하지 않다. 부모가 해줄 수 없는 것이 많을수록 결핍이 많다는 것을 의미한다. 그 결핍이 아이를 더 성장시키고 성숙하게 만든다고 생각한다.

내가 첫째만 낳고 외동딸로 키웠다면 아마도 첫째는 더 힘들게 자랐을 것 같다. 첫째의 행동 하나하나에 시선이 집중되고 딸의 자율성을 빼앗았을 것이다. 딸의 모든 것을 확인하고 딸의 길을 만들어 주려 했을 것 같다. 나에게 두 명의 딸이 있는 게 얼마나 다행인지 모르겠다. 둘째가 태어나고 첫째에게 집중되던 것이 둘째와 분산되었다. 엄마인 내가 둘째를 돌볼 때면 첫째는 혼자서 놀고 기다리는 법을 배웠다. 딸에게 주어진 결핍이 무엇이며, 내가 만들어 줄 수 있는 결핍이 무엇인지 자주 생각한다. 엄마가 못해줘서 미안한 것이 아이의 성장을 돕는 영양분이라고 생각하고 그 결핍이 있다는 것에 감사하다.

또 엄마는 자녀를 안전하고 건강하게 성인으로 자랄 수 있도록 돌봐야 하고, 말과 글을 가르치고, 사회생활을 잘하게 사회성을 길러주어야 한다. 그렇기에 엄마는 자식을 잘 가르치기 위해서 다시 책을 펴고 공부를 시작한다. 가끔 그것이 아이를 위한 공부인지, 엄마를 위한 공부인지 헷갈리기도 한다. 아이의 학년이 바뀔 때마다 엄마가 공부하는 과목과 수준이 달라진다. 한글과 숫자를 가르치던 것이, 이제는 중학교 3학년 수학책을 보고 있다. 다시는 보지 않을 것 같은 교과서를 펼치고 공부를 한다. 정해진 답이 있는 교과 과목과 달리, 답이 없는 인성과 사회성을 가르치는 것은 사실 어렵다. 어떤 인성이 좋고, 상황에 따라 어떻게 행동해야 하는지의 명확한 정답이 없기 때문이다. 아이가 마음이 편안하고 안정되어야 스스로 만족하며 행복하게 살아갈 수 있기에 엄마는 공부를 한다.

어디를 가나 훈육을 잘 받은 아이는 티가 난다. 아이의 행동이 잘못되면 가장 먼저 부모가 잘못 가르쳐서 그렇다고 생각한다. 그래서 새로운 장소에 가거나 새 학년이 되면 적응 기간에 엄마도 같이 긴장하며 예민해진다. 아이는 부모 중에서도 주 양육자인 엄마에게 영향을 가장 많이 받기에, 많은 책임이 엄마에게 전가된다. 어떤 엄마든 자녀를 잘 키우고 싶어 한다. 그래서 엄마는 아이가 정서적으로 안정되고 타인과 원만하게 살아갈 수 있는 방법을 찾아본다.

아이들은 각자 나름의 기질을 가지고 태어난다. 같은 배에서 태어난 나의 두 딸도 다른 것을 보니, 타고난 기질을 무시할 수가 없다. 각각 다른 기질을 만나면서 나는 처음부터 육아를 다시 시작하게 되었다. 첫째에게 하던 방식대로 둘째에게 적용할 수 없었고, 알아야 할 것이 몇 배로 많아졌다. 첫째가 태어나면서 엄마의 진짜 일이 시작되고, 둘째가 태어나면 일이 두 배가 되고, 셋째가 태어나면 일이 제곱이 된다고 한다. 그만큼 자녀가 많아질수록 일이 폭발적으로 늘어난다. 신기하게도 엄마들은 자녀 수에 상관없이 임무를 완수한다. 그 속에서 값진 보람과 기쁨을 느낀다. 하지만 좋은 일만 있으면 다행이지만, 예상과 다르게 흘러가기도 한다. 나 역시 최선을 다해서 돌보지만, 간혹 딸의 어긋난 행동을 볼 때면 그동안 공부하고 노력한 것에 회의가 든다. 때로는 엄마의 잘못된 양육 방식이 도리어 아이들에게 상처가 되고 화로 돌아오기도 한 다. 지금까지 해온 양육 방식이 맞는다고 생각했는데, 아이들이 상 처를 받거나 타인에게 피해를 준다. 이럴 때 가장 먼저 내 아이가 타인을 배려하지 못한 일을 생각한다. 여기서 딸의 어긋난 행동을 보고 가만히 있을 수가 없다. 다시 처음부터 공부하고 행동을 고 쳐서 딸들에게 양육과 훈육을 하게 된다.

엄마가 되고선 넘어져도 다시 금방 일어나야 한다. 미처 몰랐던 잠재적 능력을 발휘하며 이전과는 전혀 다른 삶을 살아간다. 엄마 가 되면서 세상이 달라지고 놀라운 변화가 생긴다. 내가 생각해 온 미래와 다른 모습을 직면하면서 하루를 또 시작한다.

왜 맨날 미안한 엄마인 걸까

엄마라는 사람은 늘 자식에게 미안하다. 아침에 눈을 뜨면서부터 아침밥은 무엇을 해줄지 생각하게 된다. 무거운 몸을 일으키고 부엌으로 나가 생각해 둔 요리를 한다. 단백질과 탄수화물을 골고루 챙겨주지만, 등교할 준비로 바쁜 아이들은 입에 한가득 넣고 몇 분을 씹는 둥 마는 둥 하고는 자리에서 일어난다. '좀 더 먹으면 좋을 텐데….' 열심히 차린 밥상 앞에서 아이들에게 밥투정한다고 잔소리한다. 학교에 가서 배는 고프지 않을지, 점심은 제대로 먹을지 걱정한다. 최대한 밝은 표정으로 등교 시간에 맞춰 떠나보내고 싶지만, 오늘도 그렇게 하지 못함에 미안하다. 요즘 들어 자주 화난 얼굴로, 흥분된 목소리로 아이들을 대한다. 아이들에게 화를 내다보면 그 감정의 찌꺼기가 생각보다 오래 남아 죄책감으로 다가온다.

아이들이 학교에 간 오전 시간은 느리게 흘러간다. 늘 곁에 있는 강아지 보리가 그림자처럼 나를 따라다니고, 미루고 있던 집안일을 하나씩 해나간다. 긴 시간이 지났을 무렵, 아이들이 돌아올 시간을 확인하며 알람이 울리길 기다린다. 항상 수업 마치기 20분 전, 학교 주차장에 차를 세우고 기다린다. 교문 앞에서 둘째를 기다리는 동안 설렘으로 가득하다. 멀리서 나를 보고 달려오는 모습을 지켜볼 때는 나도 모르게 입꼬리가 올라가며 미소를 짓게 된다. 둘째와 함께 첫째의 중학교로 향한다. 이제부터가 전쟁의 시작이다. 다른 집 자매들은 서로 사이좋게 지낸다지만 우리 딸들은 만나기만 하면 싸운다. 돌아오는 차 속에서 조용히 돌아온 적이 몇 번 없을 정도다. 그래도 아이들이 건강하다는 뜻이고, 이 소음은 잠시 스쳐 가는 천둥소리와 같다고 각인시킨다.

돌아오는 차 속에서 반 친구들과의 생활은 어떠했으며, 수업은 재미있었는지 등 여러 이야기를 듣는다. 아이들이 낯선 타국으로 이사 와서 적응하는 동안 속상한 적이 많았기에, 내 신경들은 온통 아이들의 목소리에 집중한다. 또래보다 키가 아주 작은 둘째는 대부분 키에 관련된 이야기보따리를 푼다. 키가 큰 친구가 둘째에게 왜 키가 작냐고 물었고, 둘째는 키가 작은 것도 좋은 점이 많다고 대답을 한 것이다. 둘째가 속상하지 않았을지 내심 걱정이 되었지만, 잘 대처한 것 같았다. 평소 둘째에게 누군가 키가 작다고 물으면 키가 큰 상대방을 칭찬하는 말을 하라고 당부했다. 친구가 놀리는 것에 반응하면 속이 더 상하니, 적절한 대화법을 찾아 둘째와 미리 연습도 했다. 상대방을 칭찬함으로써 두 명 모두 기분이 좋아지는 것을 택하도록 한 것이다. 둘째는 태어날 때부터 작게 태어나고, 잘 먹지도, 자지도 않더니 결국 키가 작다. 조금만 더 먹어주면 좋을 텐데. 그래서 둘째가 좋아하는 메뉴를 찾고 요리를 해주려고 한다. 자녀의 성장 속도가 느린 것은 모두 엄마의 결과물 같다. 엄마의 노력이 부족하기에 자녀가 작고 친구들에게 놀림을 받는 것 같다.

이사 오기 전 첫째는 친구가 많아 학교 수업이 끝나면 친구들과 놀고 오느라 바쁜 학생이었지만, 이곳에서는 학교를 마치자마자 바로 집으로 돌아온다. 휴대전화에 저장된 친구도 3명뿐이며, 간혹 문자를 하지만 전화는 하지 않는다. 중학교에 들어가니 친구를 사귀는 것은 모두 아이 스스로가 해야 한다. 이미 관계가 형성되어져 있어서, 사실 무리 속에 들어가기 힘들다. 첫째는 자기처럼 새로운 곳에 온 지 얼마 되지 않은 아이가 혼자 있으면 슬며시 다가가 이야기를 나눈다. 엄마인 내가 첫째의 친구를 집으로 초대하고 함께할 시간을 만들어줬다면, 첫째가 친구를 더 많이 만나고 외롭지 않을 텐데, 그렇게 못 해줌에 항상 미안하다.

하루는 첫째가 학교를 마치고 다급히 처음 보는 친구와 함께 나에게 다가왔다. 이야기를 들어보니, 친구 오빠가 갑자기 병원에 가게 돼서 엄마가 학교에 데리러 올 수 없다는 것이었다. 결론은 그 친구를 병원에 데려다 달라는 거였다. 알고 보니 병원이 우리가 살고 있는 아파트 바로 앞에 있었고, 우리 셋은 함께 병원으로 향했다. 아이들이 뒷좌석에 앉아 이야기를 나누는데, 오랜만에 또래 친구와 이야기하는 모습을 보니 흐뭇했다. 친구도 상냥하고 조용해서 첫째와 잘 어울려 보였다. 병원에 도착해서 첫째의 친구 엄마와 오빠를 만나 간단한 인사를 나누고 헤어졌다. 첫째가 친구와 더 이야기를 나누면 좋았을 텐데, 항상 스쳐 가는 사람처럼 인사를 하니, 이번에도 깊은 친구 관계를 유지하지 못할 것 같았다. 어느덧 첫째는 친구 사귀는 것에 소극적인 아이가 되어 가고 있었다.

'그동안 내가 딸들을 너무 내성적으로 키웠나?', '너무 기죽게 했나?' 양육 방식에 대해서 생각해 본다. 나는 아이들이 어릴 때부터 잘 키워 볼 거라고 육아에 관련된 공부를 많이 했다. 자녀 키우는 법은 머리로는 알아도 현실적으로 자녀에게 그렇게 행동하기란 어렵다. 아무리 내가 잘하고 노력하더라도 변수가 많이 존재한다. 현실적으로 자녀에게 영향을 가장 많이 미치는 것은 가정환경이다. 그렇기에 가정환경을 좋게 만들기 위해 노력을 많이 했음에도 불구하고 자녀에게 비치는 모습은 아닐 때가 더 많다. 남편과의 의견 충돌로 아이들에게 불안한 환경을 노출시키면, 아이들은 엄마

아빠 사이가 좋지 않다고 생각했다. 그래서 싸우고 난 후에는 아이들에게 왜 싸우게 되었고, 이제는 화해하였다며 놀라고 무섭게 해서 미안하다고 안심을 시켰다. 수용적이고 이해력이 좋은 부모라면 아이들을 더 행복한 가정환경에서 키울 것이라 생각한다. 아이들에게 화목한 부모의 모습을 보여주지 못해 항상 미안하다. 다른 사람들은 자녀에게 잘해주는 것 같은데, 우리 부부는 왜 이렇게 안 될까? 천사처럼 태어난 아이를 부모가 망치고 있는 것 같다.

아이들에게 좋은 것만 보여주고 싶고, 많은 경험을 쌓게 해주고 싶은데 항상 돈과 시간, 체력이 부족하여 실천하지 못한다. 충분히 노력하고 열심히 살아온 것은 맞지만, 아이들에게는 늘 미안할 뿐이다. 오랫동안 알고 지내 온 미영 언니는 어린 딸에게 항상 엄마가 부족해서 미안하다고 말한다. 하지만 나는 아이들에게 미안하다는 말보다, 엄마가 노력했는데 잘되지 않는 것이 있고, 너희가 잘 이해해 줬으면 좋겠다고 말한다. 미안하다고 표현하지 못하는 것은 나의 속내를 들키고 싶지 않기 때문이다. 엄마는 자녀의 모든 것에 책임을 지는 것 같다. 아이들의 성장이 느리거나 사회에 적응하지 못하면 모든 것이 엄마의 책임으로 돌아온다. 어떤 엄마가 되든지 항상 부족한 엄마가 되는 것 같다.

아이의 성장과 학습 속도가 느린 것, 자녀의 성격이 활발하지 못하고 적극적이지 않은 것 모두 엄마의 정성과 훈육이 부족하여

이젠 엄마의 감정을 돌볼 시간이다

나온 결과인 것 같다. 하루도 이런 부족함을 느끼지 않는 날이 없다. 완벽한 사람은 있을 수 없다는 것을 알고 있지만, 마음처럼 자신에게는 너그러운 마음으로 대하지 못한다. 스스로 완벽하지 않음에 아이들에게만 완벽하길 바란다. 아이들이 힘들어할 것을 잘 알기에, 미안한 마음은 항상 든다. 언제까지 미안해야 할까? 그리고 왜 그렇게 엄마의 단점을 보완하기 위해 자녀에게 투영하며 살아야 하는지 모르겠다. 분명 좋은 엄마가 되고 싶은데 생각처럼 되지 않고, 늘 부족한 아이로 만들어 가는 나 자신을 발견할 때마다 죄책감은 더 든다.

오늘 하루 아이들이 행복하길 바라면서, 매번 엄마는 엇나간 말과 행동을 하는지 그 이유를 알 수가 없다. 엄마의 행동이 어쩌면 또 다른 금쪽이를 만들고 있을 줄 모른다는 긴장감 속에서 살아가고 있다. 엄마가 짊어진 삶의 무게는 아빠가 느끼는 가장의 무게만큼 무겁다.

3.

아프고 나서야 엄마 자신을 만나게 된다

아픔은 나도 모르는 순간 찾아온다. 결혼 3년 차에 불안과 우울이란 이름으로 거대한 시련이 나에게 찾아왔다. 평범한 삶을 살고 있는 나에게 왜 이런 시련이 왔는지 이해할 수가 없었다. 결혼 초반은 달콤한 신혼이라고 하지만, 우리는 상대방을 원망하거나 자책하는 일이 더 많았다. 그 결과 결혼을 왜 택했는지 다시 생각하게 되고, 함께 걸어가야 할 길에 관해 이야기를 나눴다. 그러고 보니 우리는 결혼 이후의 삶을 예상하거나 대비를 하지 않았다. 그냥 같이 살면 되는 것이고, 자연스럽게 살아질 것으로 생각했다. 결혼 후의 삶의 변화를 받아들이지 못하면서 수많은 부정적 사고가 쌓이고 있었다. 결혼하자마자 바로 임신을 하였고, 다음 해에 첫째가 태어났다. 첫째는 웃는 모습이 너무나도 예쁘고, 잘 먹고 잘 자는 순한 아이였다. 하지만 아이가 태어나고 평소의 삶에 육아라는 일이 추가되면서 서서히 몸과 마음이 지쳐갔다. 첫째가 걷기 시작할 때 공황장애가 왔고, 우울함이 가득한 나날을 보내게 되었다.

그때는 심장과 갑상샘에 문제가 있는 줄 알고 응급실과 병원 탐방을 했다. 몸에 이상을 느낀 뒤 뒤늦게 정신의학과에 가서 우울증, 공황장애, 불안장애인 것을 알게 되었다. 시련과 동시에 내 삶의 방향도 바뀌고 있었다. 더 이상 현실을 부정하고 받아들이지 않으면 살아갈 수가 없었다. 결혼 전에는 오로지 나만 생각했다면 결혼 후에는 아이, 가족이 함께 나가는 방향을 생각하고 내가 하고자 하는 것들은 모두 우선순위에서 후순위로 보내야 했다. 현실을 받아들이는 과정이 순조롭게 수용되지 않았다. 나를 돌보지 않음으로써 점점 아파 가고 있었다.

세상이 무너질 것 같은 공포, 내가 죽을 것 같은 두려움이 나의 불안을 키우고 있었고, 혼자서는 길을 걸을 수가 없었다. 누군가 다른 사람이 있거나 유모차가 있어야 밖으로 나갈 수 있었다. 약 4개월 정도 약을 먹고 증상이 완화되자, 약을 중단했다. 정신과 약은 6개월 이상 복용해야 효과를 본다고 했지만, 둘째를 가질 계획이 있어서 약 복용을 빨리 중단해야 했다. 혹시나 임신 과정에 영향을 미칠까 봐 두렵고 걱정이 되었다. 그래서 약 복용을 서둘러 멈췄다. 다행히 단약 6개월 후 둘째가 임신이 되었고, 복용한 약은 아무런 영향이 없었으며, 작고 건강한 둘째가 태어났다.

　　네 식구가 되면서 가득 차고 안정된 느낌이 들었다. 우리 부부는 동일한 목표로 서로 맞춰가고 있었다. 딸들이 커가는 모습을 보면서 보람도 느꼈다. 그런 기쁨도 잠시, 남편의 회사 이동으로 주말부부를 하게 되었다. 환경의 변화와 아이들을 혼자 돌보면서 두 번째 공황이 찾아왔다. 이번에는 더 거세고 파동이 컸다. 큰 사고가 있다거나, 경제적으로 힘들거나 인간관계가 힘든 것도 아니었는데 왜 또다시 시련이 왔는지 이해가 되지 않았다. 무엇이 나를 이렇게 힘들고 지치게 했는지 이유를 알 수 없어 답답했다. 나보다 더 어려운 사람들도 아이를 잘 키우고 살아가고 있는데, 나에게 왜 왔는지 이해가 되지 않았다.

　　무엇을 잘못하였기에 이런 시련이 왔나요?
　　제가 마음이 약한 것일까요?
　　제가 너무 많은 욕심을 부린 것일까요?

　　두 번째면 더 익숙해질 만도 한데 두 번째 시련의 길은 어둡고 길었다. 시련이 오면 나 자신과 대화하는 시간을 많이 가지는데, 이번에는 긴 대화를 이어갔다. 몸이 아프면 약을 먹고 며칠 앓으면

　　　　　　　　　　　　이젠 엄마의 감정을 돌볼 시간이다

깨끗하게 그 병이 낫게 된다. 하지만 정신적으로 아프면 언제 낫는지, 고통은 언제 사라지는지 알 수가 없다. 정신의학과를 방문한다는 사실 자체도 주변 사람에게 알려지는 것이 싫었고, 무엇보다 타인의 시선이 두려웠다. 그리고 이 사실이 초등학교에 막 입학한 첫째에게 영향을 미칠까 봐 더 숨기고 싶었다. 겉으로 드러나는 아픔이 아니어서, 타인이 이해하고 공감해 주기 쉽지 않다. 이전에 비슷한 경험을 가지지 않고서는 정신적 어려움을 이해하기는 진짜 어려운 것을 잘 알기에, 더 이야기하지 않았다. 자녀가 초등학교에 입학하고 나서 엄마들은 모든 신경이 아이에게 집중된다. 그래서 엄마들은 아이의 친구 사귀는 것을 비롯해 학습 정보와 소문에 관심이 많다. 그렇지만 나는 엄마들과 공동 관심사로 이야기를 나누고, 그들의 말을 듣는 것조차 힘이 들었고, 자연스럽게 엄마들 모임에서 빠지게 되었다.

남편의 부서 이동 발령이 완료되면서 드디어 네 식구가 한자리 모이게 되었다. 환경이 바뀐 만큼 남편도 적응하느라 바쁘고 힘들어 보였다. 남편에게 무거운 짐을 더 이상 지게 할 수 없었고, 나의 아픔을 전달하고 이해해 달라고 할 수 없었다. 다만, 병원에 갈 때만 같이 가달라고 부탁했다. 병원에 혼자 가면 엘리베이터 타는 것, 길을 걷는 것, 혼자 있는 것 자체가 죽을 것 같은 공포가 왔기에, 어린 딸과 택시를 타고 갔다. 당시 초등 1학년이었던 어린 첫째는 나에게 든든한 버팀목이 되었다. 하지만 한글을 읽기 시작하는 나이였기에, 더 이상 딸과 함께 병원 가는 것을 멈추고 싶었다.

그때 첫째가 물었다

"엄마, 어디 아파? 병원에 왜 가는 거야? 정신의학과는 뭐야? 왜 저기 할머니들, 할아버지들은 어디가 아파서 오셨어?".

"여긴 마음이 아파서 오는 곳이야. 그래서 이곳에 온 거야."

첫째에게 이곳이 어떤 곳인지 길게 설명하지 못했다. 엄마가 아프다는 것을 숨기고 싶었고, 무엇보다 아이들에게 엄마의 불안과 우울을 보여주고 싶지 않았다.

첫 번째 공황장애를 앓고 나서 현실에 만족하고 행복은 곁에 있다는 것을 알게 되었지만, 그 배움으로도 두 번째 공황장애는 쉽게 치유되지 않았다. 두 번째라 더 나를 힘들게 하고 있었다. 아이들이 잠들고 고요한 밤이 되면 심장 박동 소리는 천둥처럼 들렸고, 잠을 자고 싶었지만, 잘 수가 없었다. 불면증에 시달리면서 아이들을 재운다고 틀어둔 자장가 소리에 귀를 기울이며 두려워 떨고 있는 나와 이야기를 나눴다.

왜 이렇게 힘들고 벅차지?

내가 욕심이 많아서 이렇게 두 번이나 시련이 찾아온 것일까?

다른 사람들은 잘 극복하고 살아가는데 왜 나는 이렇게 나약할까?

이 우울의 터널에서 벗어날 수는 있을까?

이 길 끝에 행복은 있는 것일까?

너무 답답해.

건강하지 못한 엄마라 늘 미안해.

난 못난 엄마인 것 같아.

내가 무엇을 잘못한 것일까?

내가 나를 돌보지 못해서 스스로에게도 미안해.

너무 지친다.

난 아무리 노력해도 매일 우울하고 불안해.

나도 행복해지고 싶다.

예전으로 돌아가서 웃으며 지내고 싶다.

아이들에게 행복한 엄마의 얼굴을 보여주고 싶다.

매일 반복되는 생각으로 시간을 채우고 있었다. 아이들이 등교하고 나면 소파에 앉아 법륜스님, 김창옥 강사, 세바시(세상을 바꾸는 시간) 강연을 봤다. 영상 속에서는 나보다 더 큰 시련이 있는 사람들이 어떻게 살아가는지, 어떻게 극복했는지 나왔다. 그들은 더 큰 아픔을 겪고 일어서고 있었다. 세바시에서 우연히 박상미 교수의 강연을 듣게 되었다. 그녀의 삶에도 굴곡이 있었다. 그녀의 삶이 궁금하여, 박상미 교수와 이시형 박사님의 공저 책인《내 삶의 의미는 무엇인가》를 구입하여 읽어보았다.

'그래, 내가 살아가야 하는 이유는 무엇일까? 분명 수많은 사연이 있는 사람들도 각자 살아가야 하는 이유가 있는데, 나는 왜 태어났고, 왜 이런 시련이 왔는지, 왜 살아가야 하는지 이유가 있을 거야.' 가족을 위해서 살아가야 한다고 하지만, 우선 내가 살 방법부터 찾아보기 시작했다. 내가 아프면 가족을 돌볼 수가 없기 때문이었다. 사실 다른 사람까지 보살필 기력이 없었다. 힘을 내어 나부터 먼저 살펴보기로 했다. 진짜 아무것도 할 수 없을 때는 아이들의 의식주만 해결해 주고, 너무 애쓰지 말라고 한다. 아이들이 안전한 곳에서 생활하고 삼시 세끼 먹으면 엄마로서 할 일은 한 것이었다. 그렇게 엄마의 역할에 대한 부담감을 잠시 내려놓고 오로지 나 자신과의 대화를 이어갔다. 그렇게 매일 나의 감정들을 읽기 시작했다.

　충분히 잘하고 있으니, 아이들에게 미안해하거나 자책하지 말자.
　왜 나에게 깊은 아픔이 되는 감정들이 왜 찾아왔을까?
　누구도 나의 마음을 알지 못하기에 그들은 나를 이해 못 해.
　나를 살릴 방법은 분명히 있을 거야.
　그래, 나를 살릴 사람은 타인이 아니라 나야.
　지금껏 살아온 이유가 있었을 것이고, 지금도 살아가는 이유는 있을 것이야.
　내가 나의 감정의 주인이 되어 나를 보살펴 주자.

　이젠 엄마의 감정을 돌볼 시간이다

Chapter 2.

엄마가 되고서
마음이 아프다

—

엄마의 부정적 감정

이 길 끝에 행복은 있을까

- 우울의 터널

요란스러운 긴 새벽이 지나고 나면 아침은 항상 온다. 반복되는 일상에서 같은 아침이 기다리고 끝이 없는 집안일들이 쏟아진다. 그 일은 아무런 성취감도 없고, 돌아서면 같은 일이 반복된다. 언제부터인가 아침부터 우울한 기분과 무기력한 삶이 지속되었다. 수많은 터널을 만났고, 그 속에서 살아가는 기분이 들었다. 터널 안에는 긴 어둠이 있고, 작은 불들이 하나둘씩 지나갔다. 터널은 언젠가 끝나는 것임을 알고 있었지만, 터널 밖의 햇살이 조금 보일 뿐, 터널은 끝나지 않았다. 그 안은 미세먼지와 매연가스가 가득하여 숨이 차고 답답했다. 가능한 한 빨리 터널을 빠져나와 맑은 공기를 마시고 싶었지만, 아직도 터널 안에 있었다. 가도 가도 계속 터널 안에 있었다. 이때가 가장 긴 우울의 터널 속에 있었을 때였다. 첫째가 초등학교 입학, 둘째가 5살이었다.

우울의 터널 속 삶이 지속될 때는 아이들을 돌보는 것이 벅찰 정도로 힘들었다. 어떤 소리나 자극도 나의 몸을 부지런히 움직이게 하지 못했다. 그래도 엄마이기에, 아이들 소리에 따라 몸을 움직일 수 있었다. 아이들이 가끔 일거리를 던져주면 간신히 일을 해내고 나서 무거운 몸을 이끌고 소파에 앉아 아이들이 노는 것을 지켜보았다. 심지어 좋은 소식보다 나쁜 소식을 전하는 가족이 이해되지 않았다. 내가 아무리 노력해도 변하지 않는 세상은 너무나도 거대했다. 마음만 지쳐가는 것이 아니라 몸도 지쳐가고 있었다. 아이들이 커갈수록 몸이 편해질 줄 알았는데, 그렇지 않았다. 그렇게 나는 지쳐가고 있었다.

언제부터 우울이란 감정이 나에게 찾아왔을까? 잠을 잠깐 잘 때 빼고는 우울함이 나와 동반하였다. 바쁜 사람에게는 우울한 감정을 느낄 시간도 없다고 한다. 정말 내가 시간이 많아서 우울증에 걸린 것일까? 집에 있는 시간이 많아지고, 머리를 쓰는 일이 없다 보니, 우울의 늪으로 더 깊이 빠져들고 있었다. 빠져드는 감정을 잠시라도 잊고자 몸을 일으키고 둘째를 태운 유모차를 밀고 나왔다. 거리에는 수많은 차가 그림처럼 지나갔다. 멍하고 비현실적인 영화 속을 나는 걷고 있었다. 긴 도로 옆을 지나 작은 길목으로 들어서면 은행나무들이 양옆으로 줄지어 있었다.

'왜 이렇게 힘들지? 행복하고 싶은데, 행복하지가 않아.'

분명 행복하지 않을 이유가 없는데, 하루를 살아가는 것이 힘들었다. 집에 있으면 부정적 생각들이 나를 불안과 공포의 장소로 데려갔다. 이런 자동 사고에서 벗어나고자 유모차를 밀고 밖으로 또 나갔다. 나와 대화하다 보면 빗줄기처럼 눈물이 흐르고 있었다. 비 오는 날, 우산을 쓰고 있었기에 흐르는 눈물을 지나가는 사람들은 보지 못했을 것이다. 눈물을 닦고 집으로 돌아와 잠든 둘째를 침대에 눕혔다. 조금이라도 힘을 내야 아이들을 돌볼 수 있기에, 흰밥을 미역국에 말아서 조금 먹었다. 최대한 우울에서 벗어나고자 더 노력하려 했다. 웃지도 않고 울어서 퉁퉁 부은 얼굴을 아이들에게 보여주기 싫었고, 찬물로 세수를 여러 번 했다. 첫째가 나의 붉고 퉁퉁 부은 눈을 바라보고 있었다. 엄마가 슬픈 영상을 봐서 눈물이 나는 거라고 설명했고, 첫째는 하던 놀이를 계속했다.

인터넷에는 유명 연예인이 공황장애와 우울증이 있다는 이야기로 가득했다. '그 사람은 얼마나 힘들었을까? 이야기를 나눌 사람이 없었나?' 그리고 혹시 나쁜 생각을 하고 있을지 걱정이 되었다. 자신의 현재 감정으로 세상을 바라본다기에, 온통 힘들어하고 우울해하는 사람들이 가득한 세상으로 보였다. 우울증이 심해서 삶을 포기하고 싶다는 사람도 많고, 삶을 포기한 사람도 많다. 하지만 나는 우울증이 있지만, 더 살고 싶고 더 행복해지고 싶은 욕구가 강했다. 아이들에게 더 밝고 즐거운 모습을 보여주고 싶고, 예전처럼 하루가 기대되고 희망찬 곳이 되길 바라고 있었다. 하지만 긴 터널 속에 있을 때는 아무리 발버둥 쳐도 나아지지 않아서 더 우울해졌다. 우울한 감정이 찾아오면 그냥 두라고 한다. 하지만 그렇게 하기가 쉽지 않다. 꼬리에 꼬리를 무는 감정들이 나를 가만히 두지 않기 때문이다. 오늘도 우울한 감정에 벗어나지 못했다. 아마 내일도 그럴 것이고, 이 우울한 감정은 언제 사라질지 모르겠다. 이런 막연한 생각이 나를 더 힘들게 한다.

'언제부터 주부우울증이 나에게 왔을까? 내가 왜 우울증과 동반하며 살아야 하지?'

대부분의 여성은 결혼하여 아이를 낳고 육아와 가사를 전담하게 된다. 결혼 초기에는 살림살이가 서툴러서 배우며 집을 꾸미는 재미가 있었지만, 익숙해지면 매일 반복되는 일이 된다. 거기에 아이가 태어나면 새로운 생명을 책임져야 하는 엄마의 역할이 더해진다. 좋은 재료로 이유식을 만들고, 시간을 맞추어서 먹여야 한다. 엄마의 휴식 시간이라고는 아이가 잠을 잘 때뿐이다. 그 시간에도 집안일을 해야 정돈된 집을 유지할 수가 있기에 엄마는 쉬지 못한다. 엄마들은 아이가 어릴수록 집이란 울타리에서 벗어나기 힘들다. 남편이나 다른 사람이 아이를 돌봐주지 않으면 외출조차도 쉽지가 않다. 적어도 신생아일 때는 꼼짝을 하지 못한다. 아늑하고 평화로운 집이 어느 순간 답답한 감옥으로 변하게 된다. 주말에 잠시 외출하지 않으면 몇 주 동안 집에만 있는 적도 많다. 엄마라는 존재는 당연히 그래야 한다고 생각했다.

분명 윗세대 엄마들은 아이를 여러 명 낳고도 많은 일을 했는데, 나는 왜 이렇게 힘든지 모르겠다. 남편은 헌신적으로 회사 일을 하고, 엄마는 자녀들을 돌보느라 정신없고, 하루하루 커가는 자녀들에게 들어가는 돈은 늘어난다. 40대의 가정은 저축보다 지출이 많다. 40대는 모두 그렇게 살아간다고 누군가 그랬다. 50대가 되면 조금 나아질 것이라고 희망적인 이야기를 해준다. 하지만 미래의 이야기여서인지 잘 와닿지 않는다. 나라도 밖에 나가서 벌면 좋은데, 어린아이를 두고 나가서 일을 할 수가 없다. 당장 밖에 나가면 아이들이 눈에 아른거리기 때문이다. 엄마를 대신할 베이비시터를 구하든지, 아니면 어린이집에 보내야 하는데, 어린이집은 가득 차 있고, 아주머니를 구하기가 쉽지 않다. 아이들을 돌보지 않는 것은 모성애가 작기 때문이라 여겼다. 아이가 어릴수록 엄마인 내가 키워야 한다는 생각이 더 컸기에, 일할 생각은 하지 못했다. 점점 나 자신이 아닌, 엄마의 삶을 살게 되었다. 엄마의 삶에 익숙해질수록 우울이란 감정이 몸에 파고들고 있었다. 생산적인 일을

　　　　　　　이젠 엄마의 감정을 돌볼 시간이다

하지 않음에, 사회적으로 고립되고 우울감이 증가했다.

곰곰이 생각해 보니, 나를 가장 힘들게 하는 것이 바로 자아 정체감 상실이었다. 엄마들은 아이를 돌보고 집안일을 전담하기 위해 지금까지 공부한 시간, 직업, 경력을 반납해야 한다. 요즘 들어 이런 엄마들이 참 많다. 현시대의 여성들은 학력이 높고, 결혼 나이도 늦다. 나는 박사 졸업 2달 전에 결혼하고, 졸업한 후 남편이 있는 학교로 가서 박사후연구원 생활을 이어갔다. 결혼 후 바로 임신이 되어, 연구원 시절 때 임산부였다. 연구원 시절은 대학원 삶과 비슷하였기에, 아침에 나가서 밤 10시쯤 집에 돌아왔다. 당연히 그렇게 해야 하는 것이어서, 삶의 변화는 크게 없었다. 몸이 무거워질수록 힘들었지만, 곧 태어날 아이를 기다리면서 연구도 이어갈 수 있었기에, 설렘과 보람찬 하루였다.

하지만 첫째가 태어나면서 모든 것이 달라졌다. 출산 3개월 후 복직하고 다시 연구 생활을 이어갔지만, 첫째가 자주 아프고 베이비시터도 자주 바뀌게 되어 연구원 생활을 중단해야 했다. 이때만 해도 큰 아쉬움은 없었다. 아이를 조금 더 키우고 다시 일터로 복귀할 수 있다고 믿었기 때문이다. 무엇보다 이사가 계획되어 있어서, 나는 집에서 육아와 이사 준비를 해야 했다. 집에 있으면 편안하고 여유로운 줄 알았지만, 생각보다 그것은 나를 더 힘들게 했다. 끊임없는 아이의 울음소리, 쌓여있는 젖병과 설거짓거리들이 나를 기다리고 있었다. 하지만 이것이 나를 힘들게 하는 게 아니었다. 두 시간 바짝 하면 모두 다 할 수 있었기 때문에, 집안일은 힘들지 않았다. 무엇이 나를 힘들게 한 것일까? 매일 하루가 지겹고, 무기력하고, 의미가 없었다. 빨리 시간이 흐르길 바라고 있었다.

'나는 왜 무엇 때문에 그렇게 욕심내며 바쁘게 살려고 했을까? 나의 꿈, 바람이란 것은 있었던 것일까? 왜 공부를 했고, 나의 꿈은 어디로 간 것이지?' 그동안의 생활이 무의미해지는 순간이었다. 예전의 열정이 헛된 일이 되니, 삶이 흔들리기 시작했다. 꿈을 위해 달려온 시간과 노력이 물거품이 된 것이다. 바로 삶의 목표가 사라진 것이다. 자신을 질책하고, 보잘것없는 나 자신이 창피하고 원망스러웠다. 전업주부가 되기보다, 실험한 후 피곤한 몸을 이끌고 집에 올 때가 더 행복했다는 사실을 비로소 알게 되었다. 제대로 사회생활을 해보기도 전에 모든 게 멈춰버린 것이었다. 긴 상실감 속에 빛을 찾을 수도 없었고, 찾는 이유도 그때는 몰랐다.

8년이란 긴 우울의 터널 속에 있으면서 우울함인 줄도 몰랐다. 너무 깊은 곳에 빠지고 몸에 이상이 생기면서 우울증이 왔음을 알게 되었다. 사람마다 나름의 이유로 우울감이 찾아온다. 건강이 갑자기 나빠질 때, 사랑하는 사람을 떠나보내야 할 때, 몸이 지치고 힘든데 감당하기 힘든 일이 기다리고 있을 때, 아무리 노력해도 가난에서 벗어나기 힘들 때도 찾아온다. 우울감이 오면 가장 먼저 하는 것이 '왜 나는 우울한가?' 원인을 찾는다. 그리고 우울감이 있는 자신을 탓하게 된다. 내가 못나서, 나약해서라고 더 자신을 우울하게 만들고 있었다. 우울은 누구에나 올 수 있고, 언제든지 올 수 있다는 것을 그때는 몰랐다.

2.

매일 흔들 다리를 걷는 기분이다
– 불안의 연속

　하루 중 가장 많이 느끼는 감정이 불안이다. 결혼 전에는 나에게만 집중하면 되던 삶이 결혼 후에는 남편과 두 딸이 나의 삶에 들어와 있다. 그로 인해 계획대로 일이 진행되지 않으면 극심한 스트레스와 불안을 느끼게 된다. 보통 불안이 높은 사람은 그 불안을 낮추기 위해 미리 계획을 짜는 경향이 있다. 나는 가족이 늘면서 계획의 경우의 수도 많아졌기에, 끊임없이 수정해 나갔다. 하지만 미래에 대한 계획을 짜는 것만으로 불안은 해소되지 않았다. 삶 속에 불안은 늘 존재하고 있다.

　둘째는 또래보다 성장 속도가 느렸다. 키와 몸무게, 치아가 나는 것이 또래에 비해 1~3년 정도 차이가 났다. 두 돌이 되기 전, 3개월 정도는 말을 하지 않고 울거나 웃기만 했다. 무슨 문제가 있어서 그런 건지, 병원에 가서 상담을 하고 육아 카페에 글을 올렸다. 그럴수록 둘째에게 말을 더 걸어주거나 책을 읽어주는 등 애를 더 썼다. 지금 초등 2학년인데, 유치원생이라고 오해를 많이 한다. 키 성장을 위해 성장호르몬 주사를 알아보고, 성장에 도움이 되는 방법을 찾아보았다. 둘째는 신생아 때부터 적게 먹고 잘 자지 않는 아이였다. 그렇기에 성장이 빠를 수가 없었다. 아이가 건강한 것만으로도 감사한데, 평범한 성장 범위에 들어가길 바랐다. 학교에 가면 둘째를 위한 발 받침대가 있다. 학교에 다녀온 둘째가 선생님이 자신을 위해 받침대를 놓아 주셔서 기쁘다고 했다. 받침대 하나로 바라보는 시선은 다르다. 나는 혹시나 둘째가 반 친구들에게 놀림을 받을까 봐 걱정스럽지만, 둘째는 내가 걱정하는 것을 조금도 생각하지 않는다. 그렇게 조용하던 둘째는 성장할수록 이야기를 재밌게 잘하는 아이가 되었다. 엄마인 나는 왜 이렇게 아이의 약점을 먼저 바라보는지 모르겠다. 겉모습이 다가 아닌 것도 잘 알고 있지만, 혹시나 그로 인해 상처를 받지는 않을까 걱정한다. 하교 후 돌아오는 길에 아이에게 학교생활을 물어본다. 혹시나 속상하고 마음 아픈 일은 없었는지 살펴보기 위한 것이다.

나는 첫째에게 기대하는 것이 많다. 첫째에게는 이것저것 시켜보고, 최대한 많은 것을 해주기 위해 노력했다. 나 역시 첫째가 어릴 때부터 많은 것을 경험할 수 있도록 발레, 피겨, 미술, 피아노, 도예를 배우게 했다. 조금이라도 배우면 나중에 새로운 것을 접할 때 어렵지 않고, 취미를 가질 수 있을 것이라 생각했다. 첫째는 피겨를 배운 것을 토대로 인라인을 타고, 롤러까지 탈 수 있게 되었다. 이런 바람이 끝이면 좋았을 것을…. 생활이 익숙해지면 꼭 잘하기를 바라고 있다. 초등학교에 들어가기 전, 한글을 읽고 쓸 줄 알아야 학교생활이 편해진다고 생각했기에, 열심히 가르쳤다. 첫째는 내가 시키는 대로 잘 따라 하는 모범생이다. 그런 아이가 충분히 잘 따라오면 다음 과제를 준다. 그것을 멈추고 잠시 쉴 여유를 주면 좋지만, 앞으로 나아가야 하는 길만 보일 뿐이다. 첫째가 초등학교 고학년이 되니, 중학교 공부가 기다리고 있었다. 학년이 올라가면서 아이가 자기 주도 학습으로 공부하길 바라지만, 무엇을 공부해야 하는지, 뚜렷한 목표와 필요성을 알지 못하는 것 같다. 중·고등학생이 될수록 입시를 생각하지 않을 수 없다. 내가 살아온 세상과 현재의 세상은 다르고, 교육제도가 많이 바뀌었다. 아이들이 살아갈 세상은 우리가 경험하고 지금 바라보는 현실과는 차이가 크기에, 막연한 답답함이 존재하게 된다. 주위 사람들과 비교하며 기준을 세우고 따라 가게 된다. 미래는 알 수 없기에 당연히 모르고 정답도 없는 것인데, 시행착오를 줄이며 살아가길 바라는 부모의 입장에서 매일 불안을 만들고 있는지도 모르겠다.

내가 불안하다고 해서, 아이에게까지 그 불안을 떠넘길 수는 없

이젠 엄마의 감정을 돌볼 시간이다

다. 부모가 자녀의 진로를 결정해서는 안 되지만, 아이만큼이나 나도 많은 것을 찾아보고 공부를 해야 했다. 불안은 모르고 있으면 더 커지고, 알수록 불안은 작아진다. 미래의 걱정 중 4퍼센트만 현실로 다가온다고 한다. 그만큼 우리가 미리 걱정하는 대부분은 진짜 불필요한 걱정이다. 불안을 없애기 위해서 수학 학원을 알아보고, 문제집을 찾아보고, 새로운 학교의 수학 과정을 살펴보았다. 온라인 수업이 잘되어 있어 이해는 돕지만, 수학 용어와 동시에 알아야 하기에, 첫째가 공부해야 하는 양은 더 많아졌다. 전학 온 학교의 수학 수업은 함수와 도형 분야로 나뉘어서 과목이 정해진다. 학습 범위를 정해야 하고, 이해 중심적 개념 수학과 응용중심의 수학을 분리해야 했다. 나도 혼란스러운데, 첫째는 더 어려워 보였다.

나는 왜 아이들의 미래를 걱정할까? 아이들 각자가 잘하는 것, 좋아하는 것이 다른데, 항상 엄마인 나는 아이들이 못하는 것만 보게 될까? 첫째에게는 끈기 있게 집중하여 무엇인가 해주길 바라고, 활동량이 작은 둘째에게는 운동이나 악기를 잘해주길 바란다. 자녀가 잘하는 것을 바라보고 더 잘할 수 있게 하는 것이 엄마의 역할인데, 항상 완벽한 것을 강조하게 된다. 엄마의 욕심으로 아이들이 완벽하기를 바란다. 성격도 좋아야 하고, 재능도 있어야 하며, 리더십 있고, 책임감 있게 생활하길 바란다. 점차 나이가 들어감에 따라 나의 열정은 식게 되고, 끊임없이 아이들을 돌보며 가르쳐주는 것이 힘에 부친다. 그래서 돈을 들여 좋은 선생님을 찾아서 아이들을 학습시키려 한다. 그렇게 나의 걱정을 분산시키고 있다. 다른 한편으로는 아이들과의 관계를 유지하면서 나의 불안을 낮추는 방법이기도 하다.

아이들에 관련된 불안만 존재하는 것이 아니다. 가장 고질적이고 원천적인 불안은 나에게 존재한다. 원래 높은 곳에 올라가는 것이 무서울 정도였지만, 불안증의 발병 이후 에스컬레이터를 타고 올라갈 때, 옆의 손잡이를 잡고 있지 않으면 힘들어서 서 있지 못할 정도이다. 높은 육교를 지날 때면 속으로 숫자를 세며 불안을 느끼지 않으려고 애를 쓴다. 가장 걱정되는 부분이 운전이었다. 보통 사람들은 운전을 시작한 지 1년 정도 지나게 되면 멀리 고속도로도 타고 나가겠지만, 나는 늘 가던 거리만 가고, 혼자 30분 넘는 거리를 운전해 본 적이 없다. 아이들을 데리고 넓은 세상을 보여주고 싶지만, 여전히 집 근처만 오가고 있다. 어쩔 수 없이 운전을 하지만, 항상 주변 사람들과 비교하면 내 모습은 답답하다. 운전대를 잡으면 사고가 날 것 같은 두려움과 혼자 차 안에 있으면 가슴이 뛰고 식은땀이 나기 시작한다. 그나마 아이들이 타고 있으면 조금 낫지만, 혼자서 30분 이상 되는 거리는 처음부터 포기해 버린다. 멀리 나가면 사막 한가운데서 길을 잃고 있는 기분이다. 일반적으로 내가 겪는 것이 예기불안인 것임을 알면서도, 이겨내지 못하고 불안에 반응하며 살아가고 있다. 50살 전후에

이젠 엄마의 감정을 돌볼 시간이다

찾아온다는 갱년기가 벌써 걱정된다. 사춘기도 이긴다는 갱년기, '나는 어떻게 이겨낼까?', '잘 이겨낼 수 있을까?' 걱정을 미리 한다. 깊은 우울과 불안을 겪어봐서인지, 다시 그 시련을 겪을까 봐 미리 걱정하는 것이다. 더 힘들고 싶지 않은데, 이런 아픔이 또 올까 봐 두렵다.

나의 불안은 일반적으로 미래에 대한 두려움, 원인을 알지 못해서 오는 불안이다. 평소 현재보다 미래에 초점을 맞추고 있으니, 항상 부족하고 불안해하는 것이다. 걱정하는 것 중 일어나지 않을 일들이 대부분임을 알면서도 불안에 떨고 있는 나 자신을 보면 안타깝다. 아이들이 독립하고 나서 남편과 함께 어디에서 살 것이며, 생활비는 또 어떻게 마련할지? 남편의 퇴사 후 생활은 어떠할지? 자주 하는 생각이다. 집값도 비싸고, 대출한 돈을 갚을 여력도 부족해서 내 집을 마련하기가 어렵다. 지금은 남편이 벌어오는 돈으로 월세를 내며 간신히 생활하고 있지만, 아이들 대학 등록금과 우리 부부의 노후 자금 준비가 어려워 걱정이 된다. 미래를 대비해야 한다는 것을 잘 알고 있지만, 아무리 아껴 써도 저축은 쉽지 않다. 아이들을 독립시켜야 하고, 우리 부부의 건강도 챙기며 노후를 준비해야 하지만, 생각에만 그치고 늘어나는 지출과 생활비를 바라볼 뿐이다. 마음의 안정, 건강하고 삶의 여유를 가지며 타인과 조화롭게 살아간다는 것이 정말 어렵다. 이런 어려움은 과연 언제 해결될 수 있을까?

이처럼 불안 중 가장 많은 것이 내면에서 오는 불안이라고 한다. 불안장애에는 공황장애, 사회공포증, 범불안장애, 강박장애, 급성스트레스장애, 외상후스트레스장애(트라우마)가 있다. 우리가 일반적으로 느끼는 걱정과 불안은 생활하는 데 전혀 불편함을 주지 않는다. 하지만 불안장애를 겪으면 일상생활이 어렵고, 불안장애가 낫더라도 예기불안으로 힘들어한다. 나는 범불안장애, 사회공포증. 공황장애가 복합적으로 나타났고, 발병 후 증상이 완화되기까지 불안은 늘 함께하는 감정이다. 처음에는 불안이 높은 사람은 아니었지만, 불안장애를 겪으면서 불안은 나의 일상을 흔들어놓는 존재가 되었다. 지금도 막연한 불안의 연속선에서 살아가고 있다.

　　　　　　　　　이젠 엄마의 감정을 돌볼 시간이다

3.

움직여야 하는데 몸이 말을 듣지 않는다

- 무기력의 늪

바쁜 일정을 마치고 나면 찾아오는 손님이 있다. 바로 무기력이다. 정신없이 보내고 있을 때는 여유롭고 시간이 멈췄으면 하지만, 막상 모든 일이 정리가 되고 여유가 생기면 다음 일에 집중하지 못한다. 어떨 때는 호르몬의 노예가 된 느낌이다. 아이를 낳고 나서 호르몬의 영향을 더 받는 것 같다. 평소에는 아무렇지 않은 일들이 생리 전에는 예민해져서 화가 나고 모든 것에 민감하게 반응한다. 그리고 생리가 끝나면 몸이 피곤하고 우울한 감정에 빠지거나, 순조롭게 하던 일들이 모두 힘겹게 느껴진다. 그 후 몸이 회복되어야 하는데, 말을 듣지 않는다. 방학이 끝나 아이들이 학교에 가고 나서 밀린 청소와 빨래를 해야 하는데, 오전 내내 기운이 없다. 방학이 끝나서 자유가 기다리고 있었지만, 침대에 누워서 시간만 보내고 있고, 그런 내가 한심해 보인다. 몸을 일으켜서 일을 해야 하지만, 집안일이란 게 해도 티 나지 않고 안 해도 문제가 되지 않기에 그냥 내버려둔다.

이런 무기력이 언제부터 왔는지 생각해 본다. 보통 무기력은 일에 지쳐있거나 스트레스가 많은 후, 우울감이 지속된 후에 나타나는 증상 중 하나다. 이번은 어느 하나도 포함되지 않았다. 아이들의 방학 동안 몸이 지칠 정도로 힘든 일을 한 것도 아니었다. 다만 내가 평소에 하던 일들이 멈춰버린 것, 해야 하는 일들이 강제성이 없기에 몸을 일으키지 못했다. 오전 내내 잠을 자고 정오가 되어서야 일어나 청소를 하고 첫 끼를 먹었다. 아이들이 학교에서 돌아와서야 정신을 차리고 밀린 일들을 바쁘게 진행했다. 저녁 식사 준비와 아이들 숙제를 봐주며 엄마의 역할을 하나씩 해나갔다. 오전의 방황이 길어지지 않길 바라면서, 자기 전 내일 할 일을 계획했다. 하지만 다음 날도 몸을 일으키기 힘들었다. 애써 강아지 보리와 산책을 하고 돌아와 향초를 켜두고 집안일부터 시작하려 했지만, 이내 따뜻한 이불 속으로 들어와 버렸다. 그래도 잠은 자지 않으려고 애를 썼다. 나를 일으켜줄 영상을 찾아 자기 계발을 위한 영상을 보지만, 어느 순간 또 눈은 잠겨 버렸다. 이런 날이 4일 연속되니 내가 더 미워지고 걱정이 되기 시작했다.

이젠 엄마의 감정을 돌볼 시간이다

부지런히 움직여야 힘이 나고 좋은데, 무기력한 하루가 연속되다 보니 기분이 더 가라앉는다. 약속이라도 있는 날에는 몸을 억지로라도 일으켜 나가지만, 없는 날에는 변함이 없다. 이런 일이 한두 번 있는 일도 아닌데, 무기력한 몸을 다시 일으켜 세우는 건 쉬운 일이 아니었다. 흔히들 일이 하기 싫을 때, 우리는 번아웃이 왔다고 이야기한다. 일에 지쳐있고 무기력할 때는 정말 아무것도 하지 못한다. 억지로 하려고 해도 몸이 따라오지 못한다. 이 기분에서 벗어나고자 희망찬 노래나 밝은 노래를 듣지만, 결국 몸은 변함은 없고 소음으로 느껴져 음악을 꺼버린다. 결국 좋아하는 드라마의 주제곡들을 연이어 귀를 기울이고 듣는 나를 발견한다. 순간, 나의 마음을 이해하는 노래를 들으면 위로받는 기분이 든다. 나를 아무리 일으키려고 해도 안 되지만 위로의 노래를 들으면서 위안을 받는다. 억지로 하지 않고 있는 그대로를 보고만 있다.

무기력에서 빠져나오기 위해 발버둥 치지만 빠져나오기보다 더 늪에 빠진다. 지금 나 역시 늪에 빠지는 것을 알면서도 나오고 싶어서 방법을 찾아본다. 흔히들 지쳐있을 때, 모든 것을 접고 여행을 떠나거나 맛있는 것을 먹으며 재충전을 하라고 한다. 무기력할 때는 여행도 가기 싫고, 사람을 만나거나 맛집을 찾아가고 싶지도 않다. 배가 고프면 라면 하나 끓여서 먹지만 배가 고파서 먹는 건지, 맛이 있어서 먹는 건지 아무런 맛을 느끼지 못한다. 이때는 가족 있는 것이 얼마나 다행인지 모른다. 혼자 있었다면 하루 종일 누워있거나, 더 깊은 늪에 빠져들었을 것이다. 아이들이 끊임없이 주는 일과 식구들 끼니를 챙겨야 하는 일이 나의 일이라, 억지로라도 몸을 일으키고 있다.

엄마라면 늘 영양가 많은 음식을 아이들에게 해줘야 하고, 새로운 놀거리를 만들어 줘야 하지만, 좀처럼 생각이 나지 않는다. 음식조차 하기 싫을 때는 남의 힘이라도 빌리고 싶지만, 외식을 하기도 쉽지 않다. 달걀부침을 하여 김과 김치로 아이들에게 계란밥을 만들어 준다. 미안한 마음에 냉장고의 과일을 꺼내어 깎아준다. 힘에 부칠 때는 누군가 아이들을 챙겨줬으면 하는 마음이 강하다. 아이들이 스스로 해서 먹을 때까지 내가 해줘야 한다. 지금 겪는 무기력은 보람 있는 일이 없어서 그런 것 같다. 바빠서 생긴 후유증이 아니라 일이 없어서이기에, 집안일 외에 할 수 있는 일을 찾아본다. 도대체 어떤 일을 하고 싶은지 나 자신에게 물어본다. 그리고 내가 관심을 가지고 할 일들이 무엇인지 생각한다. 다른 일을 찾고, 새로운 것을 하고 싶은 것에는 이유가 있을 것이다. 채용 공고문을 보고 자기소개서와 이력서를 보내지만, 막상 합격해도 일을 시작하지 못한다. 위치 좋은 곳을 찾아도 아이들 하교시키기, 방학 동안 돌보기, 학원을 보내야 하는 것들 때문에 어렵게 찾은 일들을 포기해 버린다. 그래서 일이 아니더라도 내 몸을 일으켜줄 다른 것을 다시 찾아본다. 보람찬 일상을 채워주기 위해 좋은 습관들을 만들어 가고자 한다. 매일 한 장의 글을 쓰고, 책을 몇

이젠 엄마의 감정을 돌볼 시간이다

장 읽고, 운동을 하며 산책하는 것을 목표로 한다. 시간과 구체적인 목표를 적어야 하지만, 처음에는 목표를 두루뭉술하게 적는 정도다. '이것 하면 좋을까? 저것 하면 좋을까?' 머릿속으로만 생각한다. 생각이 꼬리를 물고 머릿속 사고가 밖으로 나오지 않는다.

모임에는 기분이 좋아지는 모임도 있지만, 몇 시간 동안 무슨 이야기를 했는지 알 수 없는 모임도 많다. 어떤 동기를 얻고 삶의 변화를 일으켜줄 모임을 가지고 싶다면 공부하는 모임에 참석하라고 한다. 얼마 전까지 참여하던 공부 모임도 사라졌다. 새로운 공부 모임을 찾고 실천해야 하지만, 몸이 움직이지 않는다. 그렇게 메모 창에 정보를 저장해 두고, 멍하게 영상을 찾아서 본다. 영상 속 인물들이 이야기하지만, 그들의 삶에 더 피곤함을 느낀다. 그들은 부지런히 생활하고 있는데 왜 나는 지치고 아무것도 하지 않는지 모르겠다. 많은 사람들을 만나서 배우고, 배운 것을 시도하는 사람들을 보면, 그들은 나와 다른 사람이라고 단정 짓는다. 나는 그들처럼 열정이 많지도 않고, 잘해 내지도 못한다고 생각한다. 무기력이 얼마나 지속될지 모르겠지만, 무기력에 벗어나기 위해서 노력을 많이 한다. 억지로 산책하러 나가고, 책을 폈다가 덮기도 하고, 글을 쓰기 위해 컴퓨터를 켜고, 일부러 청소를 하기도 한다. 사실 평소처럼 오랜 시간 유지하지 못한다. 몇 분을 하다가 다시 제자리로 돌아왔다.

좋은 사람들을 만나서 함께 맛있는 음식을 먹으면서도 나만의 감정에 빠져서 멍때리고 있을 때가 많다. 내가 좋아하는 사람들을 만나서 그들과 이야기를 나누고 왔는데, 삶이 더 공허해졌다. 몇 주 전만 해도 행복한 시간이었고, 모임에 나가 참여한 사람들과 이야기를 나누려고 했는데, 식당 안의 시끄러운 소리와 노랫소리 때문에 귀가 아팠다. 빨리 그곳에서 벗어나고 싶은 마음뿐이었다.

무기력한 기분이 언제 끝날지 모르지만, 너무 많은 일을 하려 하지 않고 실천할 수 있는 작은 것부터 하려고 마음먹었다. 아이들의 이불을 정리하고 최대한 반듯하게 하려고 했다. 밀린 설거지를 하고 나서 내 책상을 정리했다. 그렇게 언제 사라질지 모르는 무기력을 받아들이고 있었다.

분명 열심히 살아왔는데
이룬 것이 아무것도 없다

- 상실과 공허의 의미

삶에는 상실과 공허가 공존한다. 대학 시절 《상실의 시대》를 읽으면서 바로 이 감정을 처음 느껴봤다. 연애하고 이별하면 찾아오는 상실과 공허는 그래도 회복이 빠른 편이었다. 결혼하고 아이를 돌보면서 상실과 공허감은 끊임없이 나의 삶을 파고들었다. 4년 동안의 연애, 13년 동안의 결혼생활에서 연애 세포가 살아 움직이는 시간은 아주 작았다. 이제는 기억도 잘 나지 않는다. 결혼 후 상실감을 느껴보지 못한 사람이 없을 정도로 누구나 한 번쯤은 느낀다. 30대 초반에 결혼하고 바로 임신하여 첫째를 출산하고, 3년 후 둘째를 출산했다. 요즘은 결혼 적령기도 늦춰지고, 노산이 많아서 아기를 갖기 힘들다. 아이를 갖기 위해 노력하고, 인공수정을 하며 힘겨운 시간을 보내기도 한다. 아이가 건강하게 태어나면 좋지만 그렇지 않은 경우도 많다. 배 속의 아이가 살아 숨 쉬고 안전하게 있기를 바라면서 온 정성을 쏟았지만, 끝내 만나지 못하기도 한다. 임신 과정 중 아이를 멀리 떠나보내는 엄마의 마음은 어떠할까? 끝까지 책임지지 못해서, 잘 돌봐주지 못한 죄책감에 마음의 상처를 겪지 않고는 모를 것이다. 그들에게 위로나 격려의 말보다, 그냥 곁에서 아무런 말 없이 있어 주는 것밖에 하지 못한다.

육아와 출산으로 변해 버린 모습을 보며 한 번쯤은 울어 본 적이 있을 것이다. 임신하면 잠이 쏟아지는 순간이 있었다. 신혼 초기 남편이 일터로 가자마자 다시 침대로 가서 잠을 잤다. 평생 그렇게 많이 잤던 적도 없었다. 잠에서 깨어나 집안일하고 요리를 하다 보면, 어느새 남편이 퇴근하고 집에 돌아왔다. 바로 임신 초기였다. 출산 후 늘어난 몸을 근력 운동과 식이요법으로 이전의 몸으로 돌리고 싶었지만, 마음처럼 쉽지 않았다. 끊임없이 식욕이 돌고 몸은 지쳐서 밖으로 나가서 운동하기보다는 몇 분 더 잠을 자고 싶었다. 항상 말랐다는 소리를 듣던 내가 아이를 낳고 곰돌이라는 별명을 달고 사는 것, 그것을 받아들이는 것도 쉬운 일은 아니었다. 약의 부작용으로 같은 양을 먹어도 몸무게는 하루가 다르게 증가하였다. 어느덧 임신했을 때와 같은 몸무게가 되고 말았고, 몸이 무거워 빨리 걷는 것조차 힘들었다. 몸의 변화도 속상했지만, 마음의 치유가 우선이었기에, 가능한 나의 곰돌이라는 별명에 속

이젠 엄마의 감정을 돌볼 시간이다

상하다고 울부짖을 수 없었다. 내 몸을 스스로 조절할 수 있다고 믿어온 내가 호르몬의 노예가 되어서 지내고 있었다. 아이가 태어나고서 세상은 다르게 흘러갔다. 말로만 듣던 대로 아이가 배 속에 있을 때가 좋았다. 모든 것이 내 생각이나 예측, 계획대로 되지 않았다. 출산 후 회복 과정을 통해서 아픔은 그래도 잘 참고 지냈다. 그 후 찾아오는 아픔의 시간이 있을 때마다 엄마라면 당연히 참아야 한다고 생각하면서, 그 순간은 잘 참고 버텼다. 그렇게 호르몬의 변화에 적응하고 순응하며 살아가고 있었다.

아직 더 해보고 싶은데, 엄마라면 어쩔 수 없는 선택으로 일을 그만둬야 하는 경우가 있었다. 내가 성숙하지 않아서 찾아온 상실감과 공허감이 나를 더 아프게 만들었다. 아이를 돌보기 위해 가장 먼저 하던 일을 멈추는 것이 엄마다. 그것이 엄마의 숙명이라고 생각한다. 요즘 들어 아빠도 육아휴직을 내거나 전업 남편으로 살아가는 분도 계시지만, 일반적으로 엄마가 일을 그만둔다. 곁에서 돌봐줄 부모님이나 보모가 있다면 그나마 다행이다. 하지만 조건이 맞지 않을 때는 엄마가 하던 일을 그만두고 전업주부가 된다. 전업이라고 해서 나쁜 선택이라는 것은 아니다. 전업하면서 더 행복해하고 아이를 잘 키우며 즐겁게 살아가는 분도 많다. 하지만 나는 항상 아쉬움과 미련이 남았다. 다시 돌아갈 수 있다면 미련이 남는 일은 멈추지 않을 것이다. 아이를 돌보면서 일도 계속할 수 있는 최상의 여건을 찾아서 할 것 같다. 30대 초반까지 공부한 것을 제대로 펼쳐보기도 전에 중단하게 되었으니, 미련이 남는 것은 당연하다. 다시 연구 분야로 복귀할 수 있을 것으로 생각했다. 하지만 생각처럼 환경이 잘 따라 주지 않았다. 독하게 마음먹고 하면 안 될 일이 없지만, 나는 집안일과 아이들 돌보는 것을 동시에 해내지 못했다. 일의 완성도를 높일수록 집안일은 뒷전이 되고, 아이들을 방치하게 되었다. 그러면서 죄책감과 좌절을 느꼈다.

'나는 지금 무엇을 하고 있는 것이지?' 물건으로 엉망이 된 방과 쌓인 설거짓거리를 보며 무거운 압박감을 느끼고 있었다. 아이들이 스스로 자기 일을 할 줄 알고, 식사도 챙겨 먹을 수 있다면, 나의 능력을 맘껏 발휘할 수 있다고 생각했다. 하지만 현실은 그렇지 않았다. 아직은 아이들이 엄마의 손길을 필요로 하고, 요리와 집안일이 나의 일이기에, 해야만 했다. 일을 하지 못해서 안 하는 것이 아니라 할 수 없어서 안 하는 것이었다. 어렵게 찾은 일들은 갑작스러운 집안일로 그만두고 포기하는 경우가 많았다. 아이들이 크면 언젠가 사회로 복귀할 꿈을 꾸며 살아갔다. 하지만 아이들이 커갈수록, 전업의 시간이 길어질수록 사회복귀를 잘 해낼 자신이 없어졌다. 사회와 떨어져 있을수록 사회로 돌아가기 힘들었다. 어쩌면 한창 사회생활을 하고 있는 사람들은 이런 두려움이 무엇인지 이해하기 힘들 수도 있다. 과거에 잘했던 일들을 지금도 잘할 수 있을까? 도전적이고 열정이 많던 과거의 나를 이제는 잃어버렸다. 내가 현재 할 수 있는 일과 할 수 없는 일이 무엇인지 파

이젠 엄마의 감정을 돌볼 시간이다

악하게 되었다.

나이가 들면서 사람을 사귀고 관계를 유지하는 것이 점점 힘들어진다. 자녀의 사회성을 높여주기 위해 엄마들은 또래 엄마들과 친하게 지내려고 노력하고 최선을 다한다. 조동(조리원 동기) 모임, 어린이집 모임, 유치원 모임을 토대로 관계를 유지하곤 한다. 아이가 태어난 후 신기하게도 공통 관심사가 생기면서 자연스러운 만남이 이루어진다. 새로운 사람들을 만나 관계를 형성할 때 가장 조심해야 하는 시기가 바로 초등학교 1학년 때가 아닌가 싶다. 자유로운 유치원 생활을 뒤로하고 초등학교에 다니면서 많은 아이가 학교에 적응하는 데 시간을 보낸다. 몇 주에서 몇 개월까지 적응 기간도 다양하다. 아이들이 새로운 친구를 사귀기 위해 노력할 때, 엄마도 반 친구 엄마들을 사귀기 위해 최선을 다한다. 말이 통하고 교육 가치, 육아 가치가 비슷한 분을 만나면 좋지만, 시간이 지날수록 서로가 다른 점이 많고 잘 맞지 않는 부분도 있다고 생각하게 된다. 공들이고 조심한 행동에서 이제는 관계의 불편함을 느낀다.

사람을 사귀고 유지하는 것이 쉬운 일이 아니다. 환경이나 시간에 의해 변하는 것이 당연하기 때문이다. 자녀의 친구들을 만들어주기 위해 엄마들을 사귀게 되고, 그 결과 엄마의 친구를 만든다. 관계를 유지하고 선을 지키는 것이 얼마나 신중하고 어려운 것인지 알기에, 잘 맞고 동질감을 느끼는 이웃을 만날 때는 세상을 다

가진 것 같다. 어떤 어려움이라도 헤쳐 나갈 수 있을 것 같다. 그런 편안함도 잠시, 남편의 이직, 새로운 아파트로의 이사, 더 좋은 환경을 찾아 전학을 가면서 좋은 만남과 이별한다. 어릴 적 친구가 평생 곁에 있을 것 같지만, 살다 보면 소꿉친구와의 연락을 이어가는 어려움을 잘 알고 있기에, 어느 순간 만나고 헤어짐에 익숙해진다. 어쩌면 예전처럼 가슴 아프고 이별의 슬픔을 적게 받기 위해 자신을 보호하려는 반응일지도 모른다. 하지만 시간이 흐르면 첫사랑이 아련함으로 남듯이, 사람의 관계에서 공허감이 존재하게 된다. 거리가 멀어지면서 잠시 스쳐 가는 사람이 되어 간다는 것, 잘 알면서도 과거의 시간이 사라지는 상실감이 든다.

여자에서 엄마로 되어 가는 과정 중에 없어서는 안 될 감정이 바로 상실과 공허감이다. 처음에는 현실을 부정하고 원망, 분노하지만, 시간이 지날수록 현실을 받아들이게 된다. 그렇지 않고서는 자신을 일으켜 세울 수가 없다. 상실감은 흔히 부정, 타협, 분노, 절망, 수용의 5단계로 진행이 된다. 하지만 사람마다 모두 5단계로 진행되지 않고, 항상 순서대로 되지 않기도 한다. 때로는 한 단계를 반복적으로 겪을 수도 있다. 나는 절망과 타협에서 많은 시간을 보낸 것 같다. 끊임없이 타협점을 찾으면서, 지금 상황을 수용하고 이해하려는 시간을 가졌다. 그 과정에서 공허감, 무기력, 두려움의 감정 상태를 두루 거치게 되었다. 하지만 이것은 확실히 안다. 이 시간이 지나면 분명 나 자신이 더 강해지고 단단해진다는 것을. 시간이 모든 것을 치유해 줄 것이라고 알고 있지만, 그 시간은 정말 천천히 아주 고요히 흘러간다. 삶에 대한 허망한 꿈이나 바람보다는 현실을 있는 그대로 받아들이는 연습을 하게 된다. 아직은 어리고 미숙한 사람임을 잊어서는 안 된다.

혼자 낯선 곳으로 가기가 두렵다

- 엄마의 분리불안

　따뜻한 온기와 엄마의 심장 소리가 들리지 않으면 아기는 엄마가 곁에 없다는 것을 안다. 아이가 불안해할까 봐 엄마는 화장실의 문을 열고 볼일을 볼 때가 많다. 아이가 심리적으로 안정감을 느낄 수 있도록, 엄마는 항상 자녀의 곁에 있다는 신호를 보낸다. 때로는 심리적 안정감이 충만하지 않은 아이에게는 분리불안의 행동이 나타나는데, 손가락을 뜯거나 머리카락을 만지고, 애착 물건을 가지고 다닌다. 아이의 불안 증상 행동이 나타나면, 엄마는 불안을 느끼며 아이가 더 안정감을 가지도록 신경을 쓴다. 나 역시 딸들이 안정감 있게 성장하길 바라며 많은 노력을 했다. 아이가 혼자 집에 있고, 학교에 가고, 잠잘 수 있게 연습을 시켰다. 성장해 가는 아이들의 모습을 보며 대견스럽고 감동의 순간을 맛볼 때도 있었다. 아이들은 나이에 맞게 잘 커가고 안정된 모습으로 성장했다.

　분명 아이는 잘 커가고 있는데, 엄마인 나는 낯선 곳을 가거나, 아이가 없는 밤을 보내는 게 불안해지기 시작했다. 언제부터인지 모르겠지만, 아이들이 곁에서 잠을 자고 있어야 마음이 편안하고, 가까운 곳에서 생활해야 안정감을 느꼈다. 아이의 분리불안이 아니라 엄마의 분리불안 증상이 나에게 나타나고 있었다. 잠든 아이가 열이 나지 않을까? 몽유 증상이 있는 둘째는 문을 열고 밖으로 나가지 않을까? 걱정이 되었다. 그 결과 깊은 잠을 못 자고 바스락거리는 소리에도 일어나는 얕은 수면 패턴을 가졌다. 첫째가 3학년이 된 어느 날, 친구 집에서 파자마 파티를 한다고 하였다. 신나 보이는 첫째와 달리, 부모가 없는 곳에서 잘 수 있을지 걱정이 되었다. 그러나 한편으로는 딸의 성장을 위해 다른 집에서 자보는 것도 좋다고 생각했다. 친한 친구의 집이고, 그 집 엄마와도 친하기에, 모든 것이 믿음직스럽고 감사한 상황이었다. 첫째는 그렇게 하룻밤을 자고, 친구들과 헤어지기 싫어 다음 날도 더 시간을 보내고 돌아왔다. 걱정과 달리, 남편과 나는 둘째와 오붓한 시간을 함께하고 오랜만에 꿀잠을 잤다. 그렇게 첫째의 첫 외박이 마무리되었다.

　이사를 하고 한 달이 지났을 무렵, 첫째는 근처 국립공원으로 3

박 4일 졸업여행을 갔다. 친한 친구도 없고, 낯선 곳으로 여행이라니, 걱정이 앞섰다. 나는 첫날 밤잠을 잘 수가 없었다. 낯선 장소에서 긴장하고 있을 첫째의 모습이 선했다. 눈에서 안 보이면 자녀를 믿고 그들이 헤쳐가야 할 길을 그냥 지켜보라고 하지만, 전학 온지 얼마 되지 않아 안쓰럽고 걱정이 되었다. 첫째의 소식이 궁금하였지만, 알아볼 방법이 없었다. 다음 날 담임선생님이 학생들의 여행 사진을 보내주셨고, 나는 학교 친구들 사이에 서 있는 첫째의 모습을 보고 비로소 안도감이 들었다. 그제야 마음 편안하게 잘 수가 있었다. 의사소통도 힘들고, 낯선 환경에 적응하기 쉽지 않았을 텐데, 첫째는 그렇게 시간을 보내고 있었다. 사실 졸업 여행이 첫째의 성장을 도와줬을 뿐만 아니라 엄마의 성장도 도운 것이었다. 처음이기에 더 단단히 마음먹고 세상에 나갈 수 있게 용기를 주고 있었다. 첫째와 더불어 엄마인 나도 3박 4일간의 마음 여행을 다녀온 것 같았다.

하루는 전문직을 가진 미진 씨의 여유롭고 새로운 사진이 업데이트되었다. 미진 씨는 긴 연휴를 기회 삼아 그녀의 친구와 여행을 한 것이다. 엄마라는 신분으로 명절을 끼고 여행을 간다는 것 자체가 쉬운 일은 아니다. 명절이 아니더라도 주말에 친구들과 여행을 가는 엄마들을 보면 대단해 보였다. 나는 그녀들이 예전과 다름없이 살아가는 모습 자체가 부러웠다. 아이들 없이 친구들과 여행을 떠가거나, 혼자 여행을 떠나는 엄마들의 모습을 보면, 예전과 달리 어떤 마음으로 여행을 가는지 잘 알고 있다. 하지만 그런 부러움도 잠시, 나는 그녀들처럼 여행을 가고 싶지 않았다. 아무리 가고 싶더라도 혼자 하는 여행은 생각하고 싶지 않다. 사실 여행이 싫은 것이 아니라 혼자서 하는 여행이 무섭고 두렵기 때문에 가고 싶지 않다. 어떻게 가야 하며, 가서 무엇을 해야 하며, 집에 있을 아이와 남편은 잘 지내고 있을지 걱정이 된다. 과연 나 혼자 여행을 갈 수 있을까? 13년 동안 아이들과 함께하다 보니, 익숙하지 않은 모습이다.

나는 딸들에게 성인이 되면 독립해야 한다고 자주 말한다. 사실 내가 아이들에게서 독립하는 것이 목표다. 아이들보다 내가 더 걱정이다. 아이들 없는 삶을 잘 살아갈 수 있을지, 밤에는 잘 잘 수 있을까? 당장의 일은 아니지만, 몇 년 후 다가올 일이기에 계속 연습하고 받아들일 것이라 믿는다. 불안과 두려움을 이기고 스스로 무엇이든지 할 수 있고, 앞으로 나아갈 수 있을 것이라는 용기를 내고 싶다. 나는 분리불안과 싸워 이기려 연습하고 있었다.

결혼 전에는 이러지 않았는데, 왜 나는 지금 분리불안을 가지고 있을까?

너무 아이들을 끼고 살아온 것이 아닐까?

누군가 우리 아이들을 돌봐주었다면, 나에게 이런 분리불안이 오지 않았을까?

언제 혼자서 여행을 갈 수 있을까?

아이들이 없는 삶은 나에게 의미가 있을까?"

꼬리에 꼬리를 무는 생각들이 나를 혼란스럽게 만들고 있었다. 사실 있는 그대로를 받아들이고 용기를 내서 나아가면 되는데, 막상 아무것도 할 수가 없었다. 어떤 분은 새로운 것을 시작하고 도전하는 데에 어렵고 힘겨워한다. 사람마다 두려운 것이 다른데, 나는 혼자서 낯선 곳을 가거나 혼자서 오랜 시간 동안 있는 것을 두려워한다. 끊임없는 집안일을 떠나서 자유롭고 한가한 시간을 가지고 싶지만, 금방 아이들의 조잘거리는 소리와 남편의 온기가 그리워진다. 때로는 혼자 하는 여행을 잘 좋아하지 않는다고 각인시켜서 마음을 달래곤 한다. 또 혼자 방에 누워 잠들 생각을 하니 무섭고 두렵다. 당연히 하면 되는 것을 두려워하고 시도조차 하지 않는 내가 더 안쓰럽고 겁쟁이로 느껴진다.

점점 누군가에게 의존하는 자체를 부끄럽고 숨기고 싶을 때가 많아진다. 어린아이가 독립을 연습하듯이, 나도 독립 연습이 필요하다. 언젠가 환경에 적응해서 살아가겠지만, 지금은 용기가 나지 않는다. 아이들이 한 명씩 독립하여 떠날 때, 나는 혼자 남는 연습을 해야 한다. 이때 고요함과 친해져야 하는데, 과연 잘 지낼 수 있을까?

이젠 엄마의 감정을 돌볼 시간이다

나는 항상 왜 부족한 것일까

– 불행을 이끄는 열등감

첫째가 초등학교에 들어가면서 새로운 엄마들의 모임이 생겼다. 학교 행사가 있어 옷장에서 오랜만에 정장을 꺼내어 입었다. 분명 내 옷인데 내 옷이 아닌 듯했다. 편안하고 자연스러운 모습 대신에, 옷 속에 내가 들어간 느낌이었다. 바뀐 체형과 헝클어지고 정돈되지 않은 머리가 거울 앞에 있는 나를 어색하게 만들었다. 화장하고 머리 손질을 조금 하면 괜찮을 것이라 생각하며 어색함을 달랬다. 신발장으로 가서 굽이 낮은 구두를 꺼내어 발을 간신히 넣었지만, 왠지 퉁퉁 붓는 느낌이고, 굽이 낮음에도 높은 곳에서 있는 기분이었다. 발이 점점 아파 와 얼른 구두를 벗었다. 그런 어색함도 잠시, 평소와 달리 사회활동을 하던 모습으로 돌아간 것 같아 내심 설레고 기뻤다. 학교 행사를 마치고 몇 명의 엄마들과 만남의 장소로 향했다. 엄마들은 자기소개와 더불어 탐색전에 들어갔다. 겉모습을 슬쩍 훑어보고 옷과 머리 스타일, 가방을 살펴봤다. 원래 아는 만큼 보이는 법, 나는 명품 옷이나 가방을 잘 모르기에, 외적인 부분은 자세히 보지 않았다.

　보통 이야기할 때 주제와 성향이 동일하지 않거나 관심사가 다르면 모임의 흥미를 잃어버린다. 남편의 직업, 엄마의 학벌, 집, 자동차 등에 대한 이야기가 나오면서 나를 기준으로 위, 아래에서 순위를 매기고 있었다. 하지 않으려고 해도 자꾸 순위를 정하는 것이 야속하고 미련하게 보였다. 내가 낮은 쪽에 자리 잡고 있으면 순간 주눅이 들고 초라하게 느껴졌다. 왜 이런 부질없는 생각을 하는지 속물처럼 보였다. 재빨리 정신을 차리고 나서 외적인 부분을 판단하지 말고 배울 점이 많은 모임인지 판단하고자 사고를 전환시켰다. 모임이 끝나고 돌아오는 길에, 앞으로 엄마들의 모임이 계속 유지될지, 아니면 여기서 끝날지 판단해 보았다. 이제는 5분만 이야기해 봐도 나랑 맞는지 아닌지, 관계가 계속 유지될 멈출지 판단할 수 있다. 학기 초의 모임은 아이들이 적응을 잘하고, 학교의 공지사항을 확인하고자 관계를 유지하지만, 이 시기가 지나면 모임의 가치를 따진다. 사용된 시간과 돈이 아까운지 아깝지 않은지, 돌아오는 길에 기분이 좋은지 아닌지 판단한다. 이것이 그 모임의 지속 여부를 결정하는 데 도움이 된다. 감사하게도 나는 모

이젠 엄마의 감정을 돌볼 시간이다

임의 가치를 빨리 판단하고 도움이 되지 않으면 빨리 모임에서 빠져나올 수 있었다. 나는 불편한 관계를 유지하고 시간을 소비하기보다 혼자 있는 시간을 더 선호하게 되었다.

엄마들이 모이다 보면 남편과 자식 이야기가 대부분이다. 남편에 대한 불평불만을 이야기하거나, 남편에 대한 자랑을 쏟아내는 경우가 있다. 이 두 경우 모두 나를 불편하게 만든다. 타인이라 같이 흉을 볼 수도 없고, 남편이 잘해주거나 잘나간다는 말을 들으면 부럽고, 나의 위치가 더 초라해 보여서 만남이 불편해진다. 자식을 키우면서 생기는 어렵고 힘든 부분을 공유하면서 조언이나 좋은 정보를 얻는 바람직한 면도 있지만, 자신의 부족한 부분을 타인에게 이야기하면서 불편함이 증폭되어 나타나기도 한다. 그런 일이 많을수록 돌아오는 길은 부끄럽고, 얼굴에 침을 뱉는 것 같다. 사람들과 웃으면서 이야기하며 돌아오는 것이지만, 시원하지 않은 기분은 나의 부족함이 끊임없이 보이기 때문이다. 행복을 찾아 꿈을 꾸고 꽃길로 걸어가고 싶은 게 바람이지만, 자꾸만 그 길과 멀어지고 불행의 길을 찾아서 걸어가고 있는 것 같다. 자신을 사랑하지 않거나 불만족스러울 때 나타나는 열등감이 나를 자연스럽게 행동하지 못하게 한다.

이상하게 소정이를 만날 때마다 열등감을 느끼는 순간이 있다. 열등감을 느낄 때는 질투가 나거나 부러워서 그런 경우가 많았다.

나도 많이 꼬였는지, 항상 밝게 예쁜 말을 하고, 불평이나 불만은 이야기하지 않고 좋은 모습을 보여주는 사람을 만나고 오면 나는 불편함을 느꼈다. 소정이에게 한 나의 모든 말들이 부끄럽게 여겨지고, 내가 살아온 시간이 헛되게 느껴졌다. 그러면서 소정이를 가식적이고 비이상적인 사람이라고 여겼다. 나의 사고는 열등감에서 나오는 것이었다. 사람들과의 만남에서 꼭 좋은 면만을 보여줄 필요는 없다고 생각했다. 자신의 부족하고 못 하는 부분을 상대방에게 보여줘도 괜찮다는 것이다. 어쩌면 희로애락이 모든 사람의 삶에 있기에, 함께 억지로 꾸미고 숨길 필요는 없어 보인다. 중학교 때 수민이란 친구가 있었다. 수민이는 상냥하고 예뻐서 인기가 많았다. 그렇게 예의 바르고 모범이 되는 친구가 내 곁에 있다는 것에 감사했다. 하지만 시간이 지날수록 수민이의 옆에 있는 다른 친구들이 서서히 불만을 표출했다. 수민이는 사람들 앞에서 상냥하게 행동하고, 친구들에게 선행을 베풀며 착한 사람, 좋은 사람이라는 말을 듣고 싶어 했다. 모든 모임에서 사랑받는 존재로 각인되고 싶어 하기도 했다. 달콤한 말과 행동으로 물질과 정보를 쉽게 얻었고, 어떤 목표를 달성하기 위한 것도 있었다. 수민이의 속내를 알고 나서 그와 함께하는 데 어려움이 있었다. 누구든 자신이 돋보이거나 최고라고 여기고 임한다면, 그 모임은 지속되기 어렵다. 그래서 나는 수민이 이후로 친절한 사람을 보면 먼저 거리를 두고 선입견을 가지게 되었다.

이젠 엄마의 감정을 돌볼 시간이다

요즘 인스타, 블로그 그리고 메신저 프로필에 올라오는 사진을 보면서 스스로 열등감을 느끼게 된다. 그들은 내가 그렇게도 해보고 싶었던 것을 하고, 가고 싶은 곳을 가고, 맛있는 것을 먹고 있다. 결혼하고 난 후 나 자신뿐만 아니라 아이들까지 반영되어, 아이들이 못하는 부분이 보이면서 열등감과 질투심이 더 커진다. 최선을 다해 아이들과 좋은 경험을 쌓고 여행을 다니고 있지만, 열등감을 채워주기란 부족하다. 올라오는 사진을 보면서 열등감을 느낄 필요가 없는데, 왜 못 해주는 부분만 보이는지 모르겠다. 이런 열등감이 딸들에게까지 영향을 미친다. 분명 딸들이 잘하는 부분이 많고 장점이 많은데, 항상 단점과 못 하는 부분이 먼저 보인다. 딸들이 친구들보다 소극적이고 뚜렷한 성과가 나지 않을 때는 화가 난다. 그동안 시간과 돈을 들여 기회를 주려고 애를 썼는데, 결과가 좋지 않아 실망스러웠다.

　과연 딸들의 행동이 잘못된 것일까? 사실 그것이 딸들의 잘못이 아니란 사실을 알고 있다. 나의 잘못을 인정하지 않고, 딸들을 제대로 보지 못한 채 욕심을 내었기 때문이다. 딸들에게 다양한 배움을 경험하도록 여러 학원을 보냈다. 본래 목적은 딸들이 커서 취미로 할 수 있는 기본을 가르치기 위해서였다. 일을 떠나서 자신의 시간을 잘 다스리고 유용하게 쓴다면 지루하거나 외롭지 않게 지낼 수 있고, 사람들을 만나 상호작용을 하는 것을 배울 기회가 더 많아진다고 생각했다. 물론 여러 학원을 통해 다양한 친구를 사귀고 기본 지식을 습득하게 되었다. 나의 사욕이 꿈틀거릴 때마다 배움의 목적을 상기시켰다. 하지만 점점 배움의 기회는 줄어들게 되었다. 딸들은 심지어 하고 싶지 않거나 재미가 없다고 한다. 즐기면서 할 수 있다면 최고인데, 딸들에게는 그것이 잘 안되었다. 대부분 어릴 때 한 번은 피아노를 배워본 적이 있을 것이다. 하지만 나는 피아노 건반을 쳐보지도 못했고, 음악 시간에 배운 리코더가 다룰 수 있는 유일한 악기였다. 나는 피아노나 악기를 주제로 대화를 하면 침묵하거나 다른 사람의 이야기를 듣고만 있었다. 내가 느낀 열등감을 자식들은 느끼지 않길 바라며 배울 수 있는 기회를 주고 도와주고 싶었다. 하지만 딸들은 억지로 하거나 배우고 싶지 않다는 이유로 거절하였다. 모든 열등감은 나의 결핍에서 온 것임을 알지만, 아이들에게 그 결핍을 대물림할까 봐 조바심을 내었다. 열등감을 없애주는 것이 아니라 열등감을 더 키워주고 있었다.

나는 전업주부로 살면서 전문직에 종사하는 엄마에게 열등감을 느낀다. 일을 계속해야 하는 이유가 그녀에게 분명히 있는데, 멈춰버린 나의 업적을 아쉬워하면서 관계도 없는 사람에게 열등감을 느끼게 된다. 직장인 엄마는 매일 아침 일찍 일어나 식사를 준비하고, 아이들을 등교시킨 후 일터로 나간다. 일을 하고 돌아와서는 다시 자녀를 돌보고 집안일을 한다. 아침부터 밤까지 쉴 틈 없이 일을 한다. 직장인 엄마들이 얼마나 부지런하고 바쁘게 살아가는지 잘 알지만, 그녀들의 삶을 동경한다. 막상 나도 직장인 엄마처럼 생활하라고 하면 당장 힘들어서 도망칠지도 모른다. 지금 내가 현실에 만족하지 못하고 불만을 가졌다는 것을 잘 알고 있다. 같은 일을 하더라도 눈에 보이는 결과물이 있었으면 좋겠다. 뚜렷한 성과나 월급이 나오면서 나 자신을 좀 더 가치 있는 존재로 각인시키고 싶다. 바로 내가 하는 일에 인정을 받고 싶다는 것이다. 타인과의 비교에서 나오는 감정이 바로 질투이고, 그것을 충족시키지 못할 때 열등감은 더 많아진다. 열등감이 쌓이면 불만이 많아지고 내면에서 부정적 감정이 싹트기 시작한다. 동시에 바로 옆에 있는 사람에게까지 감정이 전달되어 자신을 포함한 모든 환경을 불행한 환경으로 바꾸게 된다. 열등감의 악영향으로 불행의 늪에 빠지게 된다.

나는 이 불행 속에서 벗어나기 위해 열등감이 무엇인지 파악하고, 어떨 때 열등감이 최고조로 도달하는지 파악해야 했다. 내가 못 하는 것들을 타인은 잘하거나 쉽게 취하고 있을 때, 열등감은 폭증하고 겉으로 표출되었다. 걸어온 시간을 되돌아보면 많은 성과를 이루며 업적을 낳았고, 과거보다 현재가 더 발전되고 성공적인 삶이었다. 하지만 늘 부족하고 게으른 나의 모습을 발견한다. 당장 해야 할 일들을 미루고 계획해 둔 일들을 실천하지 못할 때가 많다. 하루를 쪼개어 생각해 보면 매 순간 게으르고 나약한 나와 싸우고 있었다. 나의 귀찮음을 이기고자 설득하고 행동하려 하지만 쉽게 실천하지 않았다. 그런 나를 잘 알기에 나약하고, 겁 많고 부족한 나 자신을 데리고 하루를 오늘도 살아가고 있다. 왜 이렇게 나는 나 자신에 만족하지 못하고 스스로 불행의 길로 이끌고 가는지 모르겠다.

숨어 있던 나의 아픔을 만나다

– 내면아이와의 만남

사람의 성격은 바꾸기 힘들다고 한다. 가끔 타인과 대화 중에 서로의 감정을 조절하지 못할 때가 있다. 상대방의 성격을 이해하다가도 어떤 말 한마디에 부딪힐 때가 있다. '어떻게 저런 말을 할까?', '어떻게 이런 행동을 할까?' 이해가 안 돼서 이야기하거나 말하지 않는 쪽이 좋을 것으로 생각하고 침묵으로 일관하여 부딪침을 최소화했다. 살아온 환경이나 경험이 다르기에, 어떤 문제나 일을 접할 때 바라보는 시선이 다르다. 물론 논쟁을 제3자의 위치에서 객관적으로 평가할 때는 모든 것이 이해가 된다. 하지만 실제의 삶에서는 이성적이고 객관적으로 바라볼 수 없어 자신의 주관적인 의견이나 감정이 투영된다. 평소에는 그렇지 않은데, 꼭 격한 상황에 놓이면 예상치 않은 반응을 한다. 그 반응을 할 때 평소보다 예민하고 건드려서는 안 되는 순간이다. 그때가 감추고 싶고 다시금 경험하고 싶지 않은 순간, 즉 아픈 내면아이를 만나는 순간이다. 내면아이는 하루에도 몇 번씩 찾아오기도 하고, 바쁜 생활 속에서는 가끔 찾아오기도 한다.

어른이 되고도 평생 찾아오는 아이 바로 내면아이다. 그 아이는 어둠 속에서 살고 있으며, 기쁘고 행복할 때보다는 힘겹고 외로울 때 자주 찾아온다. 내면아이는 독립적인 자신과 동시에 독립된 인격체처럼 내면에서 살아가는 존재다. 보통 7세~12세 사이에 경험한 것을 토대로 어린 시절부터 지속적으로 영향을 준다. 특정 장소나 환경에 처했을 때 무의식적으로 부정적 감정이 떠올라오는 경험을 해봤을 것이다. 평소와 다른 궤적의 파동으로 찾아온다. 아무리 그 감정에서 빠져나가려 해도 잘되지 않고 오랜 시간 머물게 된다. 그렇게 내면아이가 찾아와 오랫동안 감정을 좌우한다.

나는 세 명의 아이를 키우고 있다. 바로 두 딸과 나의 내면아이다. 첫째가 태어나면서 안전하고 건강하게 생활하는지에 초점을 두고 생활하다 보니, 모든 신경이 예민해졌다. 두부와 채소는 한번 데쳐서 음식을 만들고, 소고기를 가져와 도마에 다져서 식감을 증가시켰다. 유리와 스테인리스 그릇으로 바꾸고, 플라스틱 일회용품은 사용하지 않았다. 환경호르몬에 더 영향을 받을까 봐 식품과 식기류에 신경을 쓰고 있었다. 생명을 가진 아이가 나의 손에

이젠 엄마의 감정을 돌볼 시간이다

달려서 살아가야 하기에, 막대한 책임감을 가지고 아이를 돌보게 되었다. 엄마의 돌봄 속에서 안전하고 행복하게 살아가게끔 아이에게 집중하고 집착하는 모습을 자주 본다. 관심과 집착이 헷갈릴 정도로 하루에도 몇 번씩 객관적으로 살펴보기 위해 그 경계선을 점검한다.

나는 어릴 때 친구를 비롯해 언니와 함께 보낸 시간은 많았지만, 엄마와 함께한 시간이 많지 않아, 항상 엄마를 그리워하면서 기다리는 모습을 보이곤 했다. 학교에서 돌아오면 언제나 엄마는 집에 안 계셨다. 찬기가 도는 집에 들어가기 싫어서 친구들과 밖에서 더 지냈다. 학교를 다녀왔을 때 엄마가 대문 앞에 마중 나오고 학교생활을 물어봐 주는 모습을 늘 바랐다. 그래서일까? 나는 두 딸이 학교에서 돌아오면 항상 엄마가 집에 있고, 엄마와 함께 보내는 시간을 많이 만들어 주고 싶었다. 이런 것이 엄마가 해줄 수 있는 역할 중 하나라고 생각했다. 그리고 아이들에게 안정감을 심어주고 싶었다. 하지만 나는 어느 순간 아이들을 위해서가 아니라 본질적인 목적은 나의 내면아이에게 보상하고 싶었던 것임을 알게 되었다. 엄마라면 아이들에게 결핍이 생기지 않게 노력해야 한다고 생각했다. 나는 일자리를 바꾸는 것을 다른 이들보다 쉽게 생각하고 일을 멈췄다. 아이들과의 시간을 최대한 가지고 싶었기 때문이다.

아이를 키우면서 내면아이를 자주 만나는 것 같다. 아이가 한 살 한 살 커갈 때마다 나의 내면아이의 나이도 증가하게 된다. 과거 초등학교 저학년 때 내가 집에 돌아오면 엄마를 대신해 아버지가 학교생활에 관해 물어보시며 공부를 가르쳐 주셨다. 그래도 아버지가 해주셨기에, 지나고 보니 그것 또한 따뜻한 추억으로 남아 있다. 아버지가 가르쳐 주신 방식대로 나도 아이들을 가르치고 있다. 첫째가 12살이 되면서 차츰 사춘기가 온 듯했다. 전형적인 사춘기의 특성을 알고 있고, 대하는 법을 배웠지만, 딸의 사춘기는 내가 생각해 온 것과 전혀 달랐다. 내가 생각해 온 딸의 사춘기는 내가 겪어본 과정과 동일하다고 생각했다. 나는 사춘기 때 참으로 고요하고 조용하게 한곳에 집중하며 고독한 시간을 보냈다. 친구가 많지 않았지만, 학업 목표가 있었기에 그 시간이 지루하지 않았다. 부모님은 항상 자식을 위해 일하시고, 바쁘고 힘들더라도 아무 내색을 하지 않으셨다. 맛있는 것이 있으면 먼저 자식에게 나누어 주시고, 당신들은 좋아하지 않다거나 배가 부르다고 하셨다.

아마 이런 것에 공감한다면, 아주 평범한 부모 밑에서 자랐을 것이다. 하지만 부모라고 해서 항상 좋은 말을 하고 좋은 행동을 보여주는 것은 아니다. 매번 최선을 다하는 우등생인 다희는 엄마에게 꾸중을 듣고 인정을 받지 못했다. 성인이 된 후에도 다희는 맡은 일을 잘하고, 능력도 있고, 타인에게 사랑을 받는데도 항상 사랑을 확인하며 자신이 잘못한 것은 없는지 파악했다. 긴 시간을 함께 보내고 나니, 다희의 성격이 어떻게 형성되고, 일을 바라보는 관점이 다른 이유를 알게 되었다. 다희는 엄마에게 외압적인 통제를 받고 자랐다. 다희는 결혼하면서 엄마의 통제에서 벗어나는 줄 알았다. 친정엄마의 직접적인 영향력은 없지만, 자주 찾아오는 내면아이를 만나면서 이전과 다름없는 삶을 살고 있었다. 그렇게 알 수 없는 무의식적 감정이 삶을 좌우하고 평온하게 만들어 주지 못한 결과였다.

깊게 이야기해 보면, 밝아 보이고 높은 위치에 있는 사람 중에서도 숨기고 싶은 기억이 있다. 잦은 부모의 싸움을 목격하거나 부모에게 학대를 당하는 일도 많다. 나는 대학교 1학년 때, 기숙사에서 생활했다. 당시 룸메이트였던 민지는 나와 동갑이었고, 같이 지내는 동안 우리는 한 번도 다툰 적이 없었을 뿐 아니라 서로 말을 하지 않아도 통하는 사이였다. 민지의 부모님께서 나를 보시고는 어리지만 어른스럽다고 이야기하셨다. 그러고선 무엇인가 고생을 많이 한 얼굴이라고 안쓰러워하셨다. 민지에게 말한 적은 없지만, 우리 집은 평화롭고 안정적이지 않았다. 늘 해맑게 순수하고 밝은 친구들을 보면 부러웠는데, 나의 과거가 그렇지 않았기 때문이다. 밝은 사람을 보면 거리감이 들고 동경의 대상이 되었다. 나도 밝고 상냥한 모습으로 지내고 싶었다. 물론 나도 그렇게 사랑받고 화목한 집에서 자랐다면 어두운 표정보다는 타인에게 긍정적이고 밝은 모습을 보여주며 살았을 것 같다. 가정환경은 함부로 바꿀 수 없고 자연스럽게 습득되기에, 부정할 수도 없다. 그렇다고 더욱 속상해할 수는 없다. 과거의 삶이 내 삶의 전부는 아니기 때문이다.

어두운 밤에 길거리를 걸으면 누군가 따라오는 것 같고 무서울 때가 많다. 그래서 최대한 밤에는 나가지 않고 뛰어서 목적지로 향했다. 어릴 때도 밤은 무서웠고 혼자 걷는 기분이 많이 들었다. 늦게 퇴근하는 엄마가 제시간에 오시지 않으면 무슨 사고라도 당하셨는지 걱정이 되었고, 저녁 늦게까지 외로운 기다림의 연속이었다. 그런 밤이 나에게는 좋은 시간은 아니었다. 식구가 많았는데도 왜 그렇게 외롭고 조용한 밤들이 많았는지 이해가 잘 안되지만, 어릴 적 나는 외롭고 그리움이 많은 아이였다. 딸들이 커서 내면아이가 존재한다면 어떤 모습일까? 지금 중요한 시기를 보내고 있을 텐데, 최대한 마음 아픈 내면아이가 존재하지 않게끔 도와주고 싶다. 하지만 딸들의 마음속으로 들어갈 수도 없고, 내가 최선을 다한다고 해도 욕구를 모두 충족시켜 줄 수는 없다. 친구를 비롯해 선생님과의 관계가 원만하고, 학원 생활이 즐겁게 인식되길 바라지만, 생각처럼 딸들은 학교와 학원을 좋아하지 않는다.

초등학생 저학년이 되면 생일파티를 크게 한다. 그렇기에 생일파티는 큰 부담이 된다. 첫째는 생일파티를 많이 하지 않아 상관없지만, 둘째의 경우 친구들의 생일파티가 한 달에 몇 번은 있다. 이렇게 생일파티에 참석하다 보면 둘째는 자신의 생일파티를 하고 싶어진다. 엄마로서도 둘째의 친구들을 초대하여 재미있는 놀이를 제공하고 싶지만, 매달 지출하는 생활비를 생각하면 쉽지가 않다. 사랑받으며 풍족하게 살아가는 아이로 키워주고 싶지만, 모든 것을 해줄 수 없기에 아이를 설득하고 이해시키는 것이 우선이다. 돈이 없어서 해줄 수 없거나 의미 없는 일이라고 면박을 주면 아이는 더 상처를 받는다. 그래서 간소하게 하더라도 마음이 편한 장소와 이벤트를 준비하게 된다. 둘째는 12월 다가오는 생일에 친구들을 초대하고 싶다고 했다. 다른 친구들은 생일파티를 하는데 자신은 하지 못해 부럽고 초라해진다는 둘째를 볼 때마다 미안하고 안쓰럽다. 한 달 월세와 생활비 등 일정 지출 금액을 제외하고 과외로 목돈이 들어가는 행사를 하기에는 부담이 크다. 거창하게 해주지는 못해도 학급 친구에게 줄 작은 장난감 하나와 도넛을 나눠주려고 계획하고 있다. 지금 해주지 않으면 커서 두고두고 미련이 남아 엄마를 원망할지 모르고, 엄마도 미안한 마음이 들어 죄책감을 가질 수도 있다. 남들처럼 거창하게 한다면 부담이 되고 후회도 남는다.

어릴 적 나는 생일파티를 할 형편이 아니었기에, 부모님께 친구를 초대하고 싶다는 말도 꺼내지 못했다. 당연히 아침에 미역국과 찹쌀밥을 해주시는 것만으로도 감사했다. 초등 2학년 때 친구들이 나의 생일인 것을 알고 우리 집에 찾아왔다. 갑작스러운 방문에 아버지는 서랍 속에 든 과자와 떡을 꺼내어 친구들에게 대접했다.

다행히 내 생일이 석가탄신일 다음 날이라 절에서 받아온 과자와 음식들이 있었다. 초등 시절 그렇게 친구들과 생일을 보낸 것이 전부다. 그때의 즐거움이 나의 머릿속에 아련하고 좋은 기억으로 남아있다. 부족하지만 그래도 과자 몇 봉지가 있었던 것이 얼마나 다행인지 모른다. 이처럼 딸에게 최대한 좋은 것을 해주기보다 따뜻한 마음을 가질 수 있는 시간을 만들어 주고 싶다. 비싸고 값진 것이 아니라도 그 과정에 재미와 웃음이 존재하면 되는 것이다. 지금 곁에 있는 딸의 마음은 어린 내면아이를 만난 과정을 만들어 가고 있다. 이 순간이 잘 지나가도록 마음이 다치더라도 잘 풀어나가고, 넘어져도 일어서서 용기를 가지는 순간을 만들 수 있게 용기를 주고 싶다. 딸과 딸의 내면아이가 상처받지 않고 행복하게 살아가길 바랄 뿐이다. 지금 엄마의 내면아이, 아빠의 내면아이, 딸들이 커서 만날 내면아이가 지금 한 집에서 살아가고 있다.

마음이 다치더라도 잘 풀어나가고 넘어져도 일어서서 용기를 가지는 순간을 만들 수 있게 용기를 주고 싶다.

새로운 것에 도전하기가 두렵다
- 자존감의 근거

　처음은 항상 새로운 상황에 놓인다. 어른이 되면서 어릴 때보다 더 적극적으로 새로운 것을 시도하지만, 지속적으로 상태를 유지하는 것은 여전히 어렵다. 엄마는 차를 운전해서 아이를 학교와 학원에 데려다주고, 마친 후에는 데려와야 하며, 끼니때가 되면 식사 준비를 해야 하고, 갑작스러운 학교 행사와 집안 행사가 있으면 참석해야 한다. 그렇게 매일 평범한 일상의 일들이 기다리고 있다. 40살이 지나면서 아픈 곳이 생기고, 예전보다 먹는 영양제와 약도 늘어난다. 나이가 들면서 발생하는 자연스러운 일이다. 새로운 것을 시도하기 전에 내가 꾸준히 이 일을 계속할 수 있는지부터 판단한다. 일을 어렵게 결정하고 시작하지만, 갑작스러운 아이의 문제로 멈춘 적도 있었고, 남편의 일로 이사를 가게 되어 해오던 일을 중지하는 경우도 있었다. 그런 일들이 반복되다 보니, 새로운 것을 시도하기도 전에 미리 포기해 버리거나 찾아보지 않게 되었다. 이런 엄마의 삶을 뒤로하고 아이들에게는 먼 미래를 위해 끊임없이 도전하고 실천하라고 말한다. 가능한 어릴 때 배우고 습득해야 성인이 되었을 때 쉽게 시작할 수 있고, 기회가 많이 생기는 것을 잘 알기 때문이다.

작년 가을, 새로운 이웃이 이사 왔다고 하여 다른 가족들과 함께 만나기로 했다. 처음 만난 사이기에, 어른들은 약간의 정보를 교환하고 서로의 공통점을 찾아가기에 바빴다. 아이들은 어른들과 달리, 물색하는 시간을 가졌다. 알고 있던 놀이를 같이하며 몸짓으로 먼저 대화를 나눴다. 두 딸은 새로운 사람을 만나면 말이 없어진다. 부끄럼이 많고 무슨 말을 건네야 할지 몰라서 놀이만 할 뿐이다. 이번에 만난 친구는 우리 딸들을 만나자마자 반갑게 인사를 하며 같이 놀자는 말을 해주었다. 그리고 자신이 좋아하는 것을 위주로 놀았다.

'저 아이는 어떻게 자랐기에 자신감이 넘치고 활발할까?' 일반적으로 자녀의 성격은 가정환경의 영향을 많이 받는다. 처음 만나는 것이 엄마이고, 오랜 시간 가족과 함께 생활한다. 그 속에서 매일 보고 들은 것, 부모의 행동을 따라서 아이는 학습하게 된다. 집

이젠 엄마의 감정을 돌볼 시간이다

으로 돌아와 자존감 강한 자녀로 키우는 영상을 찾아서 보았다. 자존감과 자신감은 의미가 비슷하다. 자존감은 자신을 있는 그대로 바라보고 좋은 쪽으로 판단하는 것이다. 결혼하고 시댁에 갔을 때, 시부모님은 우리 부모님과 많이 다르다는 것을 느꼈다. 시부모님은 작은 것에도 칭찬을 많이 하시고 모든 행동을 평가하셨다. 조그만 것에도 칭찬을 받으며 제일 잘하는 사람, 똑똑한 사람으로 여겨질 정도였다. 과거에 내가 부모님께 들은 칭찬이라고는 "네가 알아서 했구나! 엄마는 도와준 것이 없는데 스스로 했네!, 엄마는 잘 모르고, 네가 더 잘 아니깐 네가 결정하고 잘해 봐!, 엄마는 널 항상 믿는다." 이런 말이 대부분이었다. 사실 시댁의 과한 칭찬에는 잘 적응되지 않았다. 평소 그냥 하던 일이 칭찬의 소재가 되니 어색하였다. 고래도 춤추게 한다는 칭찬을 아이들에게는 어느 정도까지 하는 것이 맞는지 혼란스러웠다. 때때로 칭찬만 듣고 자란다고 해서 바르게 성장하지 않는다는 것 또한 알고 있다. 과한 칭찬을 받은 사람은 타인이 자신을 인정해 주지 않거나 지적을 받으면 그 사람을 배척하거나 회피하게 된다.

밤에 딸들과 마주 앉아 심호흡하며 서로에 대해서 이야기했다. 요즘 딸들이 무슨 생각을 하고 있는지, 자신들의 장단점, 그리고 가족에게 바라는 점이 무엇인지 궁금했다. 내가 하는 말이 두세 번 반복되면 잔소리로 생각된다고 말했다. 엄마의 말을 알아들으니까 한 번만 해달라는 것이었다. 그리고 칭찬을 많이 해달라고 했다. 역시나 칭찬에 인색한 엄마를 딸들도 느끼고 있었던 모양이다. 내가 하는 칭찬이라고는 "최고네!", "멋지네!", "대단하다!"뿐이었다. 흔히들 칭찬을 해줄 때 결과보다 과정 중심으로 칭찬하라고 하지만 나는 여전히 그렇게 못 하고 있었다.

첫째는 상냥하고 사람들에게 배려를 잘하며, 타인의 말을 경청하고, 맡은 일을 책임지고 잘 해낸다. 첫째는 나이에 걸맞게 자신의 역할을 완수하고 생각이 깊다. 평소 자랑스럽게 생각하고 있지만, 엄마가 자신을 믿지 못하고 부족한 사람으로 여긴다고 했다. 내 생각이 첫째에게 잘 전달되지 못했다. 딸이 못하는 부분만 언급하고 있었던 것이다. 충분히 잘하고 있음에도 제대로 칭찬하지 않아서 엄마의 마음을 오해하고 있었다. 내가 살아온 환경과 비슷하게 자녀들을 양육하고 있었던 것이다. 사실 딸들이 자신감이 없고, 낯선 이를 만나도 적극적이지 않으며, 대회나 모임이 있을 때면 참여하지 않고 겉돌고 있는 것도 내가 만들어 준 환경 때문이었다. 아이들을 활기차고 자신감 있고, 자존감이 높은 사람으로 키우고 싶지만, 체득한 것이 부족해서 쉽지는 않았다. 그래서 공부해야 했고, 배운 것을 실천하기 위해서는 연습해야 했다. 칭찬이 가식적이고 불편해 보이는 나의 선입견부터 없애야 했다. 아이들의 자존감은 주 양육자의 자존감과 같은 길을 걷고 있었다. 때로는 자존감이 높은 남편이 주 양육자가 되었다면, 아이들이 자신감이 넘치고 더 자존감 높은 사람으로 살아가지 않을까 싶다.

이젠 엄마의 감정을 돌볼 시간이다

자존감이 높은 사람은 자신을 사랑하고 있는 그대로를 받아들인다. 자신이 잘하는 것, 부족한 것, 잘할 수 있는 것, 아무리 해도 가질 수 없는 것을 잘 안다. 자존감의 가치와 높이는 사람마다 각기 다르다. 자존감이 높은 사람이 꼭 훌륭하고 유명한 사람, 돈 많은 사람이 되는 것은 아니다. 우리 주변에는 간혹 자존감을 포장하여 높게 보이고 싶어 하는 사람들이 있다. 그들은 자기 자신이나 가족이 소유한 물건을 과시한다. 아파트, 외제 차, 명품 옷과 가방, 고급 운동용품을 자랑하며 보여준다. 하지만 이것이 자신의 능력 범위를 벗어나면 위험해 보인다. 자세히 들여다보면, 이들은 자존감이 낮은 사람들이다. '왜 이렇게 과시하지?'라고 생각할 수 있다. 자존감이 낮은 사람은 대부분 어릴 적 경험에서 형성되어졌다. 어릴 때 낮아진 자존감을 포장하기 위해 성인이 되어서 과시하는 것이다. 그만큼 어릴 때가 중요하다.

아이를 데리러 학교 앞에 가면 예쁘게 화장하고 구두를 신고 단정한 모습으로 기다리고 있는 엄마도 있고, 집에서 입고 있던 옷차림 그대로 슬리퍼를 신고 나오는 엄마도 있다. 반갑게 맞이하는 엄마의 모습 뒤로, 아이는 사춘기로 접어들수록 단정하지 않은 엄마의 모습을 친구들에게 보여주고 싶어 하지 않는다. 음식 냄새가 나는 남루한 옷을 입고 학교에 마중 왔을 때, 어쩌면 엄마의 그 모습이 부끄러운 대상으로 인식될 수도 있다. 자녀가 10대에 접어든 엄마들이 있다면, 그래도 단정한 모습으로 자녀들을 맞이하길 바란다. 사랑하는 부모님임을 잘 알고 있지만, 부모님의 모습을 포장하고 싶고 부끄럽게 여기게 된다. 사춘기 때부터 성인이 되어서까지 겉모습이 중요하기 때문이다. 이때 자존감이 잘못 형성되면, 아이는 성인이 되어서 보이는 것에 집착하게 된다. 나는 모임에 참여하거나 외출할 시에는 정돈된 모습으로 나가기 위해 옷과 액세서리로 장식한다. 혹시나 마음에 안 들면 늦더라도 다시 돌아가 옷을 갈아입고 외출한다. 형식에 맞는 옷은 있지만 지나치게 집착하면 안 된다는 것이다. 좋은 사람으로 보여주기 위해 꾸미는 사람이 있고, 말을 예쁘게 하려고 노력하는 사람도 있다. 그 말속에 진정성과 배려가 없다면 아무리 예쁜 말이라도 포장된 말이 되어 버린다.

자존감이 높은 사람은 겉모습으로 판단하지 않고, 겉모습에 집중하지 않는다. 지나치거나 너무 신경 쓰지 않은 사람을 보아도 평가하지 않는다. 다른 사람의 시선으로부터 자유롭고 서로 다름을 인정한다. 신경을 쓰지 않은 사람이 더 대단해 보이고, 숨어있는 무엇인가가 있어 보인다. 그런 사람을 알고 지내다 보면 매력을 충분히 느낄 수 있다. 바로 자신의 분수를 알고 인정할 때, 자존감이 높은 사람으로 살아갈 수 있다. 어린 자녀가 아직 이런 점을 이해하지 못한다면, 아이가 올바로 인식하도록 설명하고 기다려 주며, 부담이 안 되는 선에서 자녀를 만날 때는 깔끔하게 해서 만나는 것이 좋다. 관심도 없던 첫째가 사춘기가 되면서 주변 사람의 옷과 화장을 평가한다. 그래서 아이가 나를 보고 부끄러워하거나 숨고 싶지 않게 나는 최대한 노력하려 한다. 하지 않던 화장을 하고, 단정한 옷을 입고 나가는 나의 모습을 보며 사춘기 자녀를 둔 엄마가 되어 가는 것 같다. 사실 딸의 자존감을 키워주는 것인지, 나의 자존심을 지키는 것인지 모르겠다. 자존심이 무너지지 않고 자존감이 높은 성인으로 커가길 바랄 뿐이다.

반복적인 삶에 변화를 주고 싶어 새로운 것을 찾아 도전하고 싶지만, 항상 제자리에서 맴돌고 있다. 나도 돈을 벌면서 유명해지고 인정받는 인물이 되고 싶은데, 어디 하나 내세울 것이 없다. 글을 쓰고 책이 출간되면서 주위에서 책으로 얻는 수입이 얼마나 되냐고 묻는다. 사실 수입보다는 지출이 더 많다. 그렇기에 글을 쓴다는 사실을 타인에게 말하기가 어렵고, 왜 글을 쓰고 있는 것인지 의구심이 든다. 하지만 내 생각과 이야기를 꺼내어 쓰면서 어느 누군가와 소통할 수 있을 것이라 믿는다. 어쩌면 비슷한 처지에 있는 사람들과 공감하며 지금보다 좀 더 나아가길 바랐다. 첫 단독 이름으로 된 책을 출간하면서 제목과 표지가 정해지고, 책이 인쇄되기까지 하루하루가 즐거웠다. 책이 서점에서 팔리기 시작했고, 독자들의 평이 달리면서 출간 후의 기쁨을 만끽했다. 그러나 며칠 후, 상승한 기분만큼 바닥을 찍고 있었다. 글을 수정할 때는 몰랐는데, 오타 몇 개가 발견된 것이다. 출간을 서두르지 않고, 좀 돌아가더라도 출판사를 신중하게 선정했다면 이런 오타는 없었을 것이다. 출고하는 순간까지 찜찜한 마음으로 세상에 나온 것이라 나는 쥐구멍에라도 숨고 싶었다. 책의 오타는 독자들에게 실망감을 가져다주고, 읽는데 흐름을 끊어버린다. 이미 인쇄된 책을 거둘 수도 없고, 수정이 가능하지 않기에 실수를 고칠 수도 없다. 그렇게 점점 나는 무기력의 늪을 지나 새로운 것을 시작할 수 없는 지경까지 도달했다.

글을 쓸 수도 없었고, 읽기도 싫었고, 책에 대한 언급도 하기 싫었다. 평소에는 며칠 후 일어날 나의 회복력이 몇 달이 지나도 보이지 않았다. 역시나 글을 쓰고 책을 낸다는 자체가 쉬운 일이 아닌 건 분명했다. 적어도 혼자서 해나가는 것은 진짜 어렵고 위험한 도전이었다. 유명 인사도 아니고, 베스트셀러 작가도 아니기에 어떤 결과를 원했는지 너무나도 한심스러웠다. 요즘은 예전에 비해 책을 내기가 쉽다. 작가 등용문을 통하지 않고, 블로그나 브런치, 심지어 전자책을 가볍게 낼 수도 있기에 문턱이 낮아졌다. 그래서 글을 쓰는 사람들이 많아지고 책도 쏟아진다. '나는 잘하는 것도 없는데, 왜 글을 쓰는 걸까?', '글을 쓴다고 달라지는 것은 무엇일까?' 내가 하는 모든 일들이 나를 찾으려는 과정인 것 같다. 제자리에 머무르지 않고 지금보다 나은 사람이 되고 싶고, 결과물을 만들어 내고 싶은 것이다. 아이들의 자존감을 높이기 전에 바닥난 나의 자존감을 높이고 싶어졌다.

9.

사람을 만날수록 더 외롭다
– 외로움의 진실

오늘 하루 동안 연락을 한 사람들은 몇 명일까? 일주일 동안 만나는 지인은 몇 명일까? 나는 일주일이나 이주일에 한 번 이웃을 만나서 이야기를 나눈다. 어떤 사람과는 일주일에 세 번 이상 만나고, 매일 약속을 만들어 만나는 사람도 있다. 처음 사람을 사귈 때는 우연한 만남보다 필요로 의해서 만남을 주도하는 경우가 많다. 자녀가 태어나고 나서 그 자녀가 어느 정도 나이가 들면 친구를 만들어 주기 위해 엄마들은 모임을 가진다. 자녀의 나이가 비슷한 사람들끼리 만나면 주제도 같고, 앞으로 나아갈 미래, 걸어온 과거를 추억하며 이야기를 나눌 수 있다. 하지만 그것도 잠시, 시간이 지나면서 만남의 한계를 느낀다. 아이들이 친구들과 친하게 지내다가 종종 다투기도 한다. 상대방 아이의 행동을 관찰하고, 관계를 통해 내 아이의 부족한 부분이나 못하는 것을 발견하게 된다. 그렇게 불편함을 느낄수록 만남을 자제한다. 아이를 키우고 직장을 다니지 않으면 점점 더 고립되는 자신을 발견한다. 특히 자녀가 어릴 때는 더 고립되고 외로움을 느낀다. 어릴 때는 키즈 카페나 문화센터를 가야 다른 집 아이와 엄마를 만날 수 있다. 요즘은 조리원 동아리를 통해 육아를 공유하는 만남이 있지만, 모두가 조리원에 가는 것은 아니기에, 만남을 만드는 일은 어렵다. 오로지 가족이나 친구들이 집으로 찾아오거나 밖에서 만나지 않은 이상 쉽지 않다. 자녀가 유치원이나 학교에 가면 사회성을 길러준다는 이유로 친구를 만들고 사람을 만나게 된다.

초등 저학년까지는 엄마를 통해 사귄 친구들과 잘 지내고 즐거운 시간을 보낸다. 초등 고학년이 되면서, 엄마를 통해 친구를 사귀던 딸들이 요즘은 자신과 마음이 맞는 친구를 사귀고 모임을 만든다. 여전히 엄마의 허락을 받고 모임을 가지지만, 딸들이 자발적으로 모임을 만드는 것이 늘어남에 감사하다. 그동안 딸들의 친구를 엄마가 만들어 줘야 하고, 친구 관계에서 일어나는 일들을 엄마가 알아야 한다고 생각했다. 첫째가 4학년 때 엄마를 통하지 않고 스스로 반 친구를 사귀었다. 현재까지도 그 친구들과 대화를 이어가는 것을 보니, 스스로 친구를 사귀는 것이 진정한 답인 것 같다. 사귀는 것만큼 유지하는 것도 중요하다. 앞으로도 딸들이 스스로

이젠 엄마의 감정을 돌볼 시간이다

친구를 사귀고 잘 지낼 수 있도록 지켜봐 줄 생각이다. 친구들과의 관계에서 얻는 경험이 지금 이 시기에는 가장 중요하기 때문이다.

아무리 친한 사람이라도 오랫동안 관계가 유지된다는 보장은 없다. 성인이 된 우리는 이런 경우를 잘 알고 여러 번 경험도 해보았을 것이다. 내가 친구를 떠나보내지 않더라도, 상대방의 갑작스러운 일과 계기로 연락이 안 닿는 때도 있다. 어제까지 만난 사람이 아무런 언질도 없이 나를 피한다는 느낌이 들 때가 있었다. '왜 그럴까? 왜 내가 싫어진 것일까? 그 사람에게 무슨 마음의 변화가 있는 것일까?' 대부분은 멀어지고 헤어지는 이유를 알게 되지만, 알 수 없는 경우도 존재한다. 갑작스럽게 상대방이 이야기하지 못할 개인사나 몸이 아픈 경우가 생겨 타인을 챙길 만큼 여유롭지 않을 수도 있다. 이런 경우는 시간이 지나거나, 다른 이웃에 의해 멀어진 이유를 듣게 된다.

이사 날짜가 다가오면서 친하게 지내던 이웃이 우리 가족을 피한다는 느낌을 받았다. 그 당시 몹시 바빴고, 왜 그런지 서운한 마음도 들기 전에 그냥 받아들이려 했다. 몇 년 동안 함께한 좋은 시간만큼 그 이웃에게는 헤어짐이 가슴 아픈 일이라서 그런지 먼저 밀어내는 것 같았다. 떠나는 인연을 먼저 마음에서 지우는 경우였다. '그래, 그럴 수 있어. 충분히 그럴 수 있지!' 나는 이해가 되었지만, 딸들은 갑작스럽게 친구와 헤어지는 것에 익숙하지 않았다.

"사람이 만나고 헤어진다는 것은 쉬운 것이 아니야. 어쩌면 너희들이 지금은 이해가 안 되고 오랫동안 만날 수 있다고 생각할지 모르겠지만, 엄마가 살아보니, 친구 관계가 유지된다는 것이 쉬운 일은 아니었어. 우리의 환경이 변하기도 하지만, 친구의 환경도 변할 수 있거든. 지금 헤어짐이 마음 아프겠지만 그래도 즐거웠던 일들을 오랫동안 기억하며 서로가 행복하길 빌자! 그 사람들 정말 좋았잖아!" 딸들은 나의 말을 들으며 한동안 조용히 생각에 잠겼다. 딸들에게 "새로운 친구를 또 사귀면 되지." 이런 말은 하고 싶지 않았다.

　새로운 환경에 적응하는 과정 중에 사람을 사귀는 것이 가장 어려웠다. 사람을 만나는 것을 좋아하지만 적극적으로 모임에 참여하거나, 모임 후 지속적인 관계를 이어가지 못했다. 모임에서 자신의 이야기만 하는 사람이 있다. 왜 내가 그 사람의 이야기만 들어야 하며, 많은 시간을 소비하는지 의구심이 들 때도 많았다. 모임 약속이 많아지면 몸과 마음이 지치게 되고, 나의 삶이 아니라 타인의 삶 속에 내가 들어가서 사는 기분이 들었다. 그러면서 친숙한 사람들을 만나는 것을 더 좋아했다. 내가 주로 지내는 곳은 아파트, 도서관, 마트 그리고 학교뿐이니, 대화할 일이 많지 않았다. 요즘 들어 대화나 전화를 하는 것보다, 문자나 메일을 보내는 것이 더 많아졌다. 그렇다 보니 내 마음과 의사를 전달하는 데 한계를 느꼈다. 점점 사람과의 만남을 회피하게 되고, 마음 편히 지내면서 이별하고 싶지 않았다. 심리상담을 할 때, 내담자의 말에 한 시간 동안 집중을 한다. 마치고 나면 녹초가 되어 생각을 멈추고 한동안 가만히 있었다. 누군가의 말에 집중하고 기울이다 보면, 그 사람의 삶에 들어가야 하는데 쉽지 않았다. 집중하기 위해서는 노력이 필요하고 시간을 내어야 했다. 상담과 모임에서 대화하는 것에는 목적과 필요의 차이가 컸다.

그동안 아이들을 핑계로 나와 결이 맞는 사람들과만 사귀고 있었다. 우선 딸들의 또래 여자 친구를 찾고, 성향이 맞는 사람들과의 모임을 이어가고 싶었다. 운 좋게 만남이 성사되다 보면, 상대방의 가족과 잘 맞는다거나, 아이와만 친하거나, 엄마와만 친한 경우가 생겼다. 아이들이 각자의 친구들을 사귀면서 나는 사람 사귀는 것을 예전보다 적극적으로 하지 않았다. 몇 시간 동안 맛있는 것을 먹고 웃고 떠들고 나면 돌아오는 길은 기분이 좋았다. 몰랐던 생활 정보와 여행 정보를 알게 되는 이점도 있었다. 하지만 나를 발전시키고 나를 위한 시간을 더 갖고 싶어졌다. 처음에는 운동을 가르치는 사람을 찾아서 운동을 하고 싶었지만, 운동을 배우는 것은 경제적 부담이 되고, 걷는 것을 좋아하지만 이웃들은 산책하는 것을 싫어했다. 내가 남에게 맞추지 않으면 만남은 성사되기 힘들었고, 억지로 만남을 만들고 싶지 않아서인지 나를 불러주는 사람도 적어졌다. 주변에 사람들이 많은 것도 아니고, 새로운 친구를 사귀고 싶지도 않았기에 고립되어 가는 기분이 들었다. 혹시나 사귀고 나서 연락이 되지 않고 만남이 성사되지 않으면 더 외로움을 느꼈다. 만나는 사람이 많다고 해서 외롭지 않은 것은 아니다. '내가 느끼는 외로움은 도대체 뭘까?' 외롭다는 것은 내 삶의 주인공이 아니라 타인에 의해 주인공으로 살아가는 기분이 들 때 드는 감정이었다. 외로움은 내가 혼자이더라도 느끼지 않을 때가 있고, 여러 사람을 만나고 나서도 외로움을 느끼기도 했다. 요즘 들어 사람을 만날수록 더 외로움을 느끼는 것은 처음 만날 때 설렘과 기쁨 대신, 만남이 익숙해져 소중함을 모르기 때문이 아닐까 싶다.

처음부터 물질적인 것으로 대접하는 분을 만나면, 다음 만남은 그 사람에게 은혜를 갚아야 한다는 생각부터 든다. 특히 한국 사람은 타인에게 신세를 지고 나서 그냥 지내지 못한다. 그렇기에 만남이 성사되면, 부담이 안 가는 선에서 베푸는 것이 좋다. 가족처럼 정말 친한 사람이 아니고서는 만남이 불편한 일이 되어 버린다. 성인이 되면 한 번만 만나도 이 사람과 계속 이어질 것인지, 아닌지 판단할 수 있다. 나는 재미있게 이야기하거나 진솔하게 꾸밈없이 자신의 이야기를 하는 사람을 좋아한다. 감사하게도 나의 주변에는 그런 사람이 항상 한 명쯤은 있다. 갑자기 연락해도 편하게 대해 주고, 만남이 어긋나더라도 불편해하거나 속상해한 적이 없다. 아쉽게도 마음에 맞는 사람들은 짧은 만남을 하고 헤어진다. 마음에 맞는 사람을 붙잡고 싶지만, 그에게도 미래가 있기에 붙잡을 수가 없다. 이러한 만남에 익숙해질 만도 할 텐데, 여전히 익숙

이젠 엄마의 감정을 돌볼 시간이다

해지지 않는다. 대전에서 살다가 떠날 때도 한동안 아쉬움이 많아서 1년 정도는 그리워했다. 그곳의 산책로, 바스락거리는 단풍나무, 하얀 눈이 쌓인 소나무, 그리고 그리운 이웃들…. 소중한 기억인 만큼 기억 너머로 보내고 싶지 않았다. 기억마저 보내버리면 점점 더 외로워지는 것 같았다.

타인과 공감하며 이야기하고 싶은데, 잘 안될 때 외로움이 찾아온다. 만남 후 돌아오는 발걸음이 무겁다면, 그 외로움은 더 크게 느껴질 것이다. 나를 더 알아가는 과정이 필요하고, 내가 원하는 것을 하나씩 해가며 채워간다면, 이런 외로움을 타인에게서 찾으려고 하지 않을 것이다. 가끔은 아이들처럼 아무런 평가나 비교 없이 즐겁게 만나고 헤어지면 좋겠다. 아이들에게서 사람을 대하고 사귀는 법을 배울 때가 종종 있다. 아이들은 처음 대하는 사람과의 만남을 즐거워하고, 또 설레는 마음이 크다. 하지만 어른이 되고서 새로운 사람과 만날 때는 먼저 적당한 선을 두고 이야기를 나눈다. 관계 속에서 벗어나고 싶다가도 다시 소속감이 들고 싶어 어딘가로 나간다. 화려함 속에 숨어있는 그림자가 바로 외로움이며, 외롭다고 느끼는 사람은 내 안의 부족한 것이 많은 사람이다. 부족함을 충족시키기 위해 만나고, 타인으로부터 채우고 싶어 한다.

주위에 사람들이 많고, 가만히 있어도 연락하고 찾아오는 사람, 그런 사람을 매력적인 사람이라고 생각한다. 때로는 이런 이들을 부러워하면서도 그렇게 행동하지 못하는 나를 발견하게 된다. 혼자 있더라도 외롭지 않은 그런 존재로 살아가고 싶다. 아이들이 성인이 되어 독립하고, 남편과 둘만 살게 된다면 어떻게 될까? 아이들의 빈자리를 느끼고, 남편과 서먹한 사이가 될 것인지, 아니면 지금부터라도 아이들과의 시간을 소중히 여기는 만큼 남편과의 시간을 소중히 간직하는 법을 배워야 할 것 같다.

노후에는 지인들과 맛있는 것을 요리해서 먹고, 함께 가까운 곳에 여행을 다니고 싶다. 친정아버지가 돌아가시고 혼자 살고 계신 엄마는 노인정에서 동네 사람들과 음식을 만들어 함께 나누어 먹고, 이야기를 나누며 게임을 하신다. 70살이 넘어도 함께해 줄 이웃이 있다는 것이 너무나도 멋져 보인다. 먼 타지에서 이웃 사람들과 과연 저렇게 지낼 수 있을까? 아니면 고향으로 돌아가서 마음에 맞는 이웃을 두고 왕래하며 살아야 할까? 앞날이 어떻게 펼쳐질지 모르겠지만, 외로움을 이기는 법과 외로움과 함께 사는 법을 습득하고 외로움이 어디서 오는지 파악해야겠다. 잦은 환경의 변화는 외로움을 꼭 동반한다는 것을 알아야 한다. 이별 후 찾아오는 공허감, 그리고 낯선 세계에 들어가기 위해 힘든 정착 과정을 겪어야 한다는 것이 곧 외로움과의 싸움이다. 결국 혼자가 되더라도 혼자가 아님을 느끼는 순간이 외로움과 이별하는 순간일 것이다.

이젠 엄마의 감정을 돌볼 시간이다

10.

나 때문에 아이가 잘못되는 것 같다

- 죄책감의 그림자

점심을 먹으려고 앉았는데, 메일이 하나 왔다. "엄마, 나 조퇴해야 할 것 같아! 목이 아프고, 속이 안 좋아. 빨리 와줘!" 첫째에게 메일이 온 것이다. 조퇴증을 들고 학교 사무실에서 불안해하며 힘 없이 앉아 있는 첫째가 보였다. 집으로 돌아와서 소화제를 먹고, 안정을 취하니 금방 회복이 되었다. 첫째는 소화가 안 되고 속이 답답하면 극심한 불안을 느낀다. 그날 이후로 그렇다. 초등학교 4학년. 학교를 다녀와서는 배가 고파 만두를 급하게 먹더니 체하고 말았다. 구토하고 나서 머리가 아프고 속이 답답하다고 했는데, 이것이 불안으로 이어져서 2주간 잘 먹지 못하고, 계속 답답해했다. 내과, 소아청소년과 등 여러 병원을 가도 아무런 문제가 없었고,

약을 먹어도 낫지 않았다. 근처 한의원에 갔더니 의사 선생님께서 마법의 약이라며 짜서 먹는 작은 소화제를 몇 개 주셨다. 조금씩 나누어서 먹더니 안정을 찾고, 회복이 되었다. 그 이후로 음식을 먹을 때는 조금씩 천천히 먹는 습관이 생겼다.

첫째는 최근 라면과 즉석 음식을 많이 먹어서인지 소화가 잘 안되었다. 또다시 음식 먹는 것을 거부했다. 학교 급식을 멈추고 도시락을 싸주기 시작했다. 소화가 잘되는 음식 위주로 싸주었지만, 안 먹고 오는 경우가 많았다. 며칠 후 또다시 조퇴를 원하는 메일이 왔다. 사무실에서 첫째를 데려가라고 했다. 장염인지? 스트레스 때문인지? 원인을 찾기 시작했다. 장염이면 다른 증상들이 동반되어야 하는데, 일주일이 지난 지금까지 답답하다고 하니 장염은 아닌 것으로 여겨졌다. 첫째는 속상한 일이 있으면 속으로 삼키고, 누군가 화를 내면 조용히 듣고 상처를 받는 성격이다. 첫째의 성격이 나와 비슷하기에 이해가 되고 더 속상했다.

강아지 보리가 치킨과 건포도를 먹고 응급실에 간 적이 있다. 그때마다 남편은 강아지와 관련된 모든 책임을 첫째에게 떠넘겼다. 첫째가 강아지를 키우고 싶다고 했기 때문이다. 강아지 산책, 밥 주기, 배변 패드 갈기, 목욕시키기 등 해야 할 일들이 원활히 안될 때는 첫째에게 화살이 날아갔다. 남편은 보리에게 들어가는 돈에는 더 민감해했다. 그동안 한 번의 수술과 두 번의 응급실행으로 예상치 않은 많은 지출이 있었고, 매달 애견 보험비, 아파트에 애견 관리비가 들어갔다. 거기서 오는 금전적 스트레스를 첫째에게 풀고 있었으니, 당연히 상처가 되고 스트레스가 되었다. 첫째는 모든 것을 자신의 잘못이라고 여기는 성격이기에, 더 상처가 되었을 것이다. 반면, 남편은 무의식적으로 모든 책임을 타인에게 떠넘긴다. 그로 인해 과민 반응을 하며 화를 내거나 짜증을 동반하는 경우가 많다. 거의 매일 이런 일이 일어났다.

속상해하지 않게 "네가 잘못해서 일어난 일이 아니야!"라고 이야기했지만, 첫째는 답답한 마음을 이겨 내지 못하고 있었다. 그리고 몸의 어딘가가 아픈 것처럼 보였다. 예전에 갔던 한의원처럼 마법의 약이라며 믿고 먹어야 회복이 될지 모르겠다. 이런 일이 반복된 것에 너무나도 화가 나면서도, 아이에게 좋은 환경을 만들어 주지 못한 것에 죄책감이 들었다. 잠을 자려는 첫째에게 다가가 내어릴 적 이야기를 해주었다.

"엄마가 감추고 싶었던 이야기인데, 외할아버지는 정말 무섭고 두려운 분이셨어. 무서워서 옷장에 숨기도 했고, 도망도 갔고, 많이 울기도 했어. 하지만 외할아버지가 엄마를 비롯한 가족들을 위해 희생하며 애쓰고 계시다는 사실을 잘 알기에, 모든 것이 다 용서가 되었어. 외할아버지도 분명 좋지 못한 환경에서 자라셨을 테고, 제대로 배우지도 못하셨을 거야. 엄마도 아빠도 완벽하지 않

아. 그래서 너희들에게 화도 잘 내고, 잘못된 행동을 하는 게 많아. 너에게 이해해 달라고 할 수는 없지만, 네가 그걸로 너의 잘못으로 오해하지 말고 속상해하지 않았으면 좋겠어. 모두 다 엄마 아빠의 잘못된 행동이야. 너의 잘못이 아니야! 넌 잘하고 있어. 강아지를 키우는 것의 시작은 너지만, 동의를 한 것은 엄마와 아빠이기도 해. 모두가 책임져야 하는 거야. 하지만 일어나지 않은 일들을 미리 걱정하고 있을 필요는 없는 것 같아."

　첫째는 조용히 앉아 나의 이야기를 듣고 있었다. 속상하다고 소리치며 자신한테 화풀이하지 말라고, 그래서 힘들다고 이야기하면 좋을 텐데, 아무런 말도 하지 않았다. 그리고 이런 환경에 놓이게 한 부모로서 첫째에게 미안했다. 남편이 우리를 감정 쓰레기통으로 여겨서 내뱉는 말들이 우리에게 상처가 되는 말인지 모르는 것이 안타깝다. 그러면 아빠와의 대화를 줄이는 것이 지금으로써 선택할 유일한 방법이다. 첫째는 그냥 조용히 있고 싶어 한다. 남편이 폭력적이거나 난폭하진 않지만, 사람에게 상처 주는 말을 하면서 아이들과 나는 마음이 아플 때가 있다. 소소한 행복을 만끽하며 살고 싶지만, 나 혼자의 힘으로는 그런 환경을 만들어 주기란 어렵다. 행복은 멀리 있지 않는데, 이것을 모르는 남편이 안타깝기도 하고, 환경을 변화시키려 노력해도 잘 안된다. 이렇게 예쁘고 사랑스러운 딸이 듬뿍 사랑을 받고 웃음꽃 피는 가정에서 살아가지 못함에 속상하다. 첫째가 이 아픔을 이기는 법을 배우고 있는 과정이기에, 옆에서 일어설 수 있게 지켜봐 줄 방법밖에는 없다.

경제적으로 여유롭고 지혜로운 엄마가 아니라 미안하다. 늘 부족하여 미안하다. 내가 받은 상처만큼 아이들도 받고 있다면, 그 상처가 잘 아물게 도와야 하며, 상처가 나지 않도록 옆에서 이야기를 들어주고, 관심을 기울여 줘야 한다. 나를 닮아가는 딸을 보며, 엄마인 나는 속으로 또 마음 아파서 운다. 딸이 나처럼 살지 않았으면 한다. 나와 비슷한 길을 걸을 때, 그 길을 걷는 것을 멈추라고 하고 싶지만, 딸은 그 길을 걷고 있다. 부디 이 길이 끝날 무렵, 첫째는 더 성장해 있고 상처를 덜 받는 사람이 되어 있길 바란다.

미안한 마음에서 학교에 있을 첫째에게 메일을 썼다. "몸에는 문제가 없을 거야! 네가 지금까지 스트레스를 받아서 그런 것 같아. 보리 책임지느라 고생 많았어. 이제 엄마가 보리를 책임질 테니깐 걱정하지 말고, 아빠가 화 안 내게 잘 말해 둘게. 학업 스트레스나 친구와의 힘든 부분이 있다면 다르게 또 풀어가 보자. 스트레스가 이렇게 답답하게 하는 부분이 있어. 아빠가 짜증 내고 화내면 우리 침묵시위라도 하자. 안 부딪히는 게 우리 마음 안 다치는 길이도 해. 엄마는 항상 너희들 편에 서 있을게. 마음고생 많았지. 심호흡 길게 하고 있어. 엄마가 심리상담가잖아! 방법들 알고 있으니깐, 걱정하지 말고."

언제 또 연락이 올지 모르는 전화와 메일을 계속 확인하며, 첫째가 학교생활을 잘하고 있길 바랐다. 두통약과 소화제를 가방에 챙겨간 것이 첫째에게 마음의 안정을 주었으면 했다. 몇 시간 후 다시 메일과 문자가 왔다. 또다시 빨리 집으로 가고 싶다는 내용이었다. 나는 첫째가 이렇게 힘들고, 학교를 감옥이라고 생각하는 자체가 더욱 신경이 쓰였다. 겁에 질린 모습으로 나를 만나서, 집으로 돌아오면 언제 그랬냐는 듯 첫째는 즐겁게 보내고 있었다. 이렇게 건강한 모습인데, 첫째를 힘들게 하는 부분이 빨리 사라지길 바랐다. 하지만 그렇게 기다리는 만큼 딸의 증상은 나아지지 않았고, 하루가 다르게 듣기 힘든 수업만 늘어가고 있었다. 낯선 타국으로 이사 온 것이 아이에게 얼마나 큰 스트레스를 준 것인지, 내가 상상하는 이상으로 전달이 된 것 같다. 주위에서는 모두 첫째가 학교에 적응하지 못해서라고 이야기했다. 하지만 나는 그렇게 보지 않았다. 학교에 대한 적응보다는 마음이 아파서 나타난 신체적 증상이기에, 첫째를 이해시키고 안정시켜 주기 위해 온갖 정성을 다했다.

이러다가 학교를 못 가는 것 아니야? 사회에 부적응한 것 아니야?
깊은 청소년 우울증이나 공황장애가 온 것은 아닐까?

매일 첫째의 연락을 기다리면서 나의 긴장과 불안감은 점점 증

이젠 엄마의 감정을 돌볼 시간이다

가했다. 내 불안한 태도 때문에 첫째는 더 불안을 느끼고 있을 것이라고 또 죄책감이 들었다. 첫째의 일 외에는 아무것도 할 수가 없었다. 둘째를 학교에 데려다주고 오는 것을 잊지 않았을 뿐, 먹고 자는 것 외에는 아무 일도 할 수가 없었다. 아이들의 학교 준비물을 챙기지 못하고, 냄비를 태우고, 모임에서는 멍한 상태가 이어졌다. 언제나 시련은 끝나기 마련인데 이번 시련은 끝도 없었고, 첫째의 원인 불명의 몸의 이상으로 인해 공포심은 가중되고 있었다. 첫째는 조금만 아파도 큰일이 있는 것처럼 여기며 더 불안해하는 모습을 보였다. 그래서 사람은 생각보다 강하다고 이야기해 주었다. 이 모든 것이 양육의 주체인 나의 잘못으로 여겨졌다. 아이가 편안하게 학교에 다닐 수 있도록 환경을 조성해 주고, 아이의 마음을 더 읽어주고 기다려 주어야 했는데, 그것이 제대로 되지 않은 것이다.

'엄마가 너를 힘들게 해서 정말 미안해. 모든 것이 엄마 잘못이야!'

11

왜 이렇게 힘들고 벅찰까

- 부담감의 무게

자녀를 키우다 보면 처음 겪는 일로 당황하는 순간들이 많다. 첫째가 학교에 가기 힘들어하기 시작하더니, 결국 일주일 정도 결석계를 내고 쉬도록 했다. 월요일 학교에 가야 하는 첫째에게 약한 알을 주며, 긴장감을 낮춰줄 것이라고 말했다. 처방받은 약은 아동부터 성인까지 긴장되는 시험, 발표할 때 도움을 주는 약이었다. 첫째가 오늘은 잘 버텨주기를 바라는 마음으로 학교에 보내고 나서, 밀린 집안일을 하는 내내 메일과 휴대전화를 계속 쳐다보았다. 아니나 다를까, 11시쯤 지나고서 첫째에게 연락이 왔다. 첫째는 또 속이 좋지 않고 답답하다고 했다. 사무실의 연락을 받고 첫째를 데리러 갔다. 불안한 마음과 긴장이 가득한 얼굴로 공포에 질려있었다.

집에 데리고 와서 안정을 시키고, 밥을 먹게 한 후 아파트 정원에 있는 연못으로 가서 잠시 걷고 자리에 앉아 휴식을 취하자고 했다. 연못가에 앉아 작은 물고기와 오리에게 빵조각을 주고 말없이 쳐다보고 있었다. 이렇게 따뜻한 날씨에 다른 학생들은 교실에서 수업을 받고 친구들과 보내고 있을 텐데, 외롭게 혼자 있는 첫째가 안쓰럽게 느껴졌다. 혼자서 얼마나 두렵고 외로웠을까? 우리는 왜 이곳으로 이사를 와서 아이를 힘들게 하고 있는지, 더 좋은 곳으로 이사를 오면 학업 스트레스가 없고, 힘든 일이 더 줄어들줄 알았는데, 생각지도 못한 부분이 첫째에게 시련을 주고 있었다. 다시 대전으로 돌아갈 수도 없고, 힘들어하는 첫째에게 시련을 회피하자고 가르칠 수도 없기에, 함께 부딪혀 보며 나아가자고 했다.

"네가 용기 내고 이겨 내는 것 대견스러워. 그래, 네가 할 수 있는 만큼만 해보자!"

그렇게 해서 첫째는 할 수 있는 만큼만 수업을 받고 오기로 했고, 나는 첫째를 교실로 들여보내고 나서 학교 주차장에서 기다렸다. 한 시간, 두 시간이 지나고 세 시간이 지날 무렵, 조퇴하고 싶다는 연락을 받았다. 오늘도 애 많이 썼다고 말하며 안아주고 돌아오는 길, 차 안에서 몸의 증상이 어땠는지 물어보았다. 친구들이 있고, 좋아하는 수학 선생님 반에서는 괜찮은데, 친구가 없고 소리가 큰 교실에서는 답답하다고 했다. 예전처럼 소속된 반에서 이동하지 않고 수업을 했다면 친구도 유지되고, 선생님도 학생을 돌봐줄 수 있는데, 첫째의 중학교는 대학처럼 교실을 찾아다니며 이동수업을 하기에, 새 환경에 적응하는 학생들에게는 어려운 곳이었다.

그러고 보니 이제 12살인데, 첫째는 많은 변화를 감당해야 했다. 오전만 하고 조퇴하는 것도 요령이 생기다 보니, 미리 만날 시간을 정하고, 나는 학교 주차장에서 기다리고 있었다. 엄마가 더 단단하고 강해져야 하는데, 나의 마음은 자꾸 불안한 미래로 나를 힘들게 하고 있었다. '이러다 학교에 적응 못 하고 못 가는 것 아냐?', '학교 안 가면 홈스쿨링이라도 해야 하나?', '친구 없이 혼자 잘 지낼 수 있을까?' 정말 열심히 살고 착하게 살아오는 첫째에게 왜 이런 시련을 주는 것일까? 걱정에 대한 부정적 상상력이 펼쳐지고 있었다.

첫째는 지금까지 좋은 환경 속에서 생활했다. 친절하고 예의 바르며 부모님의 관심을 받는 학생들과 친구를 이루고 있었고, 안전한 생활 터전이었다. 주위 친구들 부모님도 교육에 관심이 많고, 자식에게 가능한 많은 경험을 쌓게 해주려는 분이었다. 그런 환경에서 생활해서인지, 부모님의 보살핌을 받지 못하고 어긋난 행동을 하거나 수업에 집중을 못 하는 친구들이 많은 곳이다 보니, 학

이젠 엄마의 감정을 돌볼 시간이다

교라는 공간이 희망을 주기보다 답답하고 미래가 없어 실망이 컸다고 한다. 그렇게 점점 학교와 학교 친구들에게 정을 두지 않고 거리를 두고 있었다.

　말이 적어진 첫째의 속마음을 꺼내어 보기란 쉽지 않았다. 무엇보다 불안이 높아진 나를 진정시키기가 더 어려웠다. 첫째의 일로 신경을 많이 쓰다 보니, 몸에 이상 신체 증상이 나타나기 시작했다. 두려움과 불안 속에서 다시 지낼 생각을 하니 답답하고 슬프기도 했지만, 그래도 예전만큼은 공포에 떨지는 않는 것 같았다. 여러 번 넘어져 봐서인지, 일어서는 법도 자연스레 알게 되었다. 하지만 그 고비를 넘기는 것도 쉬운 일은 아니었다. 나부터 정신 차리고 아이를 돌봐야 한다는 생각에, 나는 다시 병원을 찾아 한국에서 마지막으로 처방받은 약과 동일한 약(불안제와 우울증제)을 처방받고 싶었다.

　감사하게도 처방전을 토대로 동일한 약을 받을 수 있었다. 보통은 약에 적응하기까지 2주간은 정말 힘들다. 한 주는 힘없이 잠만 자고, 그다음은 식욕이 없고 설사를 하게 되어 체중이 5킬로 정도 빠진다. 이런 부작용이 있는 약이라서 나는 약을 먹으면 시간에 맡기고 참는다. 그래도 긍정적인 미래가 있다는 것을 안다. 일 년 전에 끊은 약을 다시 먹을 줄은 몰랐다. 완치가 아니라 증상과 공존하며 살고 있었는데, 딸의 건강과 학교 문제로 고심해서인지, 나의 스트레스가 한계치를 넘고 말았다. 매일 밤 부정적인 생각과 걱정들이 이어지다 보니 고질병이 다시 나타난 것이다.

무엇을 어떻게 잘못했기에 첫째에게 이런 아픔이 왔는지, 그리고 좋지 못한 환경을 만들어 준 것에 미안했다. 첫째를 신경 쓰다 보니 둘째가 방치되고 있었다. 잠 자기 전 첫째의 방에서 명상하고 심호흡을 하며 이야기를 나누는데, 둘째에게는 엄마가 자신을 사랑하지 않는다는 결핍의 증상이 나타나고 있었다. 둘째의 짜증과 화가 늘어나고, 엄마에게 자기와는 왜 시간을 보내지 않는지 무언의 항의를 하고 있었다. 나에게 주어진 모든 책임에 버거움을 느꼈다. 이런 상황에 대처하기 위해 심리상담 공부를 한 것 같고, 의미 없는 시련은 없다고 흔들리는 나에게 계속 이야기해 주었다.

하루는 간단한 도시락을 싸서 첫째와 근처 공원으로 가서 돗자리를 펴고 누웠다. 답답할수록 넓은 공간에 가서 있으면 그 답답함이 적어진다. 함께 걸으면서 이야기를 나누고, 엄마는 어릴 적 힘든 상황에서 어떻게 살아갔는지 이야기해 주었다. 자신이 세상에 혼자 덩그러니 있는 것 같다는 말을 한 첫째가 얼마나 외롭고 힘겨웠을까?

첫째가 예전 친구들에게 선물을 보내고 싶다 하여 과자와 선물을 포장해 보냈다. 매일 첫째가 하고 싶은 것을 해주기로 약속했는데, 첫째의 바람은 아주 수수했다. 대형마트와 작은 문구점에 가 보고 싶은 것이었다. 서로 안고 울다 보니 눈물도 더 이상 나오지 않았다. 그렇게 두 달 동안 오전수업만 듣고 집에 왔다. 여름방학이 시작되기 전, 마지막 3주는 할 수 있는 만큼만 해보자고 이야기했다. 그 결과 오전수업은 모두 듣고, 점심때 집으로 갔다가 8교시 오후수업만 듣고 다시 돌아왔다. 교과목 선생님과 상담 선생님에게 첫째의 몸 상태와 상황을 이야기하고 양해를 구했다. 사무실 선생님도 매일 내가 기다리는 모습을 보며 익숙한 듯 인사를 하셨다. 처음에는 공부하기 싫어서 학교를 벗어나고 싶어 하는 학생으로 생각했다고 하셨다. 하지만 수업을 모두 듣지 못하는데도 성적이 A가 나오는 학생은 처음 봤다고 하셨다. 그렇게 집으로 돌아와 첫째가 할 수 있는 만큼 복습하고 숙제를 했다. 첫째가 학교에 돌아가고 싶어도 돌아가지 못하는 이유가 친구들을 의식하기 때문이었다. 그럼에도 최선을 다하는 첫째가 안쓰럽고, 알 수 없는 마음의 불안을 어떻게 극복해 나갈지 모르겠지만, 시간이 해결해 줄 것이라 믿고 자신과의 대화를 많이 나눠야 했다. 엄마는 자녀의 문제를 엄마 자신의 문제로 여기기에, 비슷한 고통을 느낀다. 타인이라면 힘내서 잘 이겨 내길 바란다고 말할 뿐이지만, 자식의 일이기에 엄마는 함께 시간을 보내면서 고통의 길을 걸어간다.

누군가 그랬다.

"아이가 적응을 잘 못하나 봐요! 민감한가 봐요! 조금 나아지는 듯하다가 또 다른 문제로 더 크게 올 수도 있어요."

비슷한 사춘기 자녀를 둔 같은 학교 엄마의 말에 더 속상했다.

모두가 첫째의 잘못된 부분만 이야기하는 것이었다. 또 다른 이는 이렇게 말했다.

"그 중학교에 착실하고 열심히 하는 친구들은 회의감이 들어서 많이들 힘들어해요. 그래서 중간에 다른 학교로 전학을 가기도 해요. 그리고 나중에 고등학교에 가서도 잘 생활하고 즐겁게 보내고 있어요."

사람들마다 바라보는 관점이 다르다. 어떤 말이 도움이 되는지 모르겠지만, 지금은 마음이 힘들기에 후자의 말을 되새기며 용기를 내어 보고 싶다.

몸과 마음이 지쳐가지만, 그럼에도 힘을 내서 함께 걸어가야 하는 이유는 지켜야 할 딸들이 있기 때문이다. 책임져야 할 부담감으로 다가오지만, 딸들의 엄마로서 무거운 짐을 들고 앞으로 나아가고자 한다. 언제 끝날지 모를 사춘기 딸의 생활이 훗날 멋진 경험과 지혜로 남기를 바란다. 여름방학을 보내고 나서, 다시 학교로 돌아간다면 첫째는 잘 생활할 수 있을까? 아직 여름방학도 되지 않았기에 걱정은 잠시 미뤄두고, 지금은 딸들에게 행복하고 안정된 가정에서 살고 있다는 것을 더 심어주기 위해 노력하기로 마음먹었다.

"엄마도 사실 무섭고 두려워. 그렇지만 과거에도 잘 이겨 냈고, 지금은 이겨 내는 법을 알고 있거든. 그래도 그 과정 넘어가기까지

이젠 엄마의 감정을 돌볼 시간이다

오랜 시간이 걸릴 거야. 끝까지 엄마가 함께 걸어줄게! 사춘기를 제대로 겪어야 성장한대. 필요한 성장통이 있어야 멋진 성인으로 갈수가 있대. 지금 그 길로 걸어가는 중이야."

몸이 힘들 때마다 남편한테 화가 난다

- 반사된 화

첫째의 일로 신경을 쓰느라 정신이 없고 힘든데, 남편은 회사에서 돌아오면 가장 먼저 하는 말이 "힘들다!"였다. 첫째가 학교생활에 제대로 적응하지 못하고 있어서, 같이 의논하고 돌보자고 말하기도 전에, 남편은 자신의 일이 우선이고 가장 힘든 것이라 했다. 그래서 나도 더 이상 어떠한 말도 할 수가 없었다. 이야기해 봤자 듣기는커녕 화부터 내기에, 말하지 않는 것이 더 감정 소모가 적다고 생각했다. 하지만 첫째의 일에 신경 쓸수록 둘째가 관심을 못 받고 방치되면서 또 다른 문제가 발생하고 있었다. 나도 체력과 정신의 한계가 있기에, 모든 것을 수용하고 이해하기 힘들었다.

"요즘 힘들고 지치니깐, 당신의 말을 더 이상 들어줄 힘이 없어.

이젠 엄마의 감정을 돌볼 시간이다

당분간은 서로 힘든 부분은 각자가 해결하고 신경 쓰도록 하자!"
라고 남편에게 말했다.

남편에게 화가 나는 이유는, 남편은 항상 여유가 없으면서 바쁘고, 자기 일 외에는 주위에 관심이 없기 때문이다. 앞만 보고 달리는 경주마이다. 집과 관련된 일은 모두 내가 책임지고 해결해야 한다. 특히 아이들을 양육하는 일은 당연히 엄마가 할 일이라 생각한다. 아이들이 아프거나 학교생활에 관계된 것은 말할 것도 없다. 일터에 나가서 힘들게 벌어온 돈을 나와 아이들이 쓰고 있어서 고맙고 감사하지만, 그것은 잠시, 남편의 말과 태도 때문에 화가 난다. 똑같이 일을 할 때도 아이들에 관련된 것은 내가 다 알아봐야 하고 책임져야 한다. 남편은 엄마이기 때문에 내가 해야 한다고 주장한다. 윗세대의 어른들은 어떻게 이 모든 것을 혼자서 다 책임지고 했을까? 친정엄마만 보더라도 경제, 집안 모두를 책임지고 생활하고 계셨다. 나에게는 그런 에너지도 생기지 않는다. 많은 노동을 요구하는 일도 적은데, 몸에는 기운이 없고 힘이 나지 않았다.

결혼하고 나면 처음에는 남편이 모든 것을 다 해줄 것이라는 착각에 빠져있다고 한다. 나 역시 신혼 초에는 남편이 백마 탄 왕자님인 줄 알았다. 남편이 교수가 되고, 나는 같은 대학의 연구원과 강사가 되어서 함께 아이들을 키우고 연구를 하며 살 것이라 꿈꿨다. 아이들도 보육시설에 맡기고 남편이랑 잘 타협하여 아무런 불만도 다툼도 없을 것이라 생각했다. 하지만 이 모든 것은 꿈일 뿐이었다. 아이들을 돌보는 엄마의 일은 몸은 힘들지만, 당연히 해야 하는 것이기에 어려움은 없었다. 그렇지만 시간이 흐르면서 희망 대신 점점 불만이 쌓이고 있었다. 나의 불만은 육아라는 이유로 엄마만 휴가를 내고, 조퇴를 해야 하고, 일을 멈춰야 한다는 것이었다. 처음에는 함께 꿈꾸는 목표가 있었기에, 내가 조금 더 희생을 해도 상관없었다. 나는 연구보다 강의를 더 하고 싶었고, 스스로 자격이 된다고 생각하여 아이가 조금만 크면 충분히 가능할 것이라 믿었다. 하지만 현실은 완전히 달랐다. 환경의 변화로 포기해야 할 것들이 많았다. 간신히 새로운 직장을 얻고, 약간의 수입이 들어오는 일을 하고 있으면, 이사를 해야 하는 일이 생겨서 모두 멈춰야 했다. 그렇게 바라던 꿈, 어렵게 구한 만족스러운 직업도 예상치 못한 일로 결국 멈추게 되었다. 흐트러진 일상에서 다시 자리를 잡을 때까지 안간힘을 쓰다 보면, 나도 모르게 방전이 되어 매우 날카로운 존재로 변해 있었다. 환청이 들리고, 몸은 땅속으로 꺼지는 기분이었다. 이런 상태에서 남편은 일만 보고 있으니, 내가 화가 나는 것은 당연했다. 나는 식구들 모두를 생각하느라 정신없고, 드러나는 결과도 없는 일을 하고 있는데, 이것을 인정해 주지 않는 남편이 밉고 원망스러웠다. 남편은 아이들의 아빠이고 내가 선택한 사람이라 미워하고 싶지 않은데, 마음처럼 잘되지 않았다.

원래 가장 편한 사람에게 화를 내는 것이라고 한다. 남편의 화가 나에게 전달되면 나도 그것을 참지 못하고 같이 화를 낸다. 이러한 모습이 아이들에게 비치니, 좋은 환경을 주지 못함에 또 화가 증폭된다. 자녀에게 가정환경이 가장 중요하다고 생각해서 많은 노력을 하지만, 남편이 협력하지 않으니 안타깝기도 하고, 또 변하지 않으니 마음이 편치 않다. 사람은 쉽게 변하지 않는다고 한다. 그래서 남편이 변하길 기대하기 전에 내가 먼저 변해야겠다고 마음먹었다. 변화를 시도하다가 나도 쉽게 변하지 않음을 알고 도돌이표처럼 또 제자리로 돌아왔다. 어쩌면 남편의 장점보다 단점을 지속적으로 지적하는 내가 싫어지고, 그 순간이 나빠 보였다. 내가 화를 내는 순간은 나 자신이 남편의 이야기나 감정을 다 받아주지 못할 때다. 바로 내가 지쳐있는 때이다. 내가 방전되었을 때는 아이들의 요구, 남편의 하소연을 모두 들어주기엔 나도 힘에 부친다. 내가 방전되지 않도록 하는 것이 가장 좋지만, 혹시 그렇게 되었다면 빨리 나를 알아차리는 것이 중요하다. 나도 모든 것을 수용하고 마음이 넓은 사람으로 살아가고 싶다. 현실은 그렇지 않기에 또 아쉽다.

"나도 이제 지쳤어. 나는 충분히 노력했어. 그래서 더 이상 나에게 기대지 않았으면 좋겠어. 당신의 말을 들어 주기에 나의 머릿속은 너무 복잡해! 나 좀 그만 내버려두면 안 될까?"

Chapter 3.

아픈 엄마의
감정을
받아들이는 과정

1

나를 흔드는 것은
환경이 아니라 바로 나다

타국에 살면 삶에 변화가 클 것으로 예상했지만, 과거와 다름 없는 생활을 하고 있다. 자연환경과 날씨는 분명 이전과 다른데, 느끼는 감정과 생활 패턴은 모두 동일하다. 아이들에게 여전히 일찍 일어나라고 잔소리하며, 피곤하거나 힘겨우면 아이들을 제대로 챙겨주지 못하고 잠들어 버린다. 아이들에게 다정하게 인사하고, 많이 안아주고 좋은 말을 해줘야 하지만, 여전히 잘 못한다. 낯선 환경에 어느 정도 적응을 하고 여유가 생겼는데 무기력, 우울, 불안, 슬픔이 찾아왔다. 이런 감정은 환경 변화에서 온 것이 아니라 자극에 반응하여 나오는 결과였다. 심지어 알 수 없는 우울의 늪에 빠져서 나오기도 힘들고, 오전에 잠이 쏟아져 정신을 차릴 수가 없을 때가 많았다.

언제쯤 나는 이 고통 속에서 벗어날까? 현실을 긍정적으로 받아들이고 싶었지만, 생각처럼 잘되지 않았다. 체력은 점점 바닥을 찍고, 나른하고 무기력한 살아가는 나를 마주했다. 열심히 살아가는 사람을 동경하고, 강인한 정신력을 가지지 않은 나를 자책했다. 어떤 노력도 하지 않고, 그냥 그렇게 하루를 보내고 있었다. 오전 시간은 아주 천천히 흘러갔다. 최대한 오전에는 쉬었다가 일정이 많은 오후에는 모든 열정을 쏟아부었다. 그래야 밤 11시까지 졸지 않고 맨정신으로 지내고 버틸 수가 있었다. 오전에 재충전하지 않으면 아이들의 체력을 따라갈 수가 없었다. 밤에 깊은 잠을 자지 못하고 멍한 상태로 집안일을 하면, 냄비를 태우거나 그릇을 떨어뜨려 깨뜨리는 사고가 빈번했다. 그래서 오전에 쉬더라도 오후에는 맑은 정신으로 지내고 싶은 마음이 더 컸다. 나만의 루틴을 만들어 생활하기 시작했다.

하루에도 몇 번씩 바뀌는 감정들을 보면 익숙한 감정들이 있고, 가끔 찾아오는 감정도 있다. 최근 들어 긴장되고 예민해져 있었다. 다른 사람들은 아무렇지도 않은데, 나는 왜 이렇게 예민한 것일까? 여름방학에 시어머니 칠순을 앞두고 있어서 시부모님 방문이 예정되어 있기 때문이었다. 타국에 온 지 일 년 반 정도 되었고, 남편과 아이들 모두 적응되어서 여유가 생겨 시부모님을 초대한 것이다. 시부모님께서 특별히 나를 괴롭히시거나 시집살이를 시키시는 것도 아닌데, 다른 손님보다 어렵다. 왜일까? 처음부터 시댁 어른을 대할 때는 잘해야 한다는 강박감과 부담감이 컸다. 시댁과 사이가 좋은 사람이 몇 명이나 될까? 평소 할머니와 어른들에게 잘해오신 친정엄마의 모습을 보고 자랐다. 하지만 나는 친정엄마처럼 잘하지 못하고 어려운 대상인 시댁과 계속 거리를 두고 있었다. 시어머니께 평소 전화 한 번 하기에도 부담이 되어서, 전화를 할 때면 어떤 이야기를 하며, 대화를 어떻게 풀어나가야 할지 먼저 생각했다. 그래서 시어머니와의 통화 전후에는 기분이 편하지 않았다.

반면, 친정엄마에게는 평소 자주 연락을 드렸고, 실수나 잘못을 해도 언제나 나를 이해해 주는 분이기에 부담 없이 언제든지 전화를 걸 수 있다. 대부분의 친정이 그렇듯 전화하고 난 후 내 감정에는 흔들림도, 불편함도 없다. 어떻게 친정과 시댁을 동일한 감정으로 대할 수가 있겠는가? 시댁은 가깝지만 사실 더 멀게 느껴지는 관계가 되는 것 같다. 하지만 주변에는 나처럼 시댁과의 관계에 예민해하지 않고 잘 지내는 사람도 있다. 완벽한 사람은 없고, 완벽한 어른도 없다는 것을 알고 있지만, 계속 나는 완벽함을 요구하고 있었다. 완벽한 사람은 없는데, 왜 나를 완벽하길 바라는 걸까? 계속해서 관계의 부담감을 가지기보다 다가올 방문을 현실적으로 바라보자고 생각했다.

음식 대접이 큰 고민거리였다. 손님이 오면 반갑게 반기고, 음식도 있는 대로 부담 없이 대접하면 좋지만, 나는 그렇지 못했다. 요리를 잘 못하고, 무엇이든 잘해야 한다는 부담감으로 꽉 차 있었다. 그렇기에 시부모님이 오시면 음식, 활동, 여행하는 것 모두 만족 시켜야 한다는 생각에, 방문 날짜가 다가올수록 점점 긴장되었다. 하루 세 끼 모두 잘 해낼 자신이 없어서 양념 고기와 반찬을 미리 준비해 두기로 했다. 2주 동안 먹을 반찬을 냉동고와 냉장고에 넣고 나니 마음이 한결 가벼워졌다. 시부모님과 다닐 여행지를 계획하고 숙소를 예약해 뒀다. 첫째의 방을 시부모님께서 쓰시기로 했기에, 이불을 구입하고 침대를 정리했다. 마침내 방문 날짜가 다가왔다. 시부모님은 음식 재료와 우리들에게 줄 선물을 가득 들고 오셨다. 하루하루 일정을 소화하고 나니 2주가 금방 지나갔다. 시부모님은 우리들 일정에 맞춰 주시고 배려해 주셨다. 처음으로 오랫동안 함께 생활했지만, 어려움은 없었다. 나의 걱정과 달리, 시부모님의 방문은 그분들의 배려 덕분에 잘 마무리되었다. 떠나시고 난 후 더 많은 곳을 여행하고, 맛있는 음식을 사드리고 싶었지만, 형편상 그렇게 하지 못한 것이 죄송스러웠다.

긴장된 시부모님 방문이 마무리되고 일상으로 돌아왔다. 남편은 회사에 일이 많거나 지친 날에는 나와 함께 산책하며 이야기 좀 하자고 했다. 하지만 남편의 반복되는 이야기와 힘들다고 하소연할 때는 들어주기가 어려웠다. 나도 좋은 이야기를 듣고 싶고,

현재에 만족하며 미래지향적인 이야기를 나누고 싶었지만, 남편과의 대화에서는 찾을 수가 없었다. 이야기를 듣다가 말을 끊어버릴 때도 많았다. 나의 일상은 단조롭고 특별한 어려움이 없었기에, 남편에게 이야기를 별로 하지 않고, 이야기를 하더라도 남편은 나의 말에 귀를 기울이지 않았다. 상황을 바꿀 수도 없고, 내가 성격이 바뀌어 대화를 이끌어 가지도 못하기에, 반복적으로 일방통행의 대화를 하고 있었다. 남편과 대화가 잘 이루어지지 않을 때는 곁에 있는 자연으로 눈길을 돌렸다. 일 년 내내 영하권으로 떨어지지 않는 곳에 살고 있기에, 나무는 잎이 무성하고, 다양한 꽃을 볼 수 있었다. 매일 강아지와 산책을 즐겼다. 조용히 걷다 보면 자연의 변화를 느끼게 되고, 야생 토끼와 청설모, 오리들이 반겨줬다. 시골에서 자란 나는 식물 키우기를 좋아하고 동물과 교감을 잘했다. 보통 생각이 많아지면 자연으로 눈을 돌리고 복잡한 현실에서 떠나 멀리서 나를 바라보았다. 자연으로 돌아가 나를 돌보고 안정을 찾고 있었다.

또다시 변수가 생겼다. 둘째가 3학년이 되면서 학교에 가기 싫다고 아침마다 현관 앞에서 울었다. 평소 학교를 잘 다니던 아이가 갑자기 거부를 하고 힘겹게 가고 있으니, 또 다른 시련이 온 걸로 여겼다. 얼마나 큰 고난이 올지 몰라서 받아들이기로 마음먹었다. 첫째가 7학년이 되면서 간신히 학교에 잘 다니고 있는데, 이제는 둘째가 등교 거부를 하고 있었다. 더 이상 흔들려서도 안 되고

　　　　　　　　　이젠 엄마의 감정을 돌볼 시간이다

흔들리고 싶지도 않았다. 2학년까지는 저학년으로 간주하여 놀이 중심 교육이 되다가, 3학년부터는 쓰기와 읽기, 수학 공부를 많이 시킨다고 한다. 둘째 말로는 간식 시간이나 놀이 시간이 너무나도 적다는 것이다. 3학년부터 학습적인 부분이 늘어난다고 하지만, 아이들이 받아들이는 것에는 시간이 필요한 모양이다. 담임선생님이 공부만 시킨다고 학교에 가기 싫다고 했다. 그 와중에 다행인 건, 친한 친구가 같은 반이 되었고, 친구들도 비슷한 어려움을 느끼고 있기에, 시간이 지날수록 점차 학교생활에 적응하게 될 것이라는 희망도 있었다. 초등 3학년은 중학교를 가기 위한 준비로 학습량이 늘어 친구들도 같이 힘들어할 것이며, 나중에는 잘할 수 있을 거라고 둘째에게 말했다. 학년이 올라갈수록 점점 더 공부하는 시간이 많아지고 학습량도 많아질 텐데, 잘 극복하고 받아들이길 바랐다.

점점 둘째의 등교 거부는 사라져 가고 있었다. 아이들이 학교만 잘 가더라도 감사한 일이다. 두 딸이 학교에 잘 가게 되면서 오전의 평화가 왔다. 끝없는 고난이 기다리고 있었지만, 어느 순간 그 고난이 긴장감을 조금 남긴 채 사라져 버렸다. 학교 급식을 먹으면 첫째는 소화가 안 되고, 둘째는 먹을 시간이 부족하다 하여 도시락을 싸줬다. 아이들의 건강을 위해서 학교 급식을 포기하는 것은 당연하다. 조금 번거롭더라도 평화를 찾는 법이기도 했다. 엄마가 조금 더 바빠지고 노력하면 모든 것이 해결되었다. 평소 아이에게 문제가 생기면 온종일 그것에 몰두해 다른 것을 보지 못한다. 심지어 아이들의 일에 심각하게 깊게 빠져드는 내 성격 때문이기도 하다. 어떻게 보면 아이들의 일에 너무 집착하는 게 아닌가 싶다. 내가 아니면 어느 누가 우리 아이들에게 관심을 가져주고 돌봐줄까? 아이들이 태어나면서부터 지금까지 나 말고 어느 누가 우리 아이들에게 관심을 가져주고 아파해 주는 사람이 있을까? 직장에 다녔을 때 갑자기 아이들이 아프거나 행사가 생기면 당장 아이들에게 달려갔다. 아이들을 돌볼 사람은 나 혼자뿐이었다. 누군가 도와줄 사람이 있었다면 얼마나 좋았을까? 그러면 하던 일을 멈추지 않고, 눈치도 보지 않고 일을 할 수 있었을 텐데, 그렇게 하지 못했다. 매번 변하지 않을 현실에 부질없는 기대를 하고 있었다.

외부 환경이 바뀌는 것은 당연한데, 그 환경에 반응하지 않았으면 좋겠다. 환경의 변화가 어떤 사람에게는 잔잔한 파도라면, 나에게는 쓰나미가 되어 다가온다. 평소 사람이 많은 쇼핑몰이나 낯선 곳에 가면 긴장이 되고 예민해진다. 환경에 영향을 받지 않고 일관성 있는 삶을 살아가고 싶지만, 조금만 흔들려도 넘어지고 다친다. 가능한 한 변화가 없는 곳에서 지내고 싶지만, 삶이란 게 그렇게 살아가지지 않는다. 갑자기 아이가 아프거나, 남편이 장기간 출장을 가는 등 많은 행사가 잡히기도 한다. 결혼하고 나니 가만히 있는 데도 많은 일들이 생긴다. 앞으로도 외부 환경의 변화가 많을 텐데, 지금보다 더 단호하게 대처하고 흔들림이 작았으면 좋겠다.

이젠 엄마의 감정을 돌볼 시간이다

하기 싫고 경험하기 싫은 일들을 모른척하거나 회피할 수는 없다. 친정엄마와 시부모님이 언제까지 계실지도 모르고, 치료하기 힘든 병에 걸리실 수도 있다. 남편의 직장이 갑자기 사라질 수도 있고, 아이들에게 또 다른 시련이 찾아올 수도 있다. 앞으로 힘든 일들이 오기 마련인데, 벌써부터 두려워 무서워하지 말고 평정심을 가지고 모든 문제를 받아들이고 살아가면 좋겠다.

나는 왜 강인한 엄마가 될 수 없을까?
어떤 시련이 와도 흔들림이 없이 지내고 싶은데 왜 잘 안될까?
더 많은 고통을 느끼고 이겨내야 단단해지는 것일까?
나는 왜 이렇게 부정적이고 걱정이 많은 것일까?
내 삶의 주인이 되어서 삶을 잘 영위해 갈 수 있을까?

거센 바람에 나무들은 쓰러지지만, 잡초들은 어떤 흔들림에도 쓰러지지 않는다. 그런 잡초이고 싶다. 나도 이제는 단단해지고 싶다.

2.

이가 아프면 치과에,
마음이 아프면 정신의학과에 간다

　몸이 아픈 것과 마음이 아픈 것은 다르다. 이가 아프면 치과에 가고, 눈이 아프면 안과에 간다. 혹시 모르는 증상이 있으면 내과나 종합병원에 가서 종합검진을 받지만, 마음이 아플 때는 그것을 알아차리기까지 많은 시간이 걸린다. 안타깝게도 자신의 마음이 어떠한지 판단하기 힘들고, 자기 자신을 탓하거나 자책하는 경우가 많다. 오랜 시간 고민 끝에 병원을 찾기도 하지만, 아예 병원 문을 두드리지 않거나 거부하는 분도 많다. 왜냐하면 정신의학과에 대해서 잘 알지 못하고, 방문하는 것이 정신에 큰 문제가 있어서거나, 그것을 다른 사람이 알아차리는 게 두렵기 때문이다. 그래서 정신의학과에 가기까지는 용기와 힘이 필요한 것이다.

첫째가 두 돌이 될 무렵, 가슴이 답답하고 어지럼증이 유발되면서 내과 진료를 받았다. 다행스럽게도 의사 선생님이 몸이 피곤해서 생긴 증상이라고 하시면서 근육이완제와 잠을 잘 잘 수 있는 약을 처방해 주셨다. 하지만 증상은 더 심해져 심장이 벌렁거리고 땅이 울렁거리기에, 밖으로 나가는 것이 점점 싫어졌다. 사람들이 많고 소음이 가득한 장소는 기피 장소가 되었다. 아무래도 심장에 문제가 있는 것 같아서 종합병원을 예약하고 초음파와 갑상선샘을 검사했지만 정상이었다. 담당 선생님이 정신의학과 의사를 소개해 주시며 진료를 받아보라고 권하셨다. 10년 전만 해도 정신의학과에서 진료를 받기란 쉬운 것이 아니었다. 누군가에게 병원에 간다고 말하기도 조심스러웠고, 증상을 이해하는 것도 어려웠다. 일단 빨리 낫는 것이 먼저니, 일주일에 한 번씩 병원에 가서 처방해 주는 약을 먹었다. 처음에는 약을 먹는 것이 너무나도 힘들었다. 지금까지 먹어본 약과 달랐고, 잠이 계속 쏟아지면서 힘이 없고, 아무것도 먹기가 싫었지만, 첫째가 부르는 소리에 나는 간신히 몸을 일으켜 생활했다. 어떻게 그 시간을 보냈는지 모르겠지만, 차츰 나아진다는 믿음을 갖고 약을 꾸준히 먹었다. 그렇게 4개월을 먹고 임신 계획이 있어서 의사 선생님과의 상의하에 약을 끊었다. 그렇게 나는 첫 정신의학과 치료를 받았다. 몸이 아픈 것인지, 마음이 아픈 것인지 구분이 잘 안될 때였기에, 병원 투어를 많이 했다. 처음 공황장애를 경험하며, 우울과 불안이 잔잔하게 오고 가는 익숙한 나날을 보내게 되었다.

안타깝게도 5년 후 재발, 두 번째의 공황장애는 첫 번째보다 더 무섭고 힘겨웠다. 공황장애가 다 나았다고 생각하며 관리하지 않았던 게 재발병의 원인이었다. 힘들어짐을 느끼기 시작했고, 서둘러 집 근처 병원을 알아보았다. 첫째는 유치원에 가서 집에 없었고, 둘째를 데리고 병원으로 향했다. 첫 번째 정신의학과 방문과 달리, 두 번째는 병원 투어 없이 바로 갔다. 그렇게 진료가 시작되고 약 복용도 함께 진행되었다. 두 번째의 긴 여정 끝에 아주 천천히 회복의 길을 걷는 것 같았지만, 3년 이상이 걸리고 있었다. 벗어나려고 해도 벗어나지 못하는 순간이었다.

이제는 정신의학과를 언제든지 방문하는 치과, 이비인후과, 안과, 내과처럼 생각하며, 마음이 아파서 치료가 필요한 사람에게는 병원에 가서 상담을 받아보라고 추천하는 사람이 되었다. 그곳에 간다고 타인에게 피해를 주는 것은 아니다. 얼마 전까지는 남들의 시선을 두려워했지만, 이제는 시대가 변해서 대부분의 사람들이 병원 방문을 편하게 알린다. 아쉬운 것은 한국의 정신의학과 첫 진료에는 20분 정도 소요되고, 두 번째부터는 10분, 5분 이렇게 짧아진다. 할 이야기가 없다는 것은 차츰 증상이 완화되고 있다는 뜻이기도 하지만, 충분히 진료를 받기에는 시간이 부족하다. 가능하다면 심리상담과 병원 치료를 동시에 하길 추천한다. 정신의학과 방문은 건강보험 적용이 가능해서 실질적으로 본인부담금이 작다. 진료기록도 외부에 유출되지 않기에 걱정할 필요가 없다.

이젠 엄마의 감정을 돌볼 시간이다

심리상담을 겸한다면 더 효과적인 치료가 되는 방향으로 갈 것이다. 모르는 사람에게 자신의 숨기고 싶은 부분을 이야기한다는 것은 쉬운 일이 아니다. 나 역시 의사 선생님이 나를 불쌍한 사람으로 보며 진료하는 듯해서 병원에 가고 싶지 않았다. 가능한 한 짧게 상담을 받고, 약만 받아오곤 했다. 하지만 나와 맞는 선생님, 진심으로 나의 이야기를 경청해 주면서 낫게 하는 방법을 제시해 주는 분을 만났을 때는 병원에서 돌아오는 길이 그렇게 행복할 수가 없었다.

내가 정신의학과를 방문하게 된 한결같은 공통점은 바로 극심한 스트레스가 원인이었다. 극심한 스트레스가 지속되고 해결되지 않을 때, 견뎌낼 수 없어서 한계를 느끼고 스스로 몸을 지키고자 몸에 증상이 나타나게 된다. 인간관계에서 오는 스트레스가 첫 번째와 두 번째의 공황장애의 원인이 되었다. 그 이후 스트레스를 잘 다스리고 있었는데, 첫째의 학교 등교 문제로 한계를 넘어 이것이 버틸 수 없게 커져 버렸다. 높은 스트레스 강도가 오랫동안 유지되면서 몸에 다양한 증상을 만들어 낸 것이다. 언제 끝날지 모르는 시련이 오고 말았다. 바로 세 번째 재발이 된 것이다. 더 이상 망설임도 없이 근처 병원에 갔다. 그렇게 진료를 받고 2주간 약 적응을 하고 3주, 4주, 한 달이 지나면서 일상생활이 가능하게 되었다. 그래도 약은 보통 6개월간 복용해야 하기에, 현재까지 하루 한 알씩 먹고 있다. 그러면서 멈추지 않고 나를 돌보는 시간을 보낸다. 요즘은 공황장애 관련 지식과 약 정보를 쉽게 찾아볼 수 있다. 심지어 직접 병원에 가지 않더라도 온라인 상담도 가능하고, 진료도 가능한 곳이 생기고 있다. 약의 의존성과 부작용이 있기에, 전문가와의 상담은 꼭 필요하다. 그렇다고 미리 의존성이나 부작용을 걱정할 필요는 없다. 생각하는 것보다 의약품이 많이 발전했기 때문이다.

가장 잘한 건, 마음의 힘듦을 받아들이고 치료를 하려고 노력한 일이다. 정신의학과는 가기 쉽고 가까운 곳이 가장 좋다고 한다. 하지만 심리상담은 자신과 맞는 사람과 해야 한다. 병원에 가보았지만, 심리상담은 진료를 받으면서 해보지 않았다. 밤이 되면 답답하고 식은땀이 나면서 몸이 바들바들 떨리고 잠이 오지 않았다. 약을 먹어도 효과가 없고 진정되지 않았다. 죽을 것 같은 공포가 지속되면서 상담 공부를 같이한 선생님께 연락을 드렸다. 감사하게도 선생님은 나와 통화를 하신 후 상담 일정을 잡아 주셨다. 공부하며 알게 된 분이라 불편한 부분이 있었지만, 지금 불안한 나의 마음을 누구든지 잡아 주길 바랐다. 상담 첫 회기 때는 나의 어릴 적 생활, 불안을 느끼는 부분은 무엇이며, 마음 아픈 과거와 현재에 관한 이야기를 나눴다. 2회기가 되면서 어릴 적 마음 아픈 사건들을 꺼냈는데, 상담을 마치고 난 후 뭔가 마음이 가볍지는 않았다. 바로 과거의 트라우마와 직면한 순간이었다. 숨기고 더 이상 이야기하고 싶지 않았던 부분이지만, 나의 불안한 감정이 왜 생

이젠 엄마의 감정을 돌볼 시간이다

겼는지 파악하기 위해서는 꼭 필요한 것이었다. 5회기를 지나면서 나의 마음을 다스리는 연습을 했다. 비로소 삶이 달라지며 안정감 찾을 수 있었다.

상담 선생님이 내주는 숙제를 모두 이행했고, 더불어 회복하고자 더 노력했다. 9회, 10회기가 되면서 많이 안정화되고, 선생님을 처음 만났던 순간으로 돌아갈 수가 있었다. 약을 같이 먹고 있었고, 상담을 통해 회복을 위한 노력을 하고 있었기에 가능한 것이었다. 극심한 불안을 다스리는 법을 배우고 매일 실천하면서, 예전보다 덜 울고 앞으로 걸어갈 수 있게 되었다.

이 시기에는 주위 사람들의 시선 그리고 말들이 중요하지 않다. 내가 지켜야 하는 가족이 있고, 돌봐야 하는 두 딸이 바로 옆에 있기 때문이다. 그리고 내가 나 자신을 돌보지 않으면 아무도 나를 돕지 않는다. 힘들어도 다시 용기 내고 걸어서 병원에 가야 하며, 혼자서 가기 힘든 상황이면 그래도 나를 도와줄 수 있는 사람에게 도움을 청해야 한다. 한 발짝 밖으로 걸어 나가 나를 돌보러 밖으로 나가야 한다.

3.

놀랍게도 나를 일으켜주는 것은
사람이 아니라 글이다

매일 나를 돌보러 밖으로 나갔다. 아이들은 학교에 가고, 강아지 보리와 주택가 사이의 길을 따라 걸어갔다. 땅을 보며 걸으면 눈이 침침하고, 잠을 제대로 못 자서인지 바닥이 울퉁불퉁하고 희미하게 보였다. 시선을 멀리하고 걷다 보니 어느새 산책로에 접어들었다. 길가에 피어있는 야생화들이 눈에 들어오기 시작했다. 자연은 자신의 위치에서 이렇게 살아가는데 왜 나는 왜 이렇게 자주 흔들리고 마음이 아픈지 모르겠다. 누구에게나 고난과 시련이 오기 마련이고 나처럼 자주 넘어지지 않는데, 왜 나는 늘 이렇게 힘든 길을 걸어야 하는지 의문이 생겼다. 경제적으로 어렵거나, 남편이 폭력을 휘둘리거나 생계를 포기하고 집에 있는 것도 아닌데, 무

　　　　　　　이젠 엄마의 감정을 돌볼 시간이다

엇이 불만족스럽고 힘들게 만드는 것일까? 늘 제자리걸음인 내 생각들이 나를 더 힘든 길로 안내하고 있었다. 어수선한 감정을 되풀이하지 않게 마무리 짓고 싶었지만, 매일 반복적으로 이야기를 나눴다. 생각만 해서는 머리가 정리되지 않았다.

그렇기에 산책을 마치고 돌아와 노란색 공책을 꺼내어 걸으면서 느꼈던 감정을 적기 시작했다. 세 번째 재발한 공황장애 극복 과정도 노트에 적었다.

처음에는 멍한 기운과 비현실감이 생겼다. 걷다 보니 발 닿는 부분이 어색하고 불편했지만 그래도 계속 걸었다. 이 길은 내가 좋아하는 길이기에 걷고 싶었다. 공중에 떠 있는 기분이 싫고, 떨리는 불안감을 조성하는 육교 위를 걷기가 쉽지 않았지만 한 번 건너고 또 건넜다. 어렵게 지나왔지만 한 번 더 걸어야 회복의 길에 가까워지는 것 같아 용기를 내었다. 불편한 감정이 올라오기 전에 걷고 움직이니 기분이 좋아졌다. 부정적 감정에 집중하지 않고 자연을 살펴보면서 걸으니 도움이 되었다. 특히 육교 위를 걸을 때는 두려움에 떨지 않고 천천히 걸었다. 어제의 불안과 부정적 생각이 떠올라 계속 나를 잡은 기분이었지만 그래도 오늘은 몸 상태가 좋았다. 뭔가 답답하고 찝찝한 기분은 남아있었지만 '오늘은 어제와 다르다.'를 소리 내어 나 자신에게 말해 주었다. 현재와 과거를 분리하여 생각해야 하지만 아직은 잘되지 않는다. 오전의 불안한 기분을 통제하는 연습을 하였다.

공황장애가 심할 때는 혼자 걷기가 쉽지가 않다. 고요함 속에서 불안을 느끼는 나를 직면 하게 된다. 증상을 관찰하기 전에 바로 멈춰야 했다. 다른 사람과 함께 있으면 불안이 낮아지는 경향이 있다. 혼자 있을 때는 모든 감정이 나를 감싸고 있어서 두려움에 떤다. 바로 이때 밖으로 나가서 걸어야 하기에 그냥 나갔다. 처음에는 울렁거려 발이 예민해졌지만, 그냥 무시해 버렸다. 아파트를 한 바퀴 도는 데 4번 정도 극심한 불안을 느꼈다. 그리고 다음 날에는 두 바퀴를 돌았고, 돌아오자마자 극복일지에 증상과 어떻게 대처했는지 기록했다.

다음 날 둘째의 학교 모임이 있었다. 얼마 전만 해도 학교 모임에 참석하는 데에는 아무런 어려움이 없었는데, 학교에서 발작을 한 번 느낀 터라, 학교에 가는 게 고민이 되었다. 그래도 엄마이기에 당연히 모임에 참석해야 했다. 가기 전 불안제를 한 알 먹고 나섰다. 불안감을 느끼지 않기 위해 노래를 들었고, 학교에 도착해서는 화장실에 들렀다. 약 효과 덕분인지 불안은 크게 올라오지 않았다. 어떻게 되었든 감정을 느끼지 않고 휘둘리지 않는 것이 중요했다. 다행히 모임을 잘 마치고 근처 공원에 가서 걸었다.

아침부터 긴장한 나를 돌보기 위해 불안을 낮춰줄 공원으로 향했다. 잔디밭을 걸을 때는 딱딱한 바닥에 걷는 것보다 안정감을 더 느꼈다. 아마 공황장애를 겪어보지 않은 사람은 이렇게 걷

이젠 엄마의 감정을 돌볼 시간이다

는 게 당연한 일이고 일상인데 왜 어려워하는지 이해하지 못할 것이다. 심지어 나도 그전에는 알지 못하는 세상이었다. 경험을 했든 안 했든 상관없이 나는 현재 걷는 일이 가장 중요했다. 걸으면서 나와의 대화를 많이 했다. 마트를 방문할 때는 손바닥에서 식은땀이 나고 쿵쾅거리는 심장을 진정시키고자 노력하지만, 자꾸만 도망가고 싶었다. 밖으로 뛰쳐나가고 싶었다. 하지만 사야 할 물건에 집중하고 앞만 보고 걸어가자고 다짐했다. 더 이상 뒤로 돌아가서는 안 되었기 때문이다. 다행히 10분이 지나니 물건들을 다 사고 나올 수가 있었다. 조금씩 극복하는 시간을 가지면서 나아갈 수 있었다. 만약 회피하거나 도망을 쳤다면 며칠은 절망 속에 더 빠져들었을 것이다. 매일 반복되는 일상이지만, 극복일지를 쓰면서 어제와 다른 한 줄이라도 다르게 적고자 새로운 도전을 하게 되었다.

오늘은 나 무엇인가 도전하고 싶은 날이야.

지금, 이 순간 여기 이곳에 있음에 감사드린다.

난 절대 지지 않아! 지금 좋아지고 있어.

이렇게 반복하다 보면 완치되는 것이 공황이야!

그래도 아주 힘들 때보다는 이만큼 좋아지고 있고, 공황 증상과 재발은 당연한 것이야.

오늘도 한 걸음 완치를 위해 나아갈 수 있어.

수도 없이 나에게 해주었던 말을 글로 다시 표현해 주었다.

나는 힘들 때마다 안정감을 느끼는 소파에 앉아 책 소개 유튜브를 보고 책을 사서 읽기 시작했다. 나는 평소 책을 즐겨 읽는 편이 아니다. 하지만 힘든 시기에는 독서가가 된다. 사춘기 시절 문학에 빠졌었고, 석사 졸업을 앞두고 연구가 잘되지 않을 때는 자기계발서를 읽었다. 한 권의 책을 읽고 나서 도움이 될 것 같은 부분은 필사하며 머릿속에 저장하였다. 그리고 책 한 권이 끝날 때마다 새로운 행동과 습관을 만들고 있었다. 그렇게 조금씩 변화가 시작되고 내가 할 수 있는 것들이 생겨나기 시작했다.

나만의 블로그를 만들어 산책하다가 찍은 사진과 글을 비공개로 올렸다. 누가 보든 상관없이 신경이 쓰이지 않았다. 여기가 아니면 어디에도 나의 마음을 터놓을 수가 없었다. 누군가를 만나 좋은 이야기를 나누며 삶의 지혜를 배울 수 있지만, 나는 사람을 만나러 가는 자체가 힘들었기에 책과 영상을 찾았다. 특정한 장소를 찾아가지 않더라도 좋은 말을 들을 공간이 많다는 것에 감사했다. 좋아하는 영상을 보고 나서 집안일을 시작했다. 가끔 이웃 지인들을 만나 차를 마시지만, 카페인에 민감하게 반응하는 몸이기에 커피 마시는 것도 선호하지 않았다. 디카페인을 해주는 카페라도 가면 감사할 따름이었다. 불안 증상이 나타나고 항우울제를 먹으면서 카페인 음료와 술은 완전히 끊었다. 나보고 무슨 재미로 사냐고 하는 분도 있었지만, 술과 커피로 가슴이 두근거리는 것이 더 싫었고, 지금 이 삶을 살아갈 수 있는 것만으로도 감사했다. 많은

이젠 엄마의 감정을 돌볼 시간이다

사람을 알지도 못하고 사교적이지 않기에, 혼자 일상을 보내면서 나의 생활 방식대로 살고 있는 것이 더 편안했다.

나는 일상 루틴 중에 글을 쓰는 시간을 꼭 가졌다. 머릿속의 생각을 글로 적으면 머릿속에서 맴돌던 생각들이 더 이상 반복되지 않았다. 우연히 주부 작가 모집 공고문을 보았고, A4용지 두 장 정도 쓰면 된다기에 무작정 참여를 신청하고 글을 쓰기 시작했다. 감사하게도 50명의 작가들과 함께 《내 인생을 바꾼 사람들》로 첫 공저 책을 출간하게 되었다.

> 아이들에게 갑자기 엄마의 역할을 못 할까 봐 불안과 걱정에 휘말려 있었다. 이대로는 안 될 것 같았다. 할 수 있는 일을 다해보자고 다짐을 했다. 두 딸을 위해서 다시 일어서서 세상 밖으로 나가야 했다. 의미 없는 시련과 고통은 없다. 고통을 없애려 하지 말고 함께 살아가는 법을 배우자. 어떤 길이든 걸어야 하며, 넘어져도 일어서야 한다. 바로 두 딸의 엄마이자, 인생 멘토가 되어 주어야 하기 때문이다.
>
> - 《내 인생을 바꾼 사람들》 중에서 -

짧은 분량이지만, 그 속에 그동안의 숨기고 싶었던 나의 아픔을 적었다. 그 아픔이 나를 아는 사람들에게 전해지지 않기를 바랐다. 가족과 친구들은 물론, 누구보다 딸과 친정엄마가 몰랐으면 했다. 처음에는 읽히기 싫은 글을 왜 써야 하는지 이해가 안 되었지만, 속으로 생각하던 것들을 글로 표현하자, 나의 아픔이 점차 치유되면서 글쓰기의 중요성을 알게 되었다. 그렇게 첫 책이 출간되면서 글쓰기에 묘한 매력을 느끼게 되었다. 글을 쓰면 쓸수록 더 쓰고 싶어졌다. 12명의 작가가 모여 좀 더 많은 글을 써보기로 했다. 내 삶의 가치를 발견하는 두 번째 공저 책을 출간할 수 있었다. 이전 책보다 양이 많아졌고, 엄마, 아내, 그리고 딸로 지내는 지금의 나를 다시 되돌아보는 계기가 되었다.

> 우리 모두는 별에서 태어났고, 모두는 그 자체로 빛난다. 너무나 사소하고 당연히 여겼던 일들, 당연하다고 생각한 것들이 당연한 것이 아니다.
>
> -《괜찮은 오늘, 꿈꾸는 나》중에서 -

아무리 해도 티가 나지 않는 집안일(밥하기, 설거지, **빨래, 청소**)에 대한 에세이를 쓰면서 일상에 의미를 부여하며 나를 찾는 연습을 했다. 그러면서 사소하다고 생각한 일들이 가치 있다는 것을 알게 되었다. 얼마 전까지 나는 밖에서 일하는 것은 멋진 일이지만, 집에서 하는 것은 당연한 일, 하찮은 일이라 생각하고 있었다. 하지만 글을 쓰고 함께 쓴 작가들의 글을 읽으면서 삶에 의미를 부여하는 법을 배울 수 있었다. 요즘 들어 전업주부의 일을 가치 있게 여겨주는 의식이 생겨나고 있지만, 평소 나는 가치 있게 생각하지 않았다. 글쓰기는 이런 나를 반성해 주게 된 계기가 되었다.

이제는 글 쓰는 것을 멈출 줄 알았다. 나는 책을 많이 읽고, 삶의 경험이 많고, 정보를 전달하거나 삶의 지혜를 전달하는 전문가가 아니기에, 글쓰기를 멈춰야 했다. 내 글은 쓰는 단어도 평범하고, 감동적이거나 설득력 있는 공감을 유발하지도 않는다. 하지만 나는 또 글을 쓰고 있었다. 두 번째 책을 함께한 작가들이 모여서 모임을 만들고, 각자 자신의 책을 내자고 했다. 각자 관심이 가고 잘하는 것을 주제로 몇 꼭지 쓰기로 했다. 나는 막상 할 것이 없어서 평소 하던 것처럼 일상의 이야기를 쓰기 시작했다. 해외로의 이사를 준비하고 있었고, 이사 후 적응해 가는 과정을 썼다. 1년간 써서 다듬어져 나온 책이 《괜찮아, 두려워하지 말고 걸어가 봐》다.

엄마이기에 많은 걸 다해 줄 수 없다. 아이가 힘든 걸 뻔히 알면서, 자갈길과 가시밭을 걷게 둔다. 곁에서 응원하고 지켜보는 것이 엄마의 역할이다. 뒤에서 엄마는 안타깝고 속상한 마음에 속으로 울고 있을 것이다. 그렇게 커가는 자녀의 모습을 또 지켜보며 엄마 역시 어른 엄마가 되어 간다. 자신이 좋아하고 끌리는 것이 있다면 꾸준히 하여 자기 삶에 들어오게 만들길 희망한다. 지금 40대 초반, 고민과 생각만 하는 사람이 있고, 고민을 해결하기 위해 좋은 강연을 찾아가서 듣고, 책을 읽고, 문화센터에서 수업을 듣는 사람이 있다. 하지만 어떤 이는 더 깊게 들어가서 실천하고 시작하기도 한다.

- 《괜찮아, 두려워하지 말고 걸어가 봐》 중에서 -

누군가가 나에게 해주길 바라는 말이 바로 "괜찮아, 두려워하지 말고 걸어가 봐!"였다. 이제는 타인이 나에게 해주길 바라지 않고 직접 나에게 이야기해 주고 있었다. 미래가 낯설고 보이지 않지만, 그냥 도전하고 걸어가 보라고 말해 주었다. 지금이 아니면 용기가 나지 않을 것 같고, 예측할 수 없는 삶을 살아보자고 이야기했다.

처음에는 내 감정을 꺼내어 짧게 블로그에 글을 적었고, 들키고 싶지 않은 아픔을 정리하면서 책으로 펴냈다. 일상의 소중함과 의미를 찾기 위한 과정을 적었고, 자신을 있는 그대로 받아들이는 연습을 통해 점점 치유하고 있었다. 어떤 고통이 오더라도 그것을 글로 표현하면서 그 고통을 조금 멀리서 바라보게 되고, 감정에 빠져들지 않도록 했다.

《괜찮아, 두려워하지 말고 걸어가 봐》의 원고를 쓰고 있는 과정 중에 아버지가 갑작스러운 사고로 돌아가셨다. 아버지를 떠나보내는 것을 인정하기도 싫고 생각하고 싶지 않은 부분을 적고 있었다. 원고가 마무리되고 퇴고를 하는 과정 중에도 아버지의 사고 부분은 읽을 수가 없었다. 마지막 교정을 앞두고서 그 부분을 읽어보았다. 아픔이 책으로 나오기까지 그 과정 속에 나는 소중한 사람과의 이별 과정을 적고 있었다. 새로운 변화를 결심하고 환경에 적응하는 과정이 대부분이지만, 아버지께 책을 바치고 싶었다. 두 번째 공저 책과 더불어 아버지의 모습이 책 속에 담겨있어서인지, 아버지는 영원히 살아계신 것 같다. 글을 쓰고 책으로 나오지 않았다면, 소중한 사람에 대한 기억은 희미한 안개 속에서 희미하게 기억될 것이다.

지금 이 글 역시 나처럼 마음 아픈 사람들과 공유하고 싶고, 그들도 자신의 감정을 들여다보고 치유하길 바라기 때문에 쓰는 것이다. 그렇다고 현재 공황장애가 완치되었거나, 일로 성공한 것도 아니다. 지금 여전히 약을 먹고 있고, 앞으로 어떤 일이 벌어질지 몰라 걱정하고 있다. 이제는 글을 쓰면서 감정을 살피고, 부정적 감정이 오더라도 두려워하지 않는다. 감사하게도 나를 일으켜주는 글을 쓰고 있기 때문이다.

매일 같은 생각을 하고, 일상이 지루하고 무의미하다면 머릿속에서 맴도는 생각을 글로 표현하길 바란다. 생각만 하는 것을 넘어 글로 나오기까지 마음의 변화가 시작되고, 행동으로 이어지며 놀라운 결과를 가져다줄 수도 있다. 누가 나의 글을 읽을까가 아니라 나의 글을 읽고 공감해 주는 한 명만 있으면 된다. 특별한 것이 중요한 게 아니라 아주 평범할수록 더 공감을 불러일으킬 것이다. 나를 일으키고 싶을 때, 변화를 하고 싶을 때, 용기가 나지 않을 때, 아픈데 아프다고 말할 수 없을 때, 세상에 혼자라고 생각할 때일수록 글을 써보길 바란다. 글이 세상에 나오는 순간, 나의 고뇌와 아픔은 치유될 것이다.

4.

내가 좋아하는 것을 하기로 했다

　첫째가 지금까지 해왔던 활동들을 하기 싫다고 거부를 했다. 막상 한다고 해도 경제적으로 부담이 되어서 걱정했을 것이다. 첫째가 좋아하면서 하고 싶은 것이 있어야 하는데, 아무것도 하지 않은 채 영상만 들여다보고 있는 것을 보니, 삶이 지루하고 무의미해 보였다. 사춘기가 되면 뇌가 급속도로 발달하고, 가만히 있어도 머리가 복잡해지기에 쉴 시간을 많이 주라고 한다. 첫째가 가만히 있지만, 아무것도 하지 않는 건 아닐 것이라고 생각되었다. 어느 날부터 씻기 싫어하고, 옷과 양말은 방바닥에 뒹굴고 있고, 책상 위에는 과자 봉지와 남은 음식들이 널려있었다.

분명 자기 방은 정리 정돈을 잘하던 첫째가 갑자기 행동이 달라지니 걱정이 되기 시작했다. 지저분한 첫째의 방을 치워줄까 하다가도, 있는 그대로 두고 그냥 첫째의 방문을 닫았다. 안 보는 게 나을 것 같았다. '이 시기가 지나면 분명 정리하겠지?' 그리고 성인으로 가기 위한 과정이기에 잘 커가고 있을 것이라 믿고 싶었다. 나는 딸들이 성장하는 속도를 따라가지 못한다. 첫째는 온종일 집에서 쉬고 싶다고 하기도 하고, 재미있는 예능 프로그램을 보고 싶다고도 했다. 자신이 무엇을 잘하는지도 모르겠고, 좋아하는 것이 없다고 했다. 첫째의 말을 듣고 있으면 나의 머리도 멈춰버리는 것 같았다. '첫째가 이러다 아무것도 못 하는 것 아냐?' 순간 이 생각이 머릿속을 스쳐 갔다. '그래, 충분히 그럴 수 있는 나이니깐 깊게 생각하지 말자!'고 속으로 생각했다. 열심히 탐색하는 시기이기에, 존중하고 기다려주는 것이 사춘기 자녀를 둔 엄마의 역할임을 인지시켰다.

반면, 둘째는 새로운 것을 조금만 경험해도 그것을 제일 잘하고 좋아한다고 말한다. 첫째와 상반되는 성격이며, 넘치는 자신감은 어디서 오는지 우리 집에서 돌연변이 같다. 같은 배에서 태어났는데 이렇게 다르니, 놀라울 때가 많다. 둘째는 신체 운동보다 조용히 앉아서 작은 물건을 만들고 색칠하고 꾸미는 것을 좋아한다. 집에서 조용히 생활하고 싶어 하는 두 딸 덕분에 사교육비 지출은 많이 줄었다. 땀나는 것이 싫어 운동하기가 귀찮고, 걷는 것도 지

이젠 엄마의 감정을 돌볼 시간이다

루해서 싫다 하니 더 이상 무엇인가 억지로 시킬 수가 없었다. 부모란 자녀들이 조금만 흥미와 관심을 보이면 알아보고 배울 수 있게 한다. 특히 사춘기인 첫째에게는 억지로 시킬 수도 없고, 한 번만 체험해 보고 결정하라고 주문하지만, 체험하러 가기 전까지 설득력 있는 말을 준비해야 했다.

부모는 자신들보다 자녀가 항상 우선이다. 남편과 나는 테니스를 배우고 싶었지만, 수강료가 비싸서 시작할 수가 없었다. 그 대신 같이 공원에 가서 테니스를 치고 매일 산책을 하자고 했다. 우리가 배울 돈으로 아이들을 더 가르치고 싶었다. 이처럼 부모의 눈에는 자식만 보이는 법이다. 아이들이 새로운 것을 배워서 할 수 있는 것이 많아지고 잘하길 바란다. 아이들에게 쓰는 돈이 만만치 않다 보니, 남편과 나는 쉽게 하고 싶은 것을 시작하지 못한다. 남편은 회사 일이 많아서인지 집에 와서도 일을 한다. 어떨 땐 남편이 일만 좋아하는 사람 같다. 회사에서 맡은 업무가 하고 싶었던 분야의 일이고, 그 결과 좋은 결과를 얻고 월급으로 나오니, 일에 더 빠져드는 것 같다. 안타까운 건, 남편이 일 외에 즐기는 것이 없다는 점이다. 외벌이로 가족의 생계를 책임지기에 자신의 것은 포기하는 것 같다. 남편에게 시간과 금전적 여유가 생긴다면, 자신이 원하는 활동을 포기하지 않고 했으면 좋겠다.

그런 남편에 비해 나는 하고 싶은 것을 하고 지냈다. 최근 나는 심리상담사 1급 수료과정을 마쳤고, 책을 출간하기 위해 돈을 썼다. 내가 번 돈보다 더 많은 돈을 썼다. 미래를 위한 투자라고 말하고 싶지만, 이제는 더 이상 돈을 쓰면 안 될 것 같다는 생각이 들었다. 특히 자신이 하고 싶은 것을 포기하고 있는 남편에게 미안했다. 결과적으로, 얻은 것보다 이번처럼 소비가 컸던 적도 없었다. 실속이 없는 일을 한 것 같아서 허무하고 절망스러웠다. 정말 심리상담을 공부하고 책을 낸 이유가 무엇일까? 돈을 많이 벌려고 한 것도 아니고, 돈을 많이 쓰려고 한 것도 아니었다. 이제는 하고 싶은 것을 찾더라도, 돈이 들어가지 않는 것들을 찾아보기로 했다. 남편의 월급만으로 생활하기에, 나만 자기계발을 위한 돈을 쓸 수가 없다. 내가 번 수입으로 쓴다면 더 자유로울 수 있지만, 지금은 그렇지 않기 때문에 소소한 행복을 얻을 수 있고, 오랫동안 유지할 수 있는 흥밋거리가 무엇인지 찾아봤다.

투자비가 들지 않고 내가 할 수 있는 일이 무엇이 더 있는지 생각했다. 5월, 내 이름이 새겨진 책이 출간되면서, 그동안 접어둔 엄마들을 위한 감정 공부와 관련된 글을 다시 연이어 써야 했다. 시간이 많아서 글쓰기에 매진할 듯했지만, 무기력과 공허감이 오면서 컴퓨터 앞에 앉기까진 시간이 걸렸다. 첫 책을 출간하기까지 많은 열정을 쏟아부었기에 공허감과 무기력증이 크게 왔다. 멈추고 없던 일로 하려고도 했지만, 미련이 남은 일이라 손을 놓을 수가 없었다. 이때는 아무런 생각 없이 해야 했다. 시간이 있을 때마다

이젠 엄마의 감정을 돌볼 시간이다

작은 접이식 책상을 거실에 펴고 소파에 기대어 글을 썼다. 어떤 글이 완성되어 세상 밖으로 나올지 모르겠지만, 분명 내가 끝까지 마무리 짓고 싶은 일이 되었다. 두 번째 책도 원고 작성 시작 단계인데, 벌써 세 번째 책의 주제까지 머리에 떠오르고 있다. 글쓰기는 분명 내가 하고 싶은 일 중 하나인가 보다. 최근 몇 년 동안 글을 쓰고 책을 출간하면서, 출판사에 기획서를 보내고 투고하기까지 다양한 경험을 쌓았다. 먼저 원고를 다듬고, 제목과 표지를 정한 후 책 인쇄를 의뢰하였다. 인쇄된 책은 배본사를 통하여 온라인과 오프라인 서점으로 유통된다. 나는 직접 배본사를 찾아 계약했다. 그 후 책을 소개하는 홍보 자료를 만들어 서점에 보내고, 책 리뷰신청까지 직접 해보니 출판의 과정도 그렇게 막막한 건 아니었다. 책이 세상에 나오기까지 모든 과정을 경험해 보니, 막막하던 출판의 세계도 이제는 조금 알 것 같다. 나와 전혀 무관한 세상이라고 생각한 것이 아니라 조금은 그 속으로 들어갈 수 있을 것 같은 기분이 든다.

일주일에 한 번 한국학교에 가서 초등학생들을 가르친다. 한국학교 학생들 외에 두 딸에게도 수학과 과학, 국어 공부를 봐 준다. 그러고 보니 간간이 학생들을 가르치는 일을 멈추지 않고 지냈다. 공부방, 대학 강사, 과외, 교사 일을 하면서 수업을 진행하고 있었다. 누군가를 가르치고 있을 때, 나는 열정적이고 지치지 않는다. 한국학교의 초등학생이 나를 잘 따르고 감사의 편지를 줄 때 보람을 느낀다. 조용하고 말솜씨 없는 선생님을 그래도 좋아하고 따르는 것을 보니, 나의 진심이 학생들에게 잘 전달된 것 같다. 전에는 고등학생과 대학생의 수업이 나와 맞다고 생각하였지만, 지금 초등 2학년 담임의 일을 하다 보니, 저학년을 가르치는 것도 나름대로 재미가 있다. 아무래도 내가 어린아이를 키우고 있다 보니, 아이들의 심리와 행동을 이해하게 된 것 같다. 어린 학생, 초등학생은 가르치지 못할 것이라 생각한 게 틀렸음을 알게 되었다. 내가 할 수 없는 일이 나중에도 할 수 없는 일이 아닐 수도 있음을 비로소 알게 되었다. 어쩌면 잘하고 있을 수도 있다. 미래는 역시 생각대로 돌아가지 않고, 지금 맞다고 한 일들이 맞지 않을 때도 많다. 나이가 들수록 고개가 숙여지고 겸손해진다는 게 이런 경험에서 나오는 건가 보다. 새삼 배우고 가르치는 일이 내가 좋아하는 것이라 느낀다.

다음으로 내향적이고 감성적인 나는 혼자만의 고요한 시간을 좋아한다. 그리고 이 시간이 꼭 필요하다. 오전에 소파에 앉아 있다가 잠에 빠져들곤 한다. 부족한 잠을 보충하고 난 후 정신을 차리면 어느덧 시간은 많이 지나 있다. 특별히 어떤 일을 해야 하는 강제성이 없어서 몸과 마음이 편한 쪽으로 생활하다 보니 단조로운 시간을 보내고 있다. 소파에 앉으면 잠을 자기 때문에 무조건 밖으로 나가려고 한다. 그래서 아이들이 학교에 갈 때 강아지 산책도 시키고 만 보를 채우기 위해 산책하러 나간다. 오전의 산책

이젠 엄마의 감정을 돌볼 시간이다

은 나에게 재충전과 힐링이 된다. 이 순간은 누구에게도 방해를 받지 않고 구속되지 않으며, 어떤 부정적인 말도 듣지 않는다. 심지어 지나가는 이웃들의 말을 이해하지 못하기에, 오로지 나와 강아지만 걷는 것 같다. 한참 걷다가 땀나는 만큼 달려보고 싶었다. 아이를 낳은 후유증으로 한동안 달릴 수가 없었다. 걸을 때와 뛸 때는 심장 박동 소리가 달라지고, 스치는 바람의 세기와 풀냄새도 다르다. 4분, 5분을 뛰어도 숨이 차오르고 더 이상 뛸 수가 없었다. 종아리가 딱딱한 돌덩어리로 느껴지면서 그동안 달리지 못해 몸이 나빠지고 있었다. 뭉친 다리를 주무르면서 다음에는 더 많이 뛰자고, 그동안 무거운 몸을 지탱하느라 고생했다고 말해 주었다. 차츰 시간을 늘리고 근육이 생기면서 1km를 멈추지 않고 뛰겠다는 목표가 생겼다. 이렇게 조금씩 하고 싶은 것이 하나씩 생기기 시작했다.

오전에 충전을 하고 나서야 집안일을 시작한다. 아이들이 하교하면 나의 개인적인 일은 중단하고 가족을 위한 시간을 가진다. 아이들이 집에 오자마자 간식을 만들어 주고, 저녁식사 준비를 한다. 가족이 함께 저녁식사를 마치고 나면 설거지를 한 다음 남편과 산책하러 나간다. 돌아와서 아이들이 스스로 공부하고 있으면 격려해 주고, 둘째의 숙제를 봐 준다. 그리고 나서 아이들과 같이 재미있는 영상을 보고 이야기를 나눈다. 저녁 시간은 엄마가 해야할 일들이 쌓여있다. 엄마인 나의 역할을 저울에 잘 올려서 저울질을 잘해야 한다. 한쪽으로 치우치면 무너지기 쉽다. 오로지 나를 위한 시간에 내가 좋아하는 일을 함으로써 나 자신의 가치를 높이고, 엄마로서의 역할을 충실히 다해낼 때는 보람을 느낀다. 지금 당장 새로운 것에 도전하기보다는 지금까지 했던 것을 유지하면서 욕심내지 않고 지금처럼 생활하면 된다는 것을 깨닫는다.

'미래에는 어떤 모습으로 살아갈 것 같아?', '어떤 곳에서 살고 있을 것 같아?' 나는 이 질문을 많이 한다. 사람은 각자 즐기는 부분이 다르다. 어떤 사람은 여행을 통하여 멋진 곳을 눈으로 보면서 새롭고 맛있는 음식을 먹으며 행복감을 느낀다. 미래를 준비하며 현실에 만족감을 느끼면서 살아가는 게 우리 부부는 더 행복하다. 지금 잘하고 있고, 할 일들이 많고, 할 수 있는 일들이 많다는 사실이 우리를 행복하게 만든다. 타인으로부터 얻는 좋은 에너지와 행복도 있지만, 그것은 오래가지 못한다. 유통기한이 있듯이, 시간이 지나면 원위치로 돌아온다. 가슴속에서 설레고 나를 지탱해 주는 내적 감정을 끌어내지 않으면 정체된다. 어떤 길로 걸어가고 싶은지 구상하고, 천천히 생각해 둔 길로 걸어가기 위해 실천하면 된다.

얼마 전 아흔 살이 되신 이시형 박사님께서 보청기를 끼시고 강연을 하셨다. 백 살을 눈앞에 둔 연세에도 후배들을 양성하기 위해 생활하시는 모습은 내가 생각해 온 노후와 노인의 삶이 아니었다. 어떻게 그렇게 살아갈 수 있으실까? 이시형 박사님은 계속해서 뇌를 쓰고 계셨다. 적절한 운동과 공부를 멈추지 않으셨다. 그리고 평생 공부의 중요성을 강조하셨다. "사람은 죽을 때까지 공부하는 거야! 나이가 들어서도 뇌는 발달하고, 또 치매에 걸릴 확률도 낮아진다."는 선생님의 말씀을 아이들이 공부하기 싫어할 때마다 강조한다. 어릴 때는 교과 중심, 학문 중심의 공부를 하지만, 나이가 들수록 다양한 분야에 관심을 두고 공부를 하게 된다. 전업주부가 되면서 접하지 않던 분야의 공부를 하기 시작했다. 책과 온라인을 통하면 얻는 지식과 정보는 쏟아진다. 사회성이 강한 아이로 키우는 법, 자존감이 높은 아이로 키우는 법의 육아서적을 읽고 나서 부동산, 세금 절세, 재테크를 위한 공부를 했다. 어쩌면 일을 하지 않고 시간이 많아서 전공 분야 외의 것이 눈에 들어왔는지도 모른다. 집안일과 육아에 집중하면서 여유 시간에 관심이 가는 쪽의 정보를 얻다 보니, 지금까지 사회와 동떨어진 삶을 살다가 이제는 사회에 참여하며 사는 것 같다. 필요에 의해 심리상담 공부를 하게 되었고, 결국 심리상담치료사가 되었다.

나는 무엇인가 열심히 하는 모습을 지속적으로 아이들에게 보여주고 싶고, 아이들도 한 가지 일에 몰두하지 말고 다양한 일을 해보길 바란다. 그렇게 하다 보면 새로운 배움에 대한 거부감이 없어지기 때문이다. 박사, 연구원, 선생님, 상담사, 작가란 타이틀이 만들어지기까지 억지로 한 것은 한 번도 없다. 한번 해보고 싶고,

좀 더 알아보고 싶다는 마음에서 얻어진 결과였다. 넘어지고 일어설 힘이 없을 때, 그동안의 결과를 보고 다시 할 수 있다는 용기를 얻는다. 부모님은 나를 당신들의 의도대로 키우지 않으시고, 내가 스스로 찾아서 하고 싶은 길을 걷도록 내버려두셨다. 그래서인지 끌리는 곳으로 걸어가는 것이 맞다고 생각했다. 지금은 "하지 마!"라고 하는 사람이 더 없기에, 하고 싶거나 관심이 가는 분야를 더 자유롭게 찾을 수 있었다. 나의 인생을 쪼개어서 보면 매우 게으르고 소극적인 성격으로 뛰어나지 않은 성적과 업적이었다. 그러나 거시적으로 보면 논문, 책, 자격증, 그 속에서 만난 인연들이 많은 결과물을 남긴 적극적인 삶을 살았다. 게으르고 적극적이지 않더라도 그냥 하면 되는 것이었다. 현재에 집중해서 살아가면 언젠가 새로운 것이 보이기 시작한다. 몸이 힘들고 지쳐서 할 용기가 없더라도 끊임없이 좋아하는 것을 찾아야 한다. 옆에 사람과 동일한 경험을 하고 살아갈 이유는 없다. 각자의 삶의 방향에 따라 좋아하는 것을 하며 살아가면 되는 것이다.

나를 돌보는 연습을 하다

흔들리는 나를 잡아 줄 사람이 있으면 좋겠다고 자주 생각한다. 하지만 둘러보아도 나를 이끌어 주는 사람은 없고, 이제는 누구에게 의지해서도 안 되는 나이이다. 어릴 땐 언니들이 나를 인도해 주고 지지해 주었지만, 언니들이 결혼하고 각자의 자식을 키우고 일하느라 바쁘게 살아가다 보니 막냇동생까지 챙겨줄 여유가 없다. 언니들처럼 나도 가족을 챙기느라 바쁘게 살아가고 있다. 가장 가까이 있는 남편에게 잠시나마 기대고 싶다가도, 남편도 힘든 상황이기에 더 이상 기댈 수도 없다. 가끔은 힘에 부칠 때면 누군가 나의 마음을 알아주길 바랐다. 우리는 서로가 힘든 것을 잘 알고 있기에, 단순히 교집합만 이야기하고 같이 의논하며 살아간다.

겹치지 않는 부분은 각자 해결하고 부딪히며 살아가야 한다. 이런 모습이 신혼 초기에는 익숙하지 않았지만, 10년이 지나고 나니 서로의 영역을 건드리지 않고 기대하지도 않는다.

다른 엄마들은 어떻게 자신의 감정을 표현하고 살아가는지 궁금하다. 당장 전화를 걸어 내 기분과 이야기를 들어줄 친구나 가족이 있었으면 좋겠다. 하지만 요즘은 어디든 전화를 걸어서 이야기할 곳이 그리 많지 않다. 더군다나 내가 힘들다고 엄마에게 전화해서 걱정을 끼쳐 드릴 수가 없다. 힘든 나머지 엄마에게 전화를 걸면, "잘 지내고 있지? 애들은 건강하고? 이 서방은 회사 잘 다니고 있지?" 엄마는 매번 같은 이야기를 하신다. 친정엄마에게 힘들어도 힘들다는 소리를 못 하는 이유가 있다. 현재 74살인 엄마는 고생을 많이 하셨고, 지금까지도 자식들에게 폐를 끼치기 싫어서 일을 하고 계신다. 엄마의 여정을 옆에서 지켜보았기에, 더 이상 무거운 짐을 하나 더 얹어 드릴 수가 없었다. 힘들어도 힘들지 않은 척하며 나쁜 상황에 놓여 있어도 나 스스로 해결해야 하는 경우가 많았다. 아무리 부지런히 바쁘게 살아도 엄마의 삶에 비하면 나는 게으르고 편하게 사는 것이기에 힘들다고 내색할 수 없었다. 엄마가 동네 아주머니들과 맛있는 음식을 만들어 드신다는 말을 듣고 나서 안도감이 들었다. 엄마가 잘 지내고 계시다는 생각에 더 이상 바랄 것도 없었다. 딸과 엄마의 관계는 돈독하다. 엄마는 나에게 특별한 존재이고, 나도 딸들에게 그런 존재가 되고 싶다.

이젠 엄마의 감정을 돌볼 시간이다

딸들이 속상해할 때 나는 두 딸에게 다르게 행동한다. 둘째가 감정이 격해져 있을 때는 마음을 읽어주고 꼭 안아주면 금방 진정이 된다. 내가 해결책을 제시하지 않아도 기분이 좋아지면 자신이 할 수 있는 일을 이야기한다. 둘째는 기분이 금방 상하고 금방 풀리는 타입이다. 그렇기에 둘째의 감정을 읽어주면 공감하면서도 깊게 걱정하거나 불안해하지 않는다. 반면, 첫째는 둘째와 다르다. 첫째는 얼굴빛부터 달라지고 말이 없어진다. 현재의 마음을 읽어주면 소리 없는 눈물을 오랫동안 흘린다. 속 시원하게 현재 기분 상태를 겉으로 표현하면 좋은데, 속으로 삼키는 게 안쓰럽다. 첫째는 말보다 글로 자신의 감정을 이야기하고 해결책을 찾는다. 엄마는 자식의 얼굴과 말, 행동만 보더라도 무슨 일이 생겼는지 알 수가 있다. 가장 긴 시간을 함께하는 첫째에게 나의 속상한 감정을 이야기했다. 첫째라서 그럴까? 아이가 커갈수록 점점 더 의지하고 있었다. 왠지 첫째는 나의 이야기를 잘 들어주고 공감해 줄 것 같았다. 다른 사람에게 사소한 감정을 느끼거나 기분이 상했을 때, 첫째에게 나의 기분을 털어 놓았다. 첫째는 묵묵히 나의 이야기를 듣고 있는지, 아니면 듣고 흘리는지 아무런 대답이 없었다. 내가 왜 딸에게까지 이런 이야기를 하는지 정말 못난 엄마가 되는 것 같았다. 왜 스스로 감정을 다스리지 못하고 어린 딸에게 속상한 마음을 표현하는지 부끄러워서 어디론가 숨고 싶었다.

딸이 어떤 친구에 대해서 부정적으로 이야기하고 있다면, 나는 어떻게 반응할지 생각해 보았다. 이야기를 들어주다가 잘 지내보라고 하거나, 좀 더 멀리 떨어져서 지내보라고 이야기할 것 같다. 딸에게 친구 같은 엄마가 되고 싶다가도 해결책을 제시하거나 지시하는 경우가 많았다. 사실 어떨 때는 "너희들 일이니깐 잘 해결해 봐!"라고 하는데, 이것은 무관심과 방관의 자세가 아닌가 싶기도 하다. 그래서 아이들의 마음에 상처가 안 생기도록 최대한 들어주고 같이 생각해 주려고 한다. 한 예로, 딸이 어떤 친구가 마음에 안 들고, 그가 어긋난 행동을 하고 있다고 말하면, 이야기를 나누고 딸의 편을 들어준다. 그렇게 하다 보니 딸들은 속상하거나 이해 안 되는 일이 있으면 하교하자마자 돌아오는 차 안에서 이야기한다. 사춘기 딸이 엄마에게 자신의 감정을 털어놓고 속상한 이야기를 하는 것도 바람직하다고 생각한다. 얼마 전까지 속상해도 속상한 티를 내지 않고 혼자만의 동굴 속에서 지내는 것 같았는데, 표현을 하니 조금 나아진 것 같아 안도감이 들었다. 딸의 마음도 혼란스러울 텐데, 엄마가 감정을 조절 못 하고 하소연하는 것이 미안하고 부끄러웠다.

어떻게 하면 나는 나의 감정을 잘 조절해서 행동할 수 있을까? 쓰나미가 생기는 순간부터 잔잔한 파도가 일어나는 곳으로 가기까지 쉬어가는 순간이 필요하다. 나는 화가 났을 때, 옆에 휴대전화나 사람이 없다면 화를 억누르면서 슬프고 억울한 감정을 억지로 조절하게 된다. 옆에서 자극을 주거나 화를 돋우는 누군가가 있

이젠 엄마의 감정을 돌볼 시간이다

다면 더 폭발하고 만다. 잠시 자리를 떠나면 좋은데, 거기까지 가려면 습관적으로 자리를 피하는 연습을 해야 할 것 같다. 합리적인 사고로 행동할 수가 없는 상황이 대부분이다. 그렇기에 화가 나거나 감정을 주체할 수 없을 때를 대비해 행동강령을 만들어야 한다. 부정적 생각을 하기 전에 좋은 습관으로 일상을 채워가야 하는 것이다.

어떤 사람은 항상 흔들림 없이 고요하다. '어떻게 하면 그렇게 고요할 수가 있지? 아니면 참고 사람들이 보이지 않는 곳에서 해결하는 것일까?' 아마 살아온 환경과 학습된 결과가 분명히 다르기 때문일 것이다. 친구 현아는 감정 표출을 잘하지만, 그녀의 남편은 자신의 이야기를 들어주고 전혀 스트레스를 받지 않는다고 한다. 현아는 매일 하는 일에 스트레스를 받고, 일이 많아서 힘들다고 호소한다. 심지어 현아의 남편은 최근 이직을 하고 새로운 회사에 다니며 적응하고 있는데, 전혀 힘들다는 내색을 하지 않고, 만날 때마다 일이 좀 많아 바빠졌다고 말할 뿐이다. 나는 현아의 힘들다는 이야기를 듣고도 감정이 변하지 않았다. 타인이면 거리를 두면서 이야기를 듣고 공감해 줄 수 있다. 하지만 가까운 사람의 이야기는 가슴 속을 파고들어 나 자신의 감정을 흔들어서 조절할 수가 없다. 바람에 흔들려도 변함없는 사람이 아니기에, 먼저 나를 흔드는 요소가 무엇인지 파악하고, 그것이 나에게 주어졌다면 빨리 감정을 흔들리지 않게 다잡고자 노력한다.

특히 나를 가장 화나게 하는 것은 바로 곁에 있는 사람의 말과 행동 때문이다. 상대방을 배려하고 존중하지 않은 데서 나오는 결과다. 그렇다고 억지로 기분 좋은 말을 하라는 것은 아니다. 진솔하면서도 꾸미지 않고 솔직하게, 하지만 타인을 배려하면 되는 것이다. 대부분의 사람에게는 느끼지 못하는데, 최근 몇몇이 모여 나눈 대화에서 기분이 상하고 이해가 되지 않는 부분이 있었다. 나는 모임이나 대화 후에 후회하거나 되돌려서 다시 말하고 싶은 적은 별로 없다. 그만큼 한 번 뱉은 말은 주워 담을 수 없기에, 다음에 더 신경 써서 말하는 것에 초점을 둔다. 애써서 기분 좋게 대화를 이끌고 배려하다가도 자신의 어려움이나 입장만 내세움으로써 대화를 좋게 마무리하지 못한다. 요즘은 오해가 있거나 속상한 점이 있다면 바로 이야기한다. 오해를 푸는 한편, 나쁜 감정을 오랫동안 가지고 가기도 그렇고, 불편한 감정으로 인해 생기는 힘듦을 끊어버리고 싶기 때문이다. 감정의 노예가 되고 싶지 않고, 타인의 감정을 내가 이어서 받고 싶지가 않다. 나의 감정을 먼저 다스린 다음에 타인의 감정을 받아들이고 싶지만, 준비가 되지 않았을 때는 상대방의 마음을 받아들일 공간이 아쉽게도 없다. 그럴 때면 나의 감정부터 돌본 다음에 상대방의 말에 귀를 기울여 듣고 싶다. 항상 이야기를 들을 준비가 되어 있기 위해서는 내 감정을 빨리 돌보고 제자리로 되돌려 놓아야 한다.

가장 긴 시간 동안 지속된 감정이 우울이며, 회복되는 시간도 가장 길었다. 언제 회복될지도 모르고, 겉으로 표현하지 않는 한 아무도 내가 우울하다는 것을 알아채지 못했다. 들키고 싶지 않은 감정이고, 아이들 앞에서 우울한 상태를 들켜서도 안 되었다. 30대 후반이 되면서 호르몬의 노예가 되었다. 특히 생리가 시작하기 전, 가벼운 것에 화가 나고, 끝나고 나서는 우울해진다. 주기적으로 반복되는 것을 보니 생리증후군이 맞았다. 호르몬의 영향은 주체할 수 없을 정도로 조절할 수가 없었다. 우울은 최종 단계에서 나타난다고 한다. 오랜 시간 무기력에서 회복되지 않으면 우울의 터널 속으로 들어간다. 바쁘게 목표한 일들을 모두 끝낸 후, 새로운 곳으로 이사하고 정리가 다되었을 즈음 바로 무기력이 찾아왔다. 타국으로 건너오기 보름 전, 친정아버지의 장례를 치렀고, 우리가 거주할 아파트를 구하고 나서 살림살이를 채워 넣었다. 새로운 환경에서 나의 도움 없이 아이들은 학교에, 남편은 회사에 나름대로 잘 적응하고 있었다. 그런 평화로움 뒤에 나에게만 집중할 때, 감정의 변화가 일어났다. 바로 무기력과 그동안 밀쳐내었던 감정들이 복합적으로 쏟아졌다. 긴장이 풀리고 이완이 되니 몸에서 반응이 나타났다. 종일 피곤하고 무기력하고 모든 것이 하기 싫어졌다. 무기력이 오래가면 우울함이 온다는 것을 알기에, 하루에도 몇 번씩 벗어나려 애쓰지만, 잘되지 않았다. 조금씩 움직이며 자세를 바꾸는 사이, 어느덧 내 몸은 가장 편안한 자세로 누워있었고. 아이들이 돌아올 시간이 되어서야 몸을 일으킬 수 있었다. 책을 보는 것, 음악을 듣는 것, 산책하는 것조차도 하기가 싫었다. 더군다나 타국 생활을 위해 계획한 일 중, 아무것도 시작하지 못했다. 무기력 상태에서는 기본적인 생활만 겨우 하고 있을 뿐이었다.

　평소 잘 때나 앉아서 쉴 때 빼고는 잔잔한 파동 위에 내 몸을 맡긴다. 때로는 급격한 파동을 일으켜 불안을 더 높이고 안절부절못하게 만든다. 나의 불안은 숨기고 싶은 과거, 약점에서 시작된다. 어릴 적 가난하고 불안한 환경에서 성장한 것, 그것을 아무리 포장하고 미화를 해도 몸은 기억하고 있었다. 술에 취한 사람이나, 화를 내고 고함을 지르는 사람이 있으면 급격하게 심장이 떨리고 식은땀이 난다. 매일 그런 환경에 놓인 것도 아닌데, 임팩트 강하게 나의 뇌를 자극하여, 조금만 유사한 환경에 놓여도 금방 불안해진다. 어두운 밤길을 걷고 있으면 누군가 따라오는 것 같고, 무슨 일이 생길 것 같다. 가족 중 누구 한 명이라도 약속한 시간에 귀가하지 않으면 불안해진다. 갑작스레 친정에서 전화가 오면 기쁜 마음보다는 걱정되고 불안한 마음으로 전화를 받는다. 무소식이 희소식이란 것이 나를 안정시킬 유일한 답인 경우도 많다. '아이들의 학교에서 오는 전화는 없는지?', '앞으로 독립적으로 잘 살아갈 수 있는지?' 이런 생각에 빠지다 보면, 나도 모르게 미래에 대한 불안을 이끌어내고 있었다.

　성인이 되었다고, 엄마가 되었다고 강하고 완벽해지는 것은 아니었다. 여전히 혼자서 지내는 밤은 무섭고, 갑자기 누군가 떠나

　　　　　　　　　　이젠 엄마의 감정을 돌볼 시간이다

지 않을까 하는 걱정, 아이들이 커가면서 엄마의 역할은 사라지지 않을까? 긴 시간 동안 무엇을 하고 지내야 하며, 다가올 미래가 걱정된다. 혼자 지낼 미래를 생각하면 더 외롭고 시간이 천천히 흐르길 바란다. 가족의 틈에서 벗어나고 싶다가도 가족에게 벗어나지 못하는 것은 '혼자 되었을 때 잘할 수 있을까?'라는 미래에 대한 불안 때문이다. 고등학생 시절 집을 떠나서 기숙사 생활을 해보았고, 대학 시절부터 결혼하기 전까지 독립하여 잘 지냈는데, 왜 지금은 혼자인 게 무섭고 두려울까? 떠나는 가족을 잡고 싶어도 잡을 수 없고, 또 잡아서도 안 된다. 갑자기 혼자가 될 수도 있기에, 그때를 대비해 잘 지낼 수 있는 나를 만들고 싶다.

부모라면 자녀들이 건강하고 멋진 성인이 되어서 짐을 싸고 나가 독립하길 바란다. 나 역시 딸들이 커서 사회에 잘 적응할 수 있게 스스로 하는 일들이 많아지도록 기회를 주려고 노력한다. 그래서 아이들이 먼저 스스로 일을 찾으려는 모습을 보이면 칭찬해 주고 더 잘할 수 있게 지도한다. 하루는 두통이 심하고 몸살기가 와서 몸을 일으킬 수가 없었다. 아이들에게 점심은 좋아하는 것을 직접 요리하여 먹으라고 말했다. 첫째는 이전에도 많이 해본 비빔라면을 만들어 먹고, 키가 작은 둘째는 주방 받침대에 올라가 국물 라면을 끓이기 시작했다. 조금 지나 완성된 라면을 들고 와 처음으로 끓인 라면을 나에게 자랑했다. 순간 나는 피곤하다는 이유로 어린 둘째를 충분히 돌보지 못했다고 자책했다. 더군다나 라면을 먹게 내버려뒀으니, 더 죄책감이 컸다. 아이들이 요리할 때는 꼭 곁에서 안전하게 지켜봤는데, 이번에는 방에서 꼼짝도 하지 않았으니, 진짜 엄마가 아닌 것 같았다.

그러고 보니 나도 초등 2학년 때부터 밥을 했으니, 딸들도 충분히 할 수 있는 나이인 것 같다. 나는 엄마가 바쁘셔서 어쩔 수 없이 했지만, 지금 딸들은 내가 힘들다는 이유로 돌보지 않은 것이 미안하고 내가 한심해 보였다. 아이들에게 맛있고 건강한 것만 먹이고 싶었는데, 피곤하고 귀찮아서 간편 음식을 먹게 하거나 포장 음식을 먹게 한 것이다. 흐트러진 엄마의 모습보다, 바쁘고 부지런하며 행복한 엄마의 모습을 항상 보여주고 싶지만, 함께하는 시간이 많아지면서 나의 일상이 다 드러나고 있었다. 완벽한 엄마가 아니라도 된다고 하지만, 그 자체를 넘어서서 게으르고 무의미한 일상을 보내는 엄마의 모습은 아이들에게 좋은 영향을 주지 못할 것 같다. 자유롭고 편안함을 유지하고 싶은 동시에, 아이들의 엄마로 살아가야 하는 책임감을 새삼 깨닫는다. 아이들을 위해서, 또 나를 위해서 가만히 있으면 안 될 것 같다.

이젠 엄마의 감정을 돌볼 시간이다

Chapter 4.

감정 공부를 통하여
회복하기 위한 발버둥

–

홀로서기 하는 법

1

감정이 나의 삶을 좌우한다
– '핵심 감정' 알기

하루에도 몇 번씩 바뀌는 감정이 있는가 하면, 며칠 동안 우울하거나 불안한 기분으로 살아가기도 한다. 오랜만에 평화로운 일상이 유지가 되어 모든 것이 안정되어 보였다. 안타깝게도 그 안정감은 오래 가지 못했다. 평온하게 지내다가 갑자기 돌변해서 화를 쉽게 내거나 우울한 날을 보내기도 했다. 나를 자극하는 요소가 무엇인지 잘 알고 있지만, 불쑥불쑥 찾아오는 감정을 조절하기가 쉽지 않다. 많은 감정 중에서 자기 삶에 자주 등장하는 감정이 바로 '핵심 감정'이다. 보통은 어릴 때 생활에서 만들어진 감정이 성인이 되어서까지 핵심 감정으로 이어진다. 나의 핵심 감정은 외로움, 불안, 열등감이다. 이 감정은 아주 어릴 때부터 만들어진 것도 있고, 나이가 들어서 증폭된 것도 있다.

　어릴 적에 친정엄마는 바쁘셨고, 평일뿐 아니라 주말에도 일을 하셨다. 엄마는 아침 5시에 일어나 아침 식사를 준비하시며 자식들 도시락까지 챙기신 후 6시 30분에 일터로 가시고, 저녁 8시가 되어서야 집에 돌아오셨다. 토요일은 엄마가 회사를 일찍 마치는 날이라, 나는 토요일만 기다리고 있었다. 엄마와 함께 보내는 시간이 많기에, 토요일을 기다렸던 것이다. 주말이면 엄마를 따라 이곳저곳을 다녔다. 엄마가 밭에 가면 따라가서 돕고, 이웃집에 가시면 그곳에서 가서 어른들 이야기를 듣곤 했다. 최대한 엄마와 함께하는 시간을 가지고 싶었다. 엄마가 회사에서 돌아오실 시간이 지나면 마당으로 나가 엄마가 타고 오실 자전거 소리에 귀를 기울였다. 기다림의 시간이 많았기에, 늘 엄마는 그리움의 대상이었다. 더군다나 엄마가 더 이상 힘드시면 안 되겠다고 생각해서 어떤 잘못된 행동을 하거나 말썽도 부리지 않았다. 그 결과 조심하고 바르게 행동하고자 노력하는 아이가 되었다.

　학창 시절, 너무 바쁘신 엄마는 나의 생활이나 교우관계에 대해 전혀 모르고 계셨고, 묻지도 않으셨다. 바쁘고 힘드시니까 그럴 수 있다고 생각했다. 엄마의 관심은 작았지만, 그래도 언니들이 나와 함께 많은 시간을 보내주었다. 친구와 언니들이 없었다면 나는 참 외로운 사람이었을 것이다. 그래도 언니들이 물어봐 주고 친구들이 곁에 있어서 외롭지 않다고 생각했다. 아니, 사실 많이 외로웠다. 엄마의 손길을 더 느끼고 싶었고, 전업주부 엄마를 둔 친구들이 부러웠다. 나는 외로움을 많이 느껴서 친구를 사귀고 사람들과 어울려 지내는 것을 좋아했다. 사람들 속에 있으면 나도 행복한 사람으로 여겨졌다. 친구를 사귀고, 결혼해서 가정을 이루면 외로움은 사라질 줄 알았다. 하지만 어른이 되어서도 외로운 감정은 사라지지 않았다. 나에게 있어 외로움이란 평생 무의식적으로 자주 찾아오는 손님이었다.

평소 노후에 대한 걱정뿐 아니라 아이들이 아플까 봐, 남편이 갑자기 실직할까 봐, 친정에 안 좋은 일이 생길까 봐 등등, 일어나지 않은 일들을 미리 생각하고 있다. 분명 이 중에 일어날 일은 적다는 것을 알고 있음에도, 자주 찾아오는 불안을 두려워하고 있다. 우리가 걱정하고 있는 96%는 일어나지 않을 것이며, 4%만 일어난다고 한다. 혹시 일어날 불안에 대해 미리 대비하고 있으면 된다고 한다. 하루에도 몇 번씩 96%의 일어나지 않을 일에 집중하며 걱정한다. 왜 이렇게 걱정이 많고 불안이 많을까? 성장기 때 겪은 트라우마가 사람의 삶에 가장 큰 영향력을 미친다고 한다. 사람마다 안 아픈 상처가 어디 있겠는가? 심지어 나도 꺼내고 싶지 않고 숨기고 싶은 일들이 있다. 나를 아는 친구들이나 남편, 아이들에게 보이고 싶지 않고, 성인이 되어서 만난 지인들에게 굳이 이야기할 필요도 없는 것이기에 하지 않을 뿐이다. 어릴 적에는 무서운

　이젠 엄마의 감정을 돌볼 시간이다

환경 속에 노출되곤 했다. 지금도 그 일을 생각하면 무의식 속 불안 풍선은 커져서 터지고 말 것 같다. 나이가 들면서 과거 좋지 않은 환경이 그렇게 나쁜 것이 아니라 어쩔 수 없이 생길 수 있다는 것을 알게 되었다. 하지만 머리는 이해가 되는데 무의식적으로 받아들이지 못하고 자주 찾아오는 감정 불안이 되었다.

박사과정 졸업을 앞둔 시절로 돌아가는 꿈을 자주 꾼다. 졸업학점 3학점이 부족하여 졸업하지 못하고 대학원을 계속 다니고 있다. 어린 학생들 사이에서 졸업하지 못한 아줌마 학생이 수업을 듣고 있다. 졸업하지 못할까 봐 불안한 마음이 가득할 때 꿈에서 깨어난다. 깨어난 나에게 '너 졸업했어. 졸업 잘했어. 걱정하지 마!'라고 이야기해 준다. 그러면 답답하고 울컥한 기분이 잔잔해진다. 자주 꾸는 꿈은 평소에 많이 생각한 부분이나 미련이 남는 일들이 재현되는 것이라 한다. 나는 이루지 못한 꿈이 있다. 그래서인지 꿈속에서 이루지 못한 꿈을 향해 달려가는 모습을 자주 본다. 현실에서도 학회나 대학원 동기들의 소식을 점점 피하게 되었다. 대전 연구단지에서 살 때 많은 교수, 연구원이 이웃으로 있었고, 이들은 어떻게든 맞벌이를 유지하며 살아가고 있었다. 반면에 나는 현재 전업주부이며, 학계에서 활동하는 사람이 아니었다. 과거 연구직에 있던 그런 사람일 뿐이었다. 그들은 내가 자주 만날 사람도 아니고, 인생에 크게 영향을 미치지 않는 중요한 관계가 아닌데도 신경이 쓰였다. 대학에서 학생을 가르치는 교수가 된 후배도 있고, 회사에서 높은 직책을 맡은 동기도 있다. 하지만 나는 비슷하게 공부하고 연구 성과도 많지만, 내세울 명함 하나 없다. 그렇기에 나 자신이 한없이 못난 사람으로 보였다. 이루지 못한 꿈에 대한 미련, 그것이 자존감을 한없이 낮게 하고, 결국 수많은 열등감을 만들어 내고 있었다.

'무슨 일을 해요?', '지금 일은 하나요?' 어떤 사람은 집안일과 아이들을 돌보는 일을 아주 비생산적이고 가치가 없는 것으로 여긴다. 이런 사고를 가진 사람에게 들을 때는 내가 더 한심해 보였다. 어쩌면 나 역시 주부의 일을 다른 일에 비해 하찮고 누구든지 할 수 있는 쉬운 일이라고 단정 지으며 살고 있던 것 같다. 그렇기에 그 사람들의 말에 공감하는 것이 아닌가 싶다. 물론 내가 선택해서 육아를 전담했고, 전문 일도 원해서 멈췄다. 가슴속에서 올라오는 불편함을 잠재우기 위해 집에서 할 수 있는 잔잔한 일거리를 찾아서 일을 하고, 가정생활에 도움이 되는 공부를 했다. 가만히 있지 못하는 성격이라 끊임없이 관심 가는 것을 찾고, 하고 싶은 것을 찾아서 하게 되었다. 외부에 나가지 않고 집에서 할 수 있는 일들을 찾기 시작했다. 과학 실험 도구를 마련하여 실험 자료를 만든 후 학생들을 모집해서 과학 실험 수업도 했고, 개인 사업자를 신청하여 공부방도 운영하였으며, 초등학교 보드게임 강사를 하기도 했다. 이후 새롭게 심리상담 공부를 시작했고, 책 내기 프로젝트에 참여하여 글을 쓰기도 했다. 열등감으로 인해 작은 성과도 이뤘지만, 여전히 제자리걸음이라고 여겨졌다. 가끔 아이들 학원비 정도의 수입이 있지만, 남편 월급의 10퍼센트 정도 되는 금액이다. 하면 할수록 점점 더 많은 돈을 벌고 싶어졌다. 하지만 여전히 나의 열등감은 채워지지 않았다.

외로움, 불안감, 열등감, 즉 나의 핵심 감정이 인생을 지배하게 되는 이유가 무엇일까? 바로 나 자신을 건강하게 지켜내기 위해서 일 것이다. 핵심 감정을 알지 못했을 때는 성격이 나빠서, 욕심이 많아서, 나약해서, 자존감이 낮아서라고 생각했다. 심리상담 공부를 하면서 핵심 감정을 이해하게 되었다. 이제는 자주 찾아오는 핵심 감정을 친구라고 생각한다. 나에게만 찾아오는 반가운 손님 이다.

핵심 감정이 어디서 어떻게 만들어졌는지 알아내고 경험, 과거 속에서 바로 잡으며 내가 잘못한 것이 아닌, 어쩔 수 없는 상황이 었다고 인식하는 연습을 한다. 나에게 자극을 주는 사람도 분명 핵심 감정이 있을 것이며, 그들이 살아온 환경도 완벽하지 않았을 것이다. 나에게 화를 내는 것이 아니라 그들 자신과의 핵심 감정과 부딪히기 때문에 타인에게 화살을 쏘는 것이다. 그들의 부모님 역 시 어릴 적 경험과 사고로 현재가 만들어졌을 것이고, 부모로부터 물려받은 방식 그대로 사람을 대하고, 자신의 자녀를 양육하고 있 을 것이다. 그래서 그들도 완벽한 존재로 자랄 수 없었을 것이다.

누구든지 불완전한 환경에서 자랄 수 있다.

　한 발짝 뒤로 물러서서 보면 다 이유가 있고, 이해가 된다. 나는 열등감이 크고, 외로움을 많이 타며, 남보다 불안한 성격을 가진 사람이다. 먼저 이런 감정을 가진 사람이라고 인정하면 된다. 인정이 되지 않더라도 계속 인정하려고 노력한다. 핵심 감정은 사람들의 말과 행동에 영향을 미친다는 것을 잊지 말아야 한다. 불안하고 초조한 엄마의 모습이 아이들에게 영향을 줘서 아이들도 불안하고 초조한 환경에서 살게 만든다. 엄마의 열등감이 아이들에게 투영하여 경쟁에서 이기고, 무엇이든지 잘하는 사람으로 성장하고 인정받기를 강요한다. 아이를 객관적으로 평가하지 못하고 엄마의 열등감 때문에 잘못된 방식으로 양육하고 있다. 충분히 칭찬받고 사랑받을 엄마의 핵심 감정은 타인의 삶에도 영향을 미치기에, 핵심 감정을 파악하고 빨리 그 감정에서 벗어나는 연습을 해야 한다. 가정 먼저 해야 할 일은 핵심 감정을 파악하는 것이다.

　나는 핵심 감정을 알아차리기 위해 많은 노력을 했다. 자주 찾아오는 감정이 무엇인지 하루에 여러 번 되묻고 파악했다. 가장 먼저 할 것은 핵심 감정이 무엇인지 알아보는 것이다. 아래 표를 참고하여 핵심 감정을 알아보도록 하자. 대표 핵심 감정을 객관적으로 찾기 위해서는 삼인칭 관찰자 시점으로 나를 바라봐야 한다.

그리고 이 감정이 생기게 된 근원을 찾아서 들어가 본다. 표를 작성해 보면 가장 많이 나오는 것이 자신의 핵심 감정이다. 한 개가 될 수도 있고, 여러 개가 될 수도 있다. 아마도 어릴 적에 경험하고 느낀 감정들이 많을 것이다. 행복한 순간도 많겠지만, 불행하고 무섭고 슬펐던 기억이 무의식중에 불쑥 튀어나와 삶에 영향을 더 미치기에, 작은 기억을 꺼내어 이야기를 나눈다. 핵심 감정을 알고 나서 이제는 나의 감정에 주인이 되면 된다.

〈 핵심 감정 체크리스트 〉

(출처: 동서심리상담연구소)

- 아래 16개의 표에서 평소 나의 행동과 느낌을 말해주는 항목에 ∨표를 해본다.

- 하나만 체크하지 않고, 조금이라도 해당하는 내용이 있으면 모두 체크한다.

- 깊이 생각하지 않고 떠오르는 대로 하면 된다.

1. 부담감 (   )개

대인관계	위축되어 있다		긴장되어 있다		요구를 못한다		거절을 못한다	
가족관계	집에서는 파김치다		늘 지쳐 있다		내 눈치를 본다		가족을 피한다	
일/공부	잘하려고 한다		혼자 다한다		할 일이 산더미 같이 쌓여 있다		새로운 시작이 어렵다	
강점	열심히 산다		맡은 바를 다한다		든든하다		낙관적이다	

2. 경쟁심 (   )개

대인관계	이기려고 한다		지고는 못 산다		조급하다		전투적이다	
가족관계	비교를 잘한다		무시한다		표현이 공격적이다		라이벌로 본다	

일/공부	1등이 되어야 한다		상대가 있으면 더 잘한다		이기는 데에만 집중한다		사소한 일에 목숨을 건다	
강점	집중력이 있다		포기하지 않는다		성공지향적이다		능력이 있다	

3. 억울함 (   )개

대인관계	핑계를 잘 댄다		건드리면 터진다		권위에 반항적이다		상처를 잘 받는다	
가족관계	내 맘대로 하려고 한다		지배하려고 한다		책임지려고 한다		인정 안 해주면 화를 낸다	
일/공부	확실하게 한다		자주 그만두고 싶다		리더가 되려고 한다		적당히 한다	
강점	의리가 있다		정의감이 있다		설득을 잘한다		공평하게 대한다	

4. 열등감 (   )개

대인관계	소심하다		기가 죽어 있다		인정 받으려고 애쓴다		경쟁적이다	
가족관계	비난한다		나를 마음에 안 들어 한다		헌신적이다		잘하도록 부추긴다	
일/공부	자책한다		책임감이 있다		잘하려고 기를 쓴다		마무리가 어렵다	

강점	자기 자신을 잘 안다		반성 능력이 있다		비교분석을 잘한다		끊임없이 자기개발을 한다	

5. 외로움 (   )개

대인관계	사람을 좋아한다		혼자다		기대고 싶어 한다		함께하고 싶어 한다	
가족관계	상대방 속을 터지게 한다		밖으로 돈다		은근슬쩍 상대방이 하도록 한다		상처줄까 봐 화를 못 낸다	
일/공부	시작을 잘한다		벌여놓고 마무리 안 한다		혼자서 한다		변덕이 심하다	
강점	무사태평 이다		다른 사람을 편안하게 해준다		현재의 삶을 즐긴다		주관이 뚜렷하다	

6. 그리움 (   )개

대인관계	애잔하다		살갑다		친절하다		미련이 많다	
가족관계	걱정이 많다		간섭을 많이 한다		다정다감 하다		책임 안 지려 한다	
일/공부	우유부단 하다		이상주의적 이다		일에 애정이 많다		자기 것을 잘 챙긴다	
강점	감수성이 풍부하다		대화를 즐긴다		사람을 잘 챙긴다		마당발이다	

이젠 엄마의 감정을 돌볼 시간이다

7. 질투 (   )개

대인관계	잘 삐진다		샘이 많다		잘난체하는 꼴을 못 본다		공주병, 왕자병이 있다	
가족관계	나만 바라봐 주기를 바란다		'놀아줘'		친밀하게 지내길 바란다		가족들에게 영순위 이기를 바란다	
일/공부	최고가 되려고 한다		나만 잘하면 된다		쌤통이다		다른 사람을 인정하지 않는다	
강점	자존심이 있다		감수성이 예민하다		감정을 잘 알아차린다		잘났다	

8. 두려움 (   )개

대인관계	눈치 본다		조심스럽다		다가가지 못한다		자기 소리를 못 낸다	
가족관계	엄격하게 대한다		편하게 대하지 못한다		두려움 때문에 화를 잘낸다		강하게 밀어붙인다	
일/공부	실패를 걱정한다		상대방의 평가에 민감하다		시간이 걸린다		혼자서 끙끙거린다	

강점	안전빵이다 (실패할 일은 안 하고 성공할 일 위주로 한다)	예의 바르다	끈기가 있다	노력한다	

9. 화 (　)개

대인관계	상처를 잘 준다	예민하다	관계가 힘들다	감정을 꾹 참는다	
가족관계	성질 부린다	짜증 낸다	잘 삐진다	긴장감을 느끼게 한다	
일/공부	시원하게 한다	홧김에 저지른다	갈등을 일으킨다	화가 나면 공부나 일을 열심히 하며 푼다	
강점	추진력이 있다	에너지가 많다	뒤끝이 없다	화끈하다	

10. 무기력 (　)개

대인관계	다른 사람이 뭘하든 신경을 안 쓴다	자주 잠수한다	다른 사람을 신경 쓰이게 만든다	매사가 귀찮다	

이젠 엄마의 감정을 돌볼 시간이다

가족관계	표현을 못한다		자신에게 화가 난다		가족을 답답하게 만든다		천불나게 한다	
일/공부	멍하다		결과물이 없다		엄두가 안 난다		잠 속으로 피한다	
강점	경제적이다		무리하지 않는다		겸손하다		엄청난 잠재력이 있다	

11. 허무 (　　)개

대인관계	할말 없게 만든다		무의미하게 만든다		초월한 척한다.		힘 빠지게 한다	
가족관계	힘들게 한다		허하게 한다		왕따당하는 거 같다		처지게 만든다	
일/공부	의욕이 없다		흥미가 없다		게으르다		그냥 앉아 있다	
강점	경계가 없다		욕심이 없다		초연하다		수용력이 있다	

12. 슬픔 (　　)개

대인관계	기대에 부응 하려고 애쓴다		조용하다		사라지고 싶다		공평하게 대하지 않으면 슬퍼진다	
가족관계	'미안해'를 입에 달고 산다		감정을 꾹꾹 눌러둔다		다른 사람을 기쁘게 하기 위해 애쓴다		필요한 존재가 되려고 노력한다	

일/공부	실망시키지 않으려고 노력한다		애쓴다		희생적이다		작은 것도 놓치지 않는다	
강점	알아서 잘한다		다른 사람의 심정을 잘 헤아린다		꺼이꺼이 잘 운다		존재감을 살려준다	

13. 불안 (   )개

대인관계	노심초사 한다		망설인다		전전긍긍 한다		안절부절 못한다	
가족관계	확인전화를 자주한다		잔소리가 많다		강박적이다		통제하려고 한다	
일/공부	완벽하게 준비한다		깔끔하다		철저하게 계획한다		여기저기 손댄다	
강점	순발력이 있다		세세하게 표현한다		분위기 메이커다		솔직하고 투명하다	

14. 공포 (   )개

대인관계	나를 보호하기 위해 거리를 둔다		내편을 만든다		속으로는 떨고 있다		'죽기살기' 심정이다	
가족관계	냉랭하게 대한다		살벌하게 대한다		천진난만 하다		장난끼가 있다	
일/공부	빈틈없다		꼼꼼하다		한순간도 놓치지 않는다		끝장을 본다	

이젠 엄마의 감정을 돌볼 시간이다

강점	창의적이다	상상력과 아이디어가 풍부하다		속내가 따뜻하다		리더십 있다	

15. 소외 (   )개

대인관계	거리를 둔다	단짝을 만든다	무관심한 척한다	먼저 다가와 주기를 기다린다	
가족관계	소원하다	적막하다	무미건조 하다	독립적이다	
일/공부	제대로 하려고 한다	완벽하게 하려 한다	시도가 어렵다	비난을 두려워 한다	
강점	완벽하다	끈끈하다	집중력 있다	적극적으로 다가간다	

16. 적개심 (   )개

대인관계	초긴장 상태다	공격적 이다	아군 아니면 적군이다 (아군은 별로 없다)	적개심을 드러내기 두려워 외면한다	
가족관계	감정표현이 극단적이다	삭막하다	쓸쓸하다	전적으로 지지한다	
일/공부	실패는 죽음이다	죽기 살기로 한다	'내가 죽든지 네가 죽든지 해보자'는 심정이다	열정적으로 한다	

강점	올인한다	목표지향적이다	위기 대처 능력이있다	내 세상으로 만든다	

♥ 감정별로 ∨표 개수를 적어본다.

∨표가 많은 감정이 당신의 핵심 감정일 가능성이 높다.

(핵심 감정은 나의 행동과 사고와 감정을 지배하는 중심 감정이다.)

1. 부담감		2. 경쟁심		3. 억울함		4. 열등감	
5. 외로움		6. 그리움		7. 질투		8. 두려움	
9. 화		10. 무기력		11. 허무		12. 슬픔	
13. 불안		14. 공포		15. 소외		16. 적개심	

이젠 엄마의 감정을 돌볼 시간이다

2.

잠시 머물다 갔으면 좋겠다

– '핵심 감정'과 대화하기

핵심 감정을 이해하기 전까지 부정적 감정들이 나에게 미치는 영향력이 컸다. 불안과 걱정이 많던 내 성격의 부정적 감정들은 평소의 감정을 좌우하고 의존성이 높으며, 소심한 사람으로 만들어 가고 있었다.

첫째가 무기력한 모습으로 등교를 거부하는 날은 온종일 첫째에게 왜 그렇게 힘든 일이 생겼는지 원인을 찾았다. 집안 분위기가 좋지 않으면 자녀들의 행동과 말에 변화가 나타난다. 그렇기에 먼저 집안 분위기가 어떠한지 파악했다. 나는 첫째에게 공부에 대한 압박감을 줬으며, 낯선 환경에 무조건 적응하라고 이야기했다. 다른 친구들처럼 시간이 지나면 자연스레 새로운 환경에 융화될 줄 알았지만, 첫째는 생각한 것과 달리 외롭고, 무기력 상태에 빠져 있었다. 남편은 회사 일이 힘들고 바쁘면 그 감정을 들고 와서 가까운 가족들에게 감정을 표출했다. 첫째에게 따뜻한 말을 하기보다, 잔소리하는 남편이 이해가 안 되면서 미워지기 시작했다. 회사 일이 많고 어렵다는 것을 알지만, 지금은 아이가 학교를 가지 못하고 힘들어하기에, 남편의 힘듦까지 이해하기에는 역부족이었다. 마음이 아픈 자녀를 보고서도 자신의 감정을 내뿜는 자체가 아빠로서 부족해 보였다. 나는 몇 달을 첫째와 함께 울며 힘들게 하루하루를 생활하고 있었다. 아무리 회사에서 화가 나는 일이 있더라도, 집에 와서 화를 내거나 짜증을 내지 않았으면 좋겠다고 남편에게 말했다. 회사에서 돌아온 남편이 기분이 좋지 않아 보이면, 남편에게 방에 가서 잠시 쉬고 진정이 되면 거실로 나오라고 부탁했다. 그때는 밥 먹는 것도, 집 안에 함께 있는 것도 편안한 상태는 아니었다. 남편이 아이들에게 잔소리와 화를 내는 순간, 나는 주체할 수 없을 정도로 폭발하고 말았다.

"우리 모두 힘드니깐, 제발 아무 말하지 말고 방으로 들어가요!" 남편은 나처럼 첫째의 문제를 심각하게 생각하지 않는 것 같았다. 첫째가 학교에 가지 못하고 교실을 답답한 곳이고 감옥이라고 하는데, 어떻게 큰일이 아닐 수가 있을까? 지금 이 순간 내가 힘들다고 아이를 내버려둘 수가 없었다. 남편이 그냥 늦게 퇴근하거나 출

이젠 엄마의 감정을 돌볼 시간이다

장이라도 갔으면 좋겠다고 생각했다. 도대체 나의 폭발할 것 같은 불편한 감정은 무엇일까? 바로 그 감정은 남편에 대한 분노였다. 남편에게 최대한 부탁하는 마음으로 자신의 감정을 다스리고 오라고 했다. 혹시 조절이 안 되면 말이라도 하지 말라고 했다. 나는 매번 집안의 분위기를 파악하고 바꾸려 애를 많이 썼다. 지금 당장이 아니더라도 조금만 참고 넘겨보자고 했다. 가장 마음이 아픈 자녀를 돌봐야 하는 것이 엄마이기 때문이다.

자식의 아픔을 모른척하고 무시해서는 안 된다고 생각한다. 엄마라면 아이의 마음을 읽어주고 함께 나눠야 했다. 어린아이가 혼자 짊어지고 나가기엔 너무나도 힘들고 외로울 것이라고. 12살이 된 아이가 혼자 시련을 극복할 수는 없기에 혼자 있게 내버려둘 수 없었다. 바로 엄마라면 그렇게 둬서는 안 되었다. 그게 엄마의 역할이라 생각했다.

'왜 나는 아이의 감정을 그렇게 이해하고 공감하려 애를 쓸까?'
'남편이 무관심하고 자신의 감정을 먼저 생각하는 것에 나는 왜 그렇게 분노하고 화를 낼까?'
'왜 엄마가 아이를 모두 책임져야 할까?'
'부모가 잘 지내고 평화로워야 아이들도 심리적 안정을 느낄 것인데, 나는 왜 그런 공간을 만들어 주지 못하지?'
'나는 딸의 마음속에 들어가 본 것도 아닌데, 딸의 마음을 다

안다고 생각하지?'

10대 초반, 학교에서 돌아왔는데 집에는 아무도 없었다. 혼자 밥과 반찬을 꺼내어 먹고, 기다려도 아무도 오지 않았다. 학교에서 친구들 없이 혼자 놀고, 친구들이 나의 얼굴이 검고, 매일 같은 옷을 입고 다닌다고 놀렸다. 교실에서 속상한 일이 있으면 선생님께 말씀 못 드리고, 울먹거리며 집에 왔다. 나의 피부는 햇볕에 타서 다른 친구들에 비해 검었고, 형편이 좋지 않아 이웃에게 물려받은 옷을 입었다. 매일 예쁜 옷을 입고 오는 친구들이 부러웠지만, 가정형편을 잘 알기에 어떤 불만도 내색하지 않았다. 밤이 되고서야 집에 돌아오신 엄마는 오랫동안 일하셔서인지 얼굴에는 피곤함이 가득했다. 학교에서 무슨 일이 있었는지 이야기 나누며 엄마와 좀 더 함께하고 싶었지만, 엄마를 쉬게 두고 언니와 대화를 했다. 말을 잘하는 언니가 대화를 주로 이끌고, 말주변이 없고 조용한 나는 늘 듣는 편이었다. 내 마음과 생활을 아무에게도 이야기하지 못하는 날이 많았다. 가장 가까운 사람에게 관심과 사랑을 받길 바랐으나, 집의 우선순위는 항상 내가 먼저가 아니었다.

내가 아이들 문제에 더 민감하게 반응하는 이유는, 아이들이 어릴 적 나의 감정과 동일한 감정을 가지고 살아가지 않을까 하는 생각이 들어서다.

이젠 엄마의 감정을 돌볼 시간이다

- 분명 일하고 바쁘면 아이들을 소홀하게 대하게 되고, 돌볼 수가 없어.

- 좋은 부모란 아이들에게 절대 싸우는 모습을 보여서는 안 돼.

- 어른이라면 화나고 짜증 나는 것은 스스로 조절할 수 있어야 해.

- 아이들 기분이 어떠한지, 학교에서 무슨 일이 있었는지 물어는 봐야 해.

- 부모라면 아이들에게 살만한 미래가 있다는 것을 이야기해 줘야 해.

- 부모는 아이들에게 모범이 되어야 해!

- 부모는 아무리 힘들어도 참을 줄도 알고 어른스럽게 행동해야 해.

부모라면 당연히 해야 하는 것을 규정해 두었다.

어릴 적 부지런하고 희생적이며, 참을성 많고, 힘들다는 내색을 전혀 하지 않으신 부모님을 보면서 부모가 갖춰야 하는 태도를 배웠다. 부모라면 당연히 해야 하는 역할이라 생각했다. 하지만 남편은 내가 생각하는 것과 달리, 부모의 역할에 관심이 없었다. 그냥 시간이 많은 내가 아이를 책임져야 한다고 했다. 딸들에게 결핍을 물려주고 싶지 않았다. 엄마의 역할을 잘하지 못한다고 자책하는 나에게 의사 선생님이 말씀하셨다. 그날도 어김없이 남편의 잔소리가 시작되었다. 남편의 화를 잠재우기 위해 나는 말을 이어갔다. "그냥 아무렇지 않은 일처럼 넘기면 안 될까? 꼭 따지고, 누가 잘못했는지 지적해야 하는 거야? 누가 하든 상관없이 하면 되는 거잖아!" 어떤 이에게는 아무렇지 않은 일들이 우리 집에서는 꼭 큰소리를 통해 전달되어 여러 사람의 감정을 상하게 만든다. 그냥 잔잔하게 있으면 받아들이고 넘기면 되는 것인데, 왜 트집을 잡고 못

마땅하게 생각하는지 몰랐다. 남편의 잔소리가 커지면 나는 남편보다 더 큰 목소리로 강압적으로 이야기했다. 목소리를 높이고 싶지 않지만, 남편의 목소리를 낮추게 하거나, 말을 줄이게 하려면 이 방법밖엔 없었다. 그러면서 내 목소리는 커지고 마녀가 되어 가고 있었다.

부드럽게 애교를 부리며 대화해 보라고 하지만, 그렇게까지 하고 싶지 않았다. 분명 남편이 잘못했는데, 내가 숙이고 들어가서 맞춰주기가 쉽지 않았다. 부부마다 화를 풀어가는 방법이 다르지만, 나는 최대한 큰 소리가 나오지 않게 만들고, 아이들에게 가서 상황에 관해서 설명해 줬다. 남편과의 사이가 좋고 나쁘고를 떠나서 반복적으로 일어난다는 것은 분명 문제가 있다. 화를 어떻게 푸는가에 따라서 증폭된 화가 분노로 표출될 수가 있고, 잔잔한 화로 바뀔 수도 있다. 누구든지 화가 나는 순간은 있다. 하지만 화가 치밀어 오를 때, 어떻게 해야 하는지 방법은 있다. 바로 화가 나면 잠시 그 장소를 떠나야 한다. 폭발하기 직전 불을 끄는 것과 같다. 대화를 하다가 화가 날 때, 나는 한계에 도달하였고, 더 이상 말하지 않았으면 좋겠다며 잠시 쉬었다 오겠다고 말하고 대화를 멈춘다. 시간이 흐르고 보면 그냥 있을 수 있는 일인데, 그 순간은 참을 수 없을 만큼 폭발한다.

화가 난다는 것은 현재 내 마음이 무엇인가 받아들일 여유가

이젠 엄마의 감정을 돌볼 시간이다

없고, 지금 이 순간 피곤해서 그렇다는 것을 알아야 한다. 가정환경을 무조건 좋고 밝게 만들어야 한다는 막연한 책임감에서 벗어나야 한다. 나는 엄마로서 역할을 하는 것이고, 남편의 역할까지 남편에게 강요해서는 안 된다. 남편은 남편 나름대로 아이들에게 아빠의 역할을 하고 있기 때문에, 많은 시간을 함께하지 못하더라도 아이들이 불행하게 커가지는 않을 것이다. 중요한 것은 부부가 싸우는 모습을 보이지 않아야 하지만, 싸웠을 때는 무슨 일 때문에 싸웠는지 이유를 설명해 줘야 한다. 싸우면서 서로를 이해하고 맞춰가며 발전하는 것이다. 그것이 꼭 나쁜 것만은 아니라는 것을 꼭 아이들에게 알려주고, 가능하다면 낮은 목소리로 이야기 나누겠다고 말해야 한다. 부모가 되는 것은 정말 쉬운 일이 아니다.

그러고 보니 나의 핵심 감정 분노는 과거의 경험과 연관되어 있을 때, 폭발적으로 나타난다. 내가 유달리 다른 사람에 비해 어떤 상황에 더 민감하게 반응하는 것을 볼 수가 있었다. 분노가 나타나기까지 외로웠고, 그 외로움이 반복되니 상대방의 화가 더 분노를 이끌었다. 과거의 감정이 현재까지 이어지는 것을 멈추고 반응 행동의 변화를 주고 싶었다. 이런 생각이 책임감 있게 행동하는 결과를 초래했다. 핵심 감정에 오랜 시간 빠지지 말고 더 이상 힘들어하지 않았으면 한다. 예전처럼 악순환이 반복된다고 단정 짓지 않을 것이다. 과거의 나와 현재의 나는 분명 다르다는 것을 안다. 나는 그동안 많은 경험을 했고, 모든 상황을 잘 이겨냈다. 앞으로 반복된 상황이 있더라도, 조금씩 횟수를 줄이면서 강도는 낮추어 볼 생각이다. 하다 보면 내 감정을 조절할 수 있는 사람이 될 것이라 믿는다. 힘겹던 핵심 감정이 지금보다 더 나은 사람으로 만들어 줄 것이다.

3.

더 이상 무너지지 않을 거야
– '방어기제' 찾기

　사람마다 부정적 감정들이 찾아온다. 어떤 이는 매일 찾아오기도 하고, 또 다른 이는 잠시 스쳐 지나간다. 감정 공부를 하면서 자주 찾아오는 부정적 감정이 우울, 불안, 열등감, 분노인 것을 알게 되었고, 이제는 어떤 감정이 왔으며, 얼마나 지속되고 있는지 관찰하고 있다. 그리고 부정적 감정과 함께 살아가면서 나를 다치지 않게 하는 방법을 배우며 습득하고 있다. 자신을 보호하기 위해 무의적으로 사용하는 심리기제를 방어기제라고 한다. 사람마다 방어기제는 다르며, 자신을 보호하고 상처받지 않으려고 애를 쓰고 있다. 방어기제가 과거의 경험, 생각의 고착화가 무의식중으로 나타난 것이기 때문에 이해가 우선되어야 한다.

사람마다 방어기제가 다르다. 방어기제는 크게 병리적인 방어기제, 미성숙한 방어기제, 신경증적 방어기제, 성숙한 방어기제로 나뉜다. 그 중 병리적인 방어기제는 충족이나 욕구를 인정하지 않고 부정하는 것을 말한다. 자신에게 닥친 어려움을 부정하거나, 아니면 마치 나의 문제가 아닌 타인의 것으로 생각하며 분리한다. 미성숙한 방어기제는 모든 일의 원인을 남 탓으로 돌리고 다른 사람을 비난하며 책임을 회피하는 투사와 불만을 행동으로 하는 가장 유아적인 방어기제 행동화가 있다. 부정적인 감정과 문제를 위험한 것으로 생각하고 완전히 차단하고 배제하며 자신을 보호하는 해리가 여기에 포함된다. 다음으로 신경증적 방어기제는 억압, 반동형성, 합리화 등 불안을 줄이려 무의식적으로 쓰는 방어기제로, 단기적 이득이 있으나 과하면 현실 왜곡과 부적응을 초래한다. 마지막으로 성숙한 방어기제로는 내적 감정을 억제, 유머, 승화, 이타주의로 방어하는 것을 나타내며, 가장 긍정적인 방어기제라 할 수 있다.

받아들이기 힘든 순간이 올 때, 그 일을 생각하지 않고 다음으로 넘기는가 하면, 모든 원인은 자신에게 있다고 생각한다. 방어기제 중 바로 억압에 해당된다. 고통 속에서 벗어나고 싶은 마음에서 시작된다. 억압을 자주 느끼는 사람은 어떤 일을 회피하고 책임지지 않는 모습을 보인다. 내가 감당하기에 너무 버거워서 도망가고 싶어진다. 내가 낳은 아이를 혼자 키우기가 부담스러워 포기하고

이젠 엄마의 감정을 돌볼 시간이다

싶을 때도 종종 있다. 엄마는 매 순간 아이가 안전한지 확인하고 입덧, 젖몸살, 임신성 당뇨, 고혈압 등을 경험하게 되고, 간단한 병조차 약을 먹지 못하고 참아야 하는 경우가 많다. 아이를 낳고 키우는 것은 쉬운 일이 아니다. 힘듦을 이기는 방법은 억누르는 것이다. 억제의 방어기제를 쓰는 사람은 힘든 상황이 고통스러워서 억눌러 버리고 무의식으로 보내면서 안전한 곳에서 보내려 한다. 이 순간 감정은 단단해지는 것 같지만 이것이 사라지거나 줄어들지 않고, 분노로 발전할 가능성이 있다.

주변에 미성숙한 방어기제를 쓰는 사람이 종종 있다. 바로 민철 씨가 여기에 포함된다. 투사를 방어기제로 쓰는 그는 어떤 일이든 잘못되면 자신이 아니라 남 때문에 피해를 보았다고 생각한다. 그로 인해 가장 억울해하고 속상해한다. 자신의 부족한 점을 인정하지 않고 완벽해 보이려는 점이 크다. 투사를 방어기제로 쓰는 사람은 자신의 문제를 직시하지 못한다는 안타까운 점이 있다. 민철 씨의 어릴 적 삶과 경험을 보지 않아 어떻게 방어기제가 생성되었는지 모르겠지만, 그는 유년시절 억압적인 부모님 밑에서 성장했음을 알 수 있었다. 하지만 같은 부모님 밑에서 자란 민철 씨 형의 경우 다른 방어기제를 쓴다는 것을 확인했다. 어쩌면 이런 방어기제가 생활환경의 영향도 있지만 타고나는 것도 있다고 생각한다. 민철 씨의 아내는 반대로 어려운 상황을 표현하거나 해소하는 것이 아니라 왜 힘든지 분석한다. 원인이 자신에게 있는지, 타인에게 있는지 파악한다. 심리적으로 불편함을 느끼고 감정을 억누르며 해결하는 방법을 찾고 애써 태연한 척하는 경우가 있다. 함께 살아가는 가족도 방어기제가 이렇게 다르다.

한 모임에서 친절하고 예의 바르며 좋은 모습을 보여주는 효민 씨를 만났는데, 효민 씨를 만나고 오면 이상하게 기분이 좋지가 않았다. 남들은 다 좋다는데 왜 나는 그렇게 느끼지 못할까? 나의 모습은 그렇지 않기에 질투를 느끼는 것인지 늘 불편했다. 효민 씨는 극존칭을 쓰면서 모든 일을 배려해 주고, 상대방에게 예쁜 말투로 이야기했다. 효민 씨는 어떤 삶을 살아서 나와 다를까? 진짜 속으로도 밝은 사람일까? 아니면 반동형성으로 인해 마음속 깊은 곳에 자리 잡은 상처를 다른 사람에게 들키고 싶지 않고 보이고 싶지 않아서 반대로 행동하는 것일까? 점점 만남이 지속될수록 자신의 속마음을 이야기하지 않고 듣고만 있으며, 공감을 잘하지 못했다. 그 만남에서 내 단점을 보여주고, 소중한 가족의 나쁜 면만 이야기하는 게 부끄러웠다. 시간이 지나고 나서야 알았는데, 효민 씨는 자신의 열등감을 감추기 위해 남편과 자녀에 대해 자랑하고, 자신의 부족함을 절대로 내색하지 않는 사람이었다. 걱정과 고난 없이 늘 행복하고 사랑받는 사람이란 것을 보여주고 싶어 했던 것이다. 그렇게 타인에게 존경과 부러움, 그리고 칭찬을 받으면서 부족한 부분을 채워가고 있었다. 반동형성인 방어기제를 지닌 사람을 오랜 시간 만나면 꼭 모임에서 돌아와 기분이 좋지 않고 찜찜한 기분이 드는 것은 그런 이유다. 오랜 시간이 지나고 나서야 알게 되는 방어기제 중 하나다.

　말을 조리 있게 잘하는 사람을 보면 신기할 정도로 완벽해 보인다. 벗어나고 싶은 현실을 합리적인 방법으로 빠져나온다. 바로 합리화로 모든 순간을 잘 빠져나오는 사람이 그렇다. 그들의 합리화된 말을 듣고 있으면 강하고 완벽해 보인다는 착각을 불러일으킨다. 하지만 합리화 속에 자신의 감정을 제대로 못 보는 단점도 있다. 자신뿐만 아니라 상대방을 다치게 하는 것이 바로 행동화이다. 영수 씨는 직장에서 예의 바르고 존경받는 사람이었다. 하지만 집에 돌아오면 감정을 조절하지 못하고 폭력적인 사람으로 변했다. 직장에서 받아온 억눌린 감정이 집에서는 작은 자극에 폭발해 버린다. 말로 표현하지 않고 행동으로 나타나는 것이다. 소리를 지르며 휴대폰을 던지고, 벽을 치기도 하고, 폭력을 휘두르기도 했다. 모두 행동화의 방어에서 나온 것이다. 특히 부정적 상황에 놓이자마자 바로 행동으로 나오는 반사적인 행동의 결과다. 모든 것들이 자신을 자극하는 환경적 요소라고 생각하지만, 사실상 미성숙함에서 나오는 자신의 방어기제임을 인식하는 것이 필요하다.

　어린아이부터 성인까지 모두 나름의 방어기제를 가지고 살아가고 있다. 부정적 방어기제를 가진 사람도 있지만, 둘러보면 긍정적 방어기제를 가진 사람도 있다. 억압은 고통이나 잘못을 무의식적으로 보내지만, 억제는 의식적으로 감정 관리를 잘한다. 기분 나쁜 감정을 의식적으로 분리한다. 최상의 방어기제인 이타주의는 바로 봉사를 의미한다. 타인을 도와주거나 사회에 이바지하는 일을 하면서 내재한 부정적 감정을 없애고 만족감을 발산시킨다. 흔히 이타주의 방어기제를 가진 사람을 만나고 오면 기분이 좋아지고 살 만한 세상임을 깨닫게 되는 경우가 많다. 다음으로 승화와 유머가 있다. 힘들고 불편한 상황을 웃음으로 승화시키고 만족스러운 삶의 방향을 택한다. 우리가 알고 있는 유명한 사람들 중 승화와 유머를 방어기제로 쓰고 있는 사람이 있다. 주변 사람의 방어기제를 생각하던 중 이웃집 아주머니께서 바로 승화의 방어기제를 쓴다는 것을 알게 되었다. 아주머니에게 어떤 시련과 고통이 와도 받아들이고 흔들리지 않는 이유가 바로 승화의 방어기제를 쓰고 계셨기 때문이다. 누구보다 정신력이 강하다고 생각했는데, 정신력이 강한 것이 바로 문제를 줬을 때 어떤 반응을 보이고 순응하느냐에 따라 결정된다.

가장 먼저 자신이 가진 방어기제가 무엇인지 파악해야 한다. 어쩌면 주위 사람들이 자신에게 여러 번 알려주었을지도 모른다. "너는 매번 잘못을 인정하지 않아! 너의 이야기를 듣고 있으면 분명 네가 잘못한 것인데, 원인은 다른 곳에 돌리는 것 같아!" 바로 이 두 가지가 내가 가장 많이 들어본 말이다. 잘못을 듣기고 싶지 않아서 잘못을 인정하지 않고, 원인을 다른 곳에 돌리기도 한다.

이젠 엄마의 감정을 돌볼 시간이다

다툴 때는 가장 미성숙한 방어기제가 나타나기도 한다. 자신의 방어기제를 인정하는 것이 가장 먼저 선행되어야 할 일이다. 그러기 전에 내가 상처를 덜 주고 덜 받으며 긍정적 방어기제를 쓰는 게 빠른 것 같다. 긍정적 방어기제를 쓰는 사람이 곁에 있다면 정말 행운이다. 그 사람을 만나고 오면 기분이 좋아지고, 만남의 시간도 알차게 느껴지고 가치 있다.

자신이 주로 어떤 방어기제를 사용하는지 알고 있는 사람이 있는가 하면, 방어기제에 관심이 없고 자신을 성찰하지 않는 사람도 많다. 사실 방어기제만 알아도 사람 간의 관계가 이해되면서 더 깊은 관계로 이어질 수 있는데, 성숙한 방어기제를 사용할 연습을 하지 않는다. 어떤 문제를 줬을 때, 긍정적 방어기제를 먼저 택해야 한다. 처음에는 부정적 방어기제로 시작할지라도 잠시 멈추고 긍정적 방어기제를 쓰면서 쌓아가야 한다. 긍정적 방어기제를 써야 하는 이유는 타인에게 상처나 시련을 전이시키지 않고 더 좋은 관계로 갈 수 있게 도와주기 때문이다. 원만한 가족관계, 인간관계의 첫걸음이 바로 방어기제를 알고 반복적인 실수를 하지 않는 것이다. 방어기제는 변동 가능하다는 것을 잊지 말아야 한다. 타인을 위해서거나 나를 위해서 긍정적 방어기제를 택해야 한다. 그래야 앞으로 마음이 덜 아프고, 상처를 덜 받고 살아갈 수가 있다.

4.

내면아이 상처에서 벗어나는 거야

- 내면아이 치료

어린 나는 평생 동안 내 안에서 살아간다.

- 지그문트 프로이트-

아이는 엄마, 아빠, 엄마의 내면아이, 아빠의 내면아이, 그리고 자신과 함께 살아간다. 우리 가족의 경우 아이가 두 명 있는 것 같지만 사실 네 명이 존재한다. 바로 엄마의 내면아이와 아빠의 내면아이가 포함된다. 하루에도 몇 번씩 바뀌는 감정이 단순히 현재에서 생성된 것이 아니라 어릴 적부터 만들어진 감정일 수도 있다. 내면아이와 잘 어울려 살아가면 좋지만, 현실은 그렇게 쉽지 않다. 그래서 수많은 부정적 감정을 만들어 낸다. 이처럼 어린 시절에 형

이젠 엄마의 감정을 돌볼 시간이다

성된 무의식의 갈등과 콤플렉스가 성인이 되어서도 삶에 지속적인 영향을 미친다고 한다.

심리상담을 하다 보면 항상 공통된 질문이 바로 자라온 환경과 경험, 부모님의 관계와 성격에 관해서다. 심리학책이나 다양한 논문에서도 이러한 것들이 성인이 된 사람에게 영향을 미치는 것을 잘 알고 있다. 어른이 되었고, 과거의 환경을 바꿀 수 없다고 해서 변하지 않는다는 것은 아니다. 희망차게도 우리가 내면아이를 만나고 상처치유를 도와준다면 과거의 내면아이는 성장하고 치유하게 된다. 과거와 화해하고 현재를 잘 살아가도록 도와야 한다. 내면아이가 무의식 속에 저장하고 있는 상처를 치유하지 못하고 있다면, 현재의 감정 치유는 당연히 힘들 것이며, 이는 현재의 삶에 막대한 영향력을 끼친다.

안타깝게도 상처받은 내면아이는 여러 면에서 우리에게 많은 해를 끼칠 수 있다. 자기감정을 조절하지 못하고 난폭한 행동으로 나타나거나, 자기중심적인 사람이 되기도 한다. 버림받을 것 같은 두려움 속에서 노출되었다면, 친구와 이성에게 의존하게 된다. 정상적인 사고에서 벗어난 사람들을 종종 만나게 된다. 그들은 자신의 기준이 정상과 어긋난다는 것조차 인식하지 못하고 삶을 살아가고 있다. 모든 사람들이 내면아이를 만나는 것은 아니다. 단단한 금속박스에 가둬놓은 이야기를 하나씩 꺼내기조차 무섭고, 두렵고, 화나고, 불안하며 슬퍼한다. 다시 마음의 상처를 받을까 봐 더 과거로 돌아가서 내면아이를 만나는 것을 거부한다.

하지만 자녀를 키우는 엄마라면, 부모라면 자신에게 자주 찾아오는 부정적 감정의 원천이 어디인지 파악하고 이를 개선하도록 노력해야 한다. 그러기 위해서는 다시 되새기기 싫던 과거의 일을 꺼내어 이야기 나눠야 한다.

"많이 무섭고 두려웠지? 지금도 많이 힘들고 무섭지. 내가 도와 줄 것은 없어? 당장 무서워서 어디론가 도망가고 싶고, 누군가 와서 나를 안전한 곳으로 데려다줬으면 좋겠지. 지금 네가 약하거나 잘못해서 그런 것 아니야. 모두 다 이유가 있을 꺼야. 절대로 너의 잘못이 아니야. 모두 어른들의 일이었어. 지금은 안전한 곳에 있어. 그리고 지금까지 잘 살아줘서 고마워. 지금 예쁜 아이가 너를 반겨주고 안아주고 있어. 너를 지켜봐 주고 걱정해 주는 사람도 옆에 있어. 절대로 혼자가 아니야. 너 정말 잘 살았어."

엄마의 내면아이를 치유하도록 자주 이야기를 나눠야 한다. 꼭 센터나 상담실을 찾아가야 내면아이를 만나는 것은 아니다. 내면아이는 언제나 만날 수 있다. 나는 처음 책을 통하여 내면아이를 만나게 되었다. 나에게 자주 찾아오는 핵심 감정이 아마도 내면아이의 상처와 관련되어 있다고 생각하면서부터다. 심리 책에서 읽

이젠 엄마의 감정을 돌볼 시간이다

은 내용을 바탕으로 나의 내면아이를 처음 만나기 시작했다.

아이들이 학교에 간 오전 내면아이가 나를 찾아왔다. 나는 청소를 멈추고 내면아이에게 다가갔다. 10살 정도의 어린 소녀가 어두운 방 한쪽에 숨어 있었다. 나는 소녀의 차가운 손을 잡고 눈을 바라보았다. 그 소녀가 바라보는 세상은 너무나도 무섭고 끔찍한 일이 생길 것 같았다, 심지어주위에 도와줄 어른은 없었다. 한가지 의지할 곳이라고는 옆에 그 소녀보다 조금 더 큰 아이가 있을 뿐이었다. 어른들의 세계는 항상 뾰족하고 이해안 되는 부분이 많았다. 세상은 너무나도 어둡고 차가웠다.

나는 그 소녀에게 말을 건넸다.

"지금 마음이 어때? 어떤 것이 가장 무서워?"

나는 아무말 없이 조용히 눈물을 흘리는 소녀를 안아줬다. 바로 나의 내면아이를 안아주었다. 두근거리는 심장 소리가 잠잠해질 때까지 안아주고 함께 있다는 것을 알려주었다. 세상에 덩그러니 혼자라고 생각한 내면아이에게 더 이상 혼자가 아니라고 말해주었다.

"많이 힘들지? 이 두려움이 계속될 것 같아 두렵지? 내가 너를 지켜줄게. 그리고 함께 해줄게. "

자주 찾아오는 내면아이를 만나면서 우리는 자주이야기를 나눴다.

그럴 때마다 내면아이의 눈물을 닦아주며 안아주며 진정될 때까지기다려 주었다.

　모두가 잠든 사이 나는 내면아이에게 편지를 썼다. 그토록 듣고
싶었던 이야기, 미래는 그래도 살만하고 좋은 세상이 있을 것이라
고 이야기해 주었다. 그 아픔이 오랫동안 지속되지만 그래도 그 크
기는 조금씩 작아진다고 알려주었다.

　그렇게 속삭였던 말을 이제는 글로 표현하여 세상으로 나오게
되었다. 머리로만 생각하면 계속 맴돌고 반복된다. 하지만 글로 쓰
게 되면 제3삼자의 시선으로 전달되어 나만의 문제에서 타인의 문
제로 전이된다는 느낌을 받는다. 글을 통하여 지금까지 하고 싶었
던 이야기를 적고 소리 내어서 읽어본다. 점점 마음이 가벼워지는
것을 느낄 것이다. 감추고 싶었던 감정이 조금씩 다른 사람에게 이
야기할 만큼 아무렇지도 않은 것이 된다.

　불안해 떨고 있는 약한 소녀가 지금은 자신의 꿈을 향해 찾아
가는 대학생이 되었다. 처음보다는 많이 성장했다. 수없이 만나면
서 이야기 나누니 어느덧 내면아이도 성장하였다. 예전보다 덜 울
고, 덜 두려워한다. 그 내면아이가 이제는 슬픔에 빠져 있을 시간
이 차츰 줄어들었다. 그리고 예전보다 더 씩씩해졌고, 먼저 나에
게 말을 건네기도 한다. 내면아이와 평생 함께 걸어가며 성장하고
있다.

내면아이를 만날수록 그 내면아이는 스스로 성장을 한다. 어릴 때의 상처가 없어지는 것은 아니지만, 그때 숨어서 혼자 울고 있는 아이에서 타인까지 안아줄 수 있는 성인이 되어가는 과정을 만날 수 있다. 내면아이의 상처를 완벽하게 없앨 수는 없지만, 내면아이와 협력해서 살아갈 수 있다는 것을 알게 되었다. 의미치료에서는 바로 이것을 로고스를 만났을 때라고 이야기한다. 삶의 의미를 알게 될 때이다.

내면아이를 키워가는 것은 어릴 때의 상처를 부모, 친구, 선생님, 또는 다른 사람이 아니라 바로 자신이 양육자가 되어서 어린 내면아이를 보살펴 줘야 한다. 다행인 것은 자신이 무엇이 필요한지를 자신이 가장 잘 알고 있기에, 우리는 내면아이를 잘 키울 수 있다. 지금 곁에 있는 소중한 자녀처럼 자신의 내면아이를 사랑과 관심을 주며 키워야 한다는 것이다.

사실 내면아이가 겪은 경험이 없어지지는 않는다. 하지만 그것이 나쁘고 가치가 없는 것이 아니다. 그 슬픔과 두려움을 이기고자 많은 노력을 했지만, 그 아이가 받았던 상처를 내 자녀에게는 주지 않기 위해 많은 노력을 하고 최선을 다해야 한다. 바로 우리는 내면아이의 아픔을 통해 지금 지혜롭고 더 가치 있게 살 수 있다.

이제는 내가 좋은 선택을 할 것이야

– 행동강령 만들기

오랜만에 대학 동기 성희와 통화를 했다. 성희는 20대에 유명 회사에 다니다가 결혼하여 아이를 낳은 뒤 일을 그만뒀다. 얼굴도 예쁘고 인기가 많던 성희는 친한 대학 동기 중 가장 먼저 취업하고, 결혼하고, 아이도 낳았다. 그래서 성희는 우리들 사이에서 항상 선구자가 된 친구였다. 어느 날 성희는 나에게 말했다.

"나도 너처럼 무엇인가 결정한 후 행동하고 싶은 마음은 큰데, 행동으로 이어지지 않아. 요즘 우울증까지는 아닌데 우울하고 불안해. 내가 너무 쉬었나 봐. 새로운 것에 도전할 용기가 없어. 나도 남편처럼 일을 계속했다면 실적도 쌓고, 직위도 있고, 지금처럼 멈춰 있지 않았을 텐데…. 그때 내가 너무 쉽게 일을 그만둔 것 같아.

당연히 여자니깐, 엄마니깐 멈춰야 한다고 생각했어. 용기 내어 새로운 것을 시도하려니, 아이들이 사춘기가 왔네. 그래서 또다시 멈췄어."

성희의 삶에 부족한 것은 없지만, 전업주부라면 한 번쯤 생각해 볼 그런 고민을 하고 있었다. 성희는 점점 자신에게 아름다웠던 과거의 모습이 있었는지 모를 정도로 시간이 흘렀고, 점점 우울과 무기력의 늪으로 빠져드는 것 같다고 했다. 평범한 주부로 살아간다는 것도 쉬운 일이 아님을 알고 있다. 자신이 점점 사라짐을 느끼게 되어 멈추고 싶은 내적 갈등을 하고 있었다. 끊임없이 움직이고, 생각하고 시도하지만, 제자리인 경우가 많았다. 왜 그럴까? 나약해서? 아니면 부족해서? 절대 아니다. 모두 아주 열심히 바쁘게 살아가고 있다.

조금 차이가 있다면, 나는 성희보다 신중하지 못하고 일단 저지르고 본다. 좋게 표현하면 행동으로 옮겨 실천하는 것이다. 사실 대부분 결과를 따지지 않고, 도움이 될 것 같으면 일단 저지른다. 순간적으로 이것을 하면 좋을 것 같다고 생각되면, 그 즉시 지원하거나 수강 결제를 한다. 하다가 중단한 것도 많고, 투자비로 쓰인 돈이 더 많았다. '새로운 도전은 가치 있는 것이야!', '지금은 못해도 계속하면 잘할 수 있을 거야!' 일에 대해 많이 따지지 않았다. 번 아웃이 올 때는 좀 쉬어주는 것이 좋다고 생각하고, 하지 못함에 죄책감을 가지지 않으려 했다. 나중에 회복하면 다시 적을 수 있을 것으로 생각하였다. 그리고 계속 몸을 움직여 집안일과 아이들 돌봄에 집중했다. 당장 해야 하는 것을 할 뿐이었다.

나는 지금 어떻게 살고 있지?
내가 잘하는 것은 뭘까?
내가 할 수 있는 것이 뭘까?

계속할 수 없는 것, 남보다 못하는 것이 눈에 들어오기 시작했다. 자존감이 바닥을 찍고 있었다. 내가 진짜 자격이 있나? 나를 꾸짖고 있었다. 번 아웃이 길어지지 않길 바라면서 끊임없이 나와 대화했다. 그 과정을 회피하지 않고 마주해서 이야기하다 보면, 어느덧 나를 위로하고 격려하는 시간을 가질 수 있었다. 주위 사람에게 조언을 듣는 순간, 잠시 희망을 얻지만, 삶에 큰 변화는 없었다. 바로 내가 나를 제대로 지켜보며 기다려주고 인도해야 앞으로 나아갈 수 있었다.

부정적인 사고에서 벗어나려면 자동사고의 함정을 알아야 했다. 부정적 사고가 꼬리를 물면서 나타났다. 반복적으로 생각이 나고, 그것이 하루의 기분을 좌우하는 것을 보면, 과거 경험이나 핵심 믿음에 의해서 만들어진 것이었다. 같은 장소를 가더라도 매번 다른 기분을 느낀다. 나는 사람들이 많고 높은 곳에 올라가면 급격히 고소공포증을 느끼고 안절부절못하며 민감해졌다. 하지만 두 딸은 높은 곳에 올라가면 바닥을 보는 것이 아니라 멀리 쳐다보며 신난다고 한다. 어떨 때는 두 딸이 나와 달라서 안심이 되었다. 어릴 적에는 나무 위에 올라가고, 높은 곳에서 뛰어내리며 놀았는데, 요즘은 유리 바닥이나 구멍이 뚫린 바닥을 보면 발바닥이 닿아 있는데도 공기의 진동을 느끼면서 불안이 찾아왔다. 빨리 불안을 초래하는 곳에서 벗어나야 했지만, 말처럼 잘되지 않았다. 오랜 시간 머물러서 불안을 떨치는 법을 알아보며 빨리 자동사고에서 벗어나도록 해야 했다. '여기서 떨어지는 것 아냐?', '큰 사고 나는 것 아냐?'의 자동사고에 빠진다. 다른 사람은 아무렇지 않은데, 왜 이렇게 겁쟁이가 되는지 짧은 순간에 많은 생각을 한다.

고소공포증만 있다면 아이들이 무엇인지 알고 있어서 설명하면 되지만, 아이들에게 엄마의 평소 불안에 떠는 모습을 보여주고 싶지 않았다. 엄마의 불안해하는 모습을 보며 살면 아이들은 몇 배로 더 불안한 모습으로 자라게 된다. 자녀에게 불안을 핵심 감정으로 만들어 주고 싶지 않았다. 나의 불안, 우울, 무기력이 타인에게 감추고 싶은 감정이며, 특히 아이들은 가능한 한 모르고 자랐으면 좋겠다는 마음이다. 감정 공부를 하는 이유도 나를 위한 것만 아니라 아이들을 위해서이기도 했다. 나의 부정적 감정을 빨리 긍정적 감정으로 바꾸고, 밝은 모습을 하며 행복한 아이들로 키우고 싶었다. "난 원래 그래. 원래 그래서 고치기 힘들어."라고 말할 수가 없었다. 엄마의 행동이 바뀌어야 아이들이 자라는 환경이 바뀌는 것이다. 웃음꽃이 피어나는 가정에서 자란 아이는 해맑고 사랑을 많이 받았다는 것을 알 수 있다. 우리 아이들도 사랑을 많이 받았고 잘 자랐다는 말을 듣게 하고 싶다. 아이들에게 보여주기 위해서는 나부터 부정적 감정을 조절하고 아이들에게 영향을 미치지 않도록 노력해야 한다.

결론적으로, 나의 부정적 감정을 멈추는 가장 좋은 방법은 당장 행동하는 것이다. 하루 종일 불안하여 안절부절못하고 기분이 가라앉아서 멍한 상태로 있거나, 무기력하여 며칠째 앉아 있거나 눕고 싶다면 당장 지금 하는 행동을 바꾸고 다른 것을 해야 한다.

"둘째가 성인이 되어서도 키가 작고, 아이를 가지거나 낳을 때 어려움은 있지 않을까?
첫째는 힘들면 힘들다고 이야기하지 않고 속으로 삼키는데, 혹시 마음이 아픈 건 아닐까?
남편이 갑자기 쓰러지거나 교통사고 나는 것 아냐?"

일어나지도 않은 일들이 떠오를 때가 있는데, 이런 부정적인 생각을 멈추기 위해 즉시 지금 하고 있는 자세를 다른 자세로 바꾼다. 걷고 있다면 뛰어서 심장을 빨리 뛰게 하고, 자리에 앉아 있다면 서서 걷거나 집안일을 찾아서 한다. 운전하고 있을 때 불안이

이젠 엄마의 감정을 돌볼 시간이다

올라오면 운전대를 꽉 잡고 소리를 지른다. '지금 생각은 나의 습관적인 사고에서 온 것이야! 그 일이 일어났어? 네가 직접 봤어?' 나에게 되묻는다. 그러다 보면 꼬리를 무는 생각들이 멈춰지면서 주변의 현실을 냉정히 인식하고 불안에서 벗어날 수가 있다. 그렇게 해도 불안이 해결되지 않으면, 숨을 한번 꽉 참고 심호흡을 한다. 앉아 있는 자세로 배에 3초 동안 천천히 숨을 마시고, 3초 멈췄다가 코로 3초 동안 내뿜는다. 처음 심호흡할 때는 잘되지 않는다. 그래서 입을 벌리고 가슴으로 심호흡하게 된다.

나는 심호흡을 생각날 때마다 연습했다. 당장 할 수 있는 것은 심호흡밖에 없었다. 이 순간 도망칠 수도 없었고, 누군가에게 도움을 청할 수도 없었다. 두려워 이 순간 도망치면 그것을 극복하기 위해서는 몇 배의 시간이 더 필요했다. 그렇기에 회피보다 부딪히기로 했다. 대면을 결정하는 순간부터 내가 이기는 것이었다. 부교감 신경이 우세로 되어 안정감을 느낄 수 있다. 공원에 나가면 잔디밭에 앉아 명상하는 사람들을 자주 본다. 요즘 들어 명상하거나 심호흡을 하는 사람들을 보면, 많은 시련이 있어서 그런 게 아닌지 의심하게 된다. 최근 첫째와 밤마다 심호흡을 함께했다. 불안과 긴장이 높아서 낮출 방법을 찾던 중 심호흡을 해보자고 제안했다. 처음에는 첫째가 심호흡을 어려워했으나, 시간이 지나면서 배에 손을 올리고 배에 공기가 들어오는지 확인해 가며 심호흡을 했다.

한 달이 지나고 나니 첫째와 나는 제법 심호흡이 익숙해졌다. 누워서 박동이 크게 뛰는 소리도 잦아지고, 잠도 조금 더 빨리 잘 수가 있었다. 아침에 눈을 뜨고 일어나기 싫어서 잠시 눈을 감고 있었다. 눈을 감은 채로 심호흡하며 좋은 기운이 나도록 인도했다. 그리고 혼자 앉아 있거나 아이를 기다릴 때마다 심호흡을 했다. 심호흡이 가장 도움이 되는 시간은 바로 밤이었다. 모두가 잠이 들면 세상이 조용해졌다. 들리지 않던 엘리베이터가 움직이는 소리, 에어컨이 돌아가는 소리가 들렸다. 그 소리는 단순한 기계 소리가 아니라 공포로 다가오는데, 이 공포가 가슴을 답답하게 만들고 있었다. 공포를 줄이고자 심호흡 20번 하기를 목표로 두었다. 심호흡이 처음에는 잘되지 않아 다시 처음으로 돌아가 20번을 다시 시도했다. 이렇게 반복하다 보니 간신히 10개를 하고 자연스럽게 잠이 들었다. 불면증이 한동안 있었지만, 심호흡만으로 해결이 된 것이다. 이제는 불면증이 오거나 불안이 와도 가볍게 생각했다. 바로 해결책을 찾았기 때문이다. 나에게 자주 찾아오는 불안이 조절할 수 있는 것으로 바뀌어 가고 있었다.

가끔 찾아오는 화, 분노, 짜증이 날 때도 이와 비슷하게 행동하면 되었다. 먼저 그 순간을 피하고, 조용한 곳으로 가서 심호흡하였다. 그 상황에 대해서 가능한 한 언급을 하지 않고, 화와 분노가 사라지면 그때야 상황을 생각했다. 왜 화가 나고 짜증이 났는지 파악했다. 그러다 보면 원인을 알게 되고, 개선할 부분은 개선

이젠 엄마의 감정을 돌볼 시간이다

하고, 아무리 생각해도 타인의 잘못이거나 오해에서 비롯되었다면 바로 말로 풀면 되었다.

그런 과정을 반복하다 보니, 행동을 조절하게 되고, 아이들에게도 숨기고 싶은 엄마의 모습을 보여주는 빈도수를 낮출 수가 있었다. 한 번도 아이들 앞에서 화를 내거나 싸우지 않았다는 사람을 보면 완벽한 성인 같다. 나는 그런 성인이 되지 못하지만, 잘못된 행동을 반성하고 성인이 되기 위해 노력할 것이다. 그래도 다듬고 변화할 방법이 있다는 것에 감사하다. 부정적 감정의 행동은 멈추고, 편안한 자세로 심호흡하고, 행동강령을 만들어 환경에 변화를 준다. 다시 말해 자신의 핵심 감정을 파악하고, 감정에 빠져 깊이 생각하지 말고, 바로 행동강령을 실천하도록 해야 한다. 처음에는 잘되지 않지만, 하다 보면 부정적 감정에서 빨리 빠져나오는 방법을 배울 수가 있다. 점점 빠져나오는 시간이 빨라짐을 느끼게 되고, 언젠가는 빠져들지 않을 것이다.

6.

약보다 글쓰기가 더 좋다

- 감사 일기, 칭찬 일기, 확언 일기

내가 경험한 것 중 가장 원인을 알 수 없는 것이 우울이고, 빠져 나오는 데 시간도 오래 걸리는 것이 우울이었다. 무기력 다음에 우울함이 온다지만, 우울은 정말 언제 올지 모른다. 우울한 환경에 오랫동안 노출되다 보니, 나 자신도 모르게 온다. 그렇기에 우울을 인지하기란 쉽지 않다는 것이다. "내가 요즘 우울한 것 같아!" 이 말을 하는 사람은 사실 깊은 우울증에 걸린 사람이 아니라고 생각한다. 우울을 느끼는 자체만으로 우울에서 벗어날 수가 있다. 우울한 사람에게 많은 말을 걸고 도움을 주더라도 우울한 사람에 게는 아무것도 전달되지 않는다. 그래서 우울에서 벗어나는 것이 가장 힘든 것 같다. 우울한 감정이 2주 이상 길어지거나 일상생활에 영향을 미친다면 상담이나 병원 진료를 받아보길 권한다.

　나는 2주~3주 우울하다가 잠시 괜찮아지고, 또 다음 달 몇 주 이어지는 과정을 몇 개월 거치다 보니 만성으로 갔다. 병원 진료를 결정할 때는 의지만으로 회복이 힘들어서 약을 처방받아야 했다. 처음에는 약의 도움을 받았으나, 점차 약 효과가 떨어져서 그런지 쉽게 기분이 좋아지거나 돌아오지 않았다. 전보다 기분 좋게 일상 생활은 할 수 있었지만, 우울증은 차도가 없었다. 특히 오전에 우울하다가 오후에 괜찮아지고, 밤에는 기분이 조금 좋아졌다. 일반적으로 우울증이 있는 사람들이 가지는 증상 중 하나였다. 잠을 충분히 못 자는 날에는 좋아지다가도 다시 돌아간다.

　사람의 마음을 움직이는 것은 따뜻한 말과 마음이다. 엄마들은 자녀에게 칭찬과 감사의 표현을 잘하지만, 자신에게는 따뜻한 말을 하지 못한다. 자녀에게 영양가 있는 건강한 음식을 만들어 주지 못하고, 학업에 대한 부담과 상처를 줌으로써 자녀를 잘 돌보지 못하는 사람이라고 생각한다. 그렇게 엄마는 항상 자신에게 충분히 잘하고 최선을 다하고 있음에도 부족하다고 느낀다. 엄마들은 왜 부족하다고 느낄까? 엄마들은 누구에게도 자신이 한 일에 칭찬을 듣지 못하기 때문이다. 친한 지인이나 친구들 역시 가족을 돌보면서 아이들을 키우느라 여유가 없기에 주변을 신경 쓰지 못한다.

책 읽는 시간이 많아지면서 마음에 드는 책을 한 권씩 주문해서 읽었다. 제니스 캐플런의 《감사하면 달라지는 것들》을 읽으면서 저자처럼 감사의 시간을 가져보도록 했다. 오랜 시간 우울과 함께하다 보니, 그동안 감사함을 모르고 있었다. 요즘 들어 나 자신과의 대화가 많아지면서 글을 쓰고 싶은 생각이 들었다. 갑자기 철학자가 되고 시인이 되기도 했다. 내면의 복잡함을 정리하고 싶었다. 안타깝게도 아픔, 상처, 시련, 상실을 경험해야 진정으로 내가 가진 것이 무엇인지 성찰할 수 있다고 한다. 하루에 세 가지 감사 일기를 쓰는 사람의 경우, 행복감이 올라가고 우울감은 낮아진다고 한다. 과연 감사 일기와 우울감과 관계성이 있는지 모르겠지만, 소중한 것을 잊지 않기 위해서라도 써야 했다.

아침에 일어날 수 있고, 아이들에게 음식을 만들어 줄 수 있고, 걸을 시간이 있고, 두 발로 걸을 수 있는 자체만으로도 모두 감사한 것이었다. 자리에 앉을 때마다 일기장 노트를 꺼내어 감사 일기를 썼다. 쉴 수 있는 공간이 있음에, 음식을 맛있다고 느낄 수 있음에, 나를 반겨주는 아이들이 있음에, 함께 걸어가 주는 남편이 있음에 모두 감사하였다. 감사 일기를 쓴 지 몇 달이 지나니, 내 마음에 행복감과 기쁨이 조금씩 찾아오고 있었다. 기분이 좋아지는 시간이 증가하다 보니, 그렇게 못나 보이고 비참해 보이던 나 자신이 가치 있는 사람으로 여겨지고, 아무것도 할 수 없던 나를 칭찬하기 시작했다. 그리고 소리를 내어 나에게 이야기해 주었다.

이젠 엄마의 감정을 돌볼 시간이다

"너니깐 아이들을 이렇게 키운 거야! 너니깐 여기까지 왔고, 이 힘든 여정을 버틸 수 있는 거야. 지금 이대로도 감사하고 좋다는 것을 느낀 너를 칭찬해."

부정적 단어를 쓰지 않고 긍정적이고 희망적인 용어를 사용하여 감사 일기와 칭찬 일기를 썼다.

"오늘 화창한 날씨야. 오늘은 좋은 일들이 생길 것 같아. 평화롭고 여유로운 하루다."

소리를 내어 매일 좋은 이야기를 나에게 해주었다. 뇌는 자신의 목소리를 가장 듣기 좋아한다고 한다. 자신의 목소리로 여러 번 이야기하면 뇌는 그런 세상이라고 착각한다. 그래서 답답하고 지루한 현실보다, 이왕이면 좋은 이야기를 나의 뇌에 들려줘야 한다. 사실 환경은 쉽게 변화하지 않는다. 환경이 변화한다고 해서 달라지는 것이 아니라 환경을 바라보는 관점을 바꿔야 환경이 변화하는 것이다. 그러기 위해서는 소리 내어서 매일 자신에게 이야기해주면 된다. 점점 기분이 좋아져서 무엇인가를 하고 싶다는 용기가 생기는 것을 느낄 수 있다.

나는 '운전을 못 할 것 같아.'가 아니라 '운전을 할 수 있을 것 같다.'로 바꾸었다. 그렇게도 낮던 자존감이 조금씩 높아지는 것을 느낄 수 있었다. 할 수 있는 작은 것부터 시작하면 된다. '오늘 저녁은 닭볶음탕을 할 거야. 아이들이 학교에서 돌아오면 같이 놀이터에 가서 줄넘기할 거야. 저녁 먹고 아이들의 숙제를 봐 줄 거야. 자기 전 명상을 하고 감사 일기와 칭찬 일기를 쓸 거야.' 내가 평소에 하던 일이 할 수 있는 일이다. 아침에 눈을 뜨면 자리에 앉아 오늘 할 일들을 노트에 적는다. 거창한 것이 아니라 할 일과 할 수 있는 일들을 적으면 된다. 하나씩 해결하며 체크하고, 하루를 정리하면 많은 일들을 소화해 낸 것을 알 수 있다. 보람차게 보낸 스스로를 칭찬하며 칭찬 일기를 마무리한다. 흔히들 감사 일기와 칭찬 일기를 세 가지 정도만 서술형으로 적어보라고 한다. 직접 연필을 잡고 손으로 눌러쓰다 보면 감사와 칭찬이 더 진심으로 다가온다. 일주일이 지나고 한 달이 되어 노트의 기록장에 그동안 쓴 것들을 살펴볼 때는 무의미하고 건조하던 삶이 뭔가 촉촉하고 따스함으로 채워가는 것을 느낄 수 있다. 그렇게 몇 달이 지나고 일 년이 넘으면 새로운 나를 발견하게 된다. 과거에 할 수 없다고 단정 짓던 일들이 아무렇지 않은 일들로 변하게 된다.

단조롭고 무의미한 일상을 감사함으로 채워가지만, 여전히 충만하지 않음을 느낀다. 가장 가까이 있고, 아내를 가장 잘 아는 남편에게 포근하고 따뜻한 인정의 말을 듣는다면 더 바랄 것도 없다. 서로에게 상처 주는 말보다 힘이 되어 주는 말을 하면 좋은데, 많은 부부들이 의사소통에 어려움을 겪고 있다. 부딪치는 것이 싫어서 말하지 않고 침묵을 선택하기도 한다. 타인에게 칭찬과 희망찬 말을 듣고 살고 싶지만, 현실은 그렇지 않다. 그렇다고 낙담할 필요는 없다. 이제는 타인에게 바라기보다 스스로에게 직접 해주면 된다. 좋은 방법 하나가 확언 일기를 쓰는 것이다. 내가 듣고 싶었고, 되고 싶었던 사람으로 살 수 있게 글을 쓰고, 쓴 것을 소리 내어 말한다.

"너는 새로운 목표를 찾고, 그길로 잘 걸어가고 있어. 눈에 띄지도 않고 특출 나지도 않지만, 하나씩 해 나가고 있어. 누가 뭐래도 넌 너의 방법대로 살아가고 있어. 최고가 되기보다 최선을 다하자. 최선을 다했다고 멈추지 말고, 꾸준히 조금씩 실천하는 그런 사람으로 살아가자. 넌 분명 마음이 건강하고 몸도 건강한 사람으로 살아갈 수 있어. 큰 영향력을 미치지는 않지만, 누군가에게 진심으로 다가갈 수 있는 사람이 될 수 있을 거야. 다만 멈추지 않아야 해. 느리고 어설프더라도 멈추면 안 돼. 그냥 너의 속도로 해봐! 난 네가 잘 해낼 거라 믿어."

짧은 글을 쓰면서 내면이 변하는 것을 발견할 수 있다. 행복은 멀리 있지 않고 바로 내가 느끼지 못할 뿐이다. 중요한 것은 내가 갖지 못한 환경이 아니라 내가 환경에 어떻게 반응하느냐에 달려 있다. 하루에 단 몇 줄의 글이라도 쓰게 되면 내 생각을 객관적으로 판단하는 능력이 길러진다. 이런 메타인지를 통하여 다른 사람이 아닌, 내가 나 자신에게 이야기를 해주면 세상은 달라지기 시작한다.

7

나의 행복은 내가 만든다
- 세로토닌의 중요성

글쓰기의 습관이 자리 잡으면서, 조금씩 행복감이 돌고 있었다. 내가 못 하는 것보다 내가 할 수 있는 일이 있다는 것에 감사함을 느꼈다. 그렇게 삶을 바라보는 태도가 바뀌고 있었다. 행복한 삶을 찾는 방법을 알고 나서 이젠 행복을 지속하고 싶어졌다. 행복은 세로토닌 호르몬과 관련 있다. 대부분의 우울증약은 세로토닌 재흡수 억제제다. 세로토닌을 재흡수하면서 세로토닌 분비가 감소하여 우울해진다고 한다. 그래서 행복도가 떨어지게 되는 것이다. 세로토닌이 부족한 사람이 있지만, 일반적으로 일정한 양의 세로토닌이 분비된다. 크립토판이 세로토닌으로 전환되는데, 이때 몇 가지 자극이 필요하다. 햇빛, 산책, 포옹, 규칙적 식사, 심호흡 등의 자극이 세로토닌 합성을 돕는다. 약을 통하지 않고도, 앞서 말한 자극을 통해 언제든지 세로토닌 합성에 도움을 줄 수 있다. 다시 말해 이런 자극이 세로토닌 합성에 적극적으로 참여할 수 있다는 것이다.

나는 어렵게 찾은 행복감을 유지하고 싶어서 세로토닌 합성에 도움이 되는 자극을 하나씩 실천했다. 먼저 세로토닌 흡수에 도움이 되는 대표적 음식인 바나나를 한 개 먹고, 물병에 물을 가득 채운 후 가볍게 걷기 위해 밖으로 나갔다. 처음에는 걷는 것 자체가 재미가 없고 따분한 일이었다. 햇살이 비추는 오전에 최소 20분간 걸으면 건강에 가장 좋다고 한다. 모자나 옷으로 빛을 차단하지 않는 것이 좋다. 아이들이 없고 혼자 걸을 수 있는 오전에 만보기를 차고 밖으로 나가 걸었다. 약속을 잡아 시간을 맞출 필요도 없고, 내가 가고 싶은 방향으로 가면 되었다. 가던 길이 지겨우면 다른 길로 가고, 가다가 앉아 쉬고 싶으면 쉬었다가 다시 걸었다. 그러고 보니 주위에 혼자서 걷는 중년 아주머니들이 많았다. 한 시간을 넘기고 만 보를 걷고 싶어 좀 더 걷고 들어왔다.

집으로 돌아와, 소파에 누워 다리를 가슴보다 좀 더 위쪽으로 올렸다. 세상에서 가장 편안한 자세였다. 이전에 해오던 글쓰기와 더불어 새로운 습관을 만들고 있었다. 이전에는 오전이 할 일이 없고 무의미한 시간이었다면, 이제는 나에게 가장 중요한 오전이 되어 가고 있었다. 바로 재충전과 회복의 시간이었다. 무더운 여름에는 밤에 밖으로 나가 걸을 수가 있었다. 아파트 단지를 두 바퀴 돌다 오면 땀이 한가득이었다. 미지근한 물로 샤워하고 나면 시원해졌다. 가을이 되면 아파트 앞 단풍나무와 은행나무가 고운 색으로 물든다. 나는 바람에 흔들려 떨어지는 낙엽을 잡아보고, 밟고 지나갈 때면 마치 어린아이가 되는 듯했다. 그리고 겨울에 소복이 쌓인 눈을 만날 때는 한없이 가슴이 뭉클하며 설레었다. 갑작스러운 날씨 변화로 밖으로 나가지 못할 때는 거실에서 제자리 걷기를 했다. 그렇게 몸을 움직여 주면서 세로토닌 분비를 도왔다. 처음에는 세로토닌 합성에 도움이 되고자 걷기 시작했지만, 시간이 지나면서 자연과 더불어 살아가는 내 모습을 발견할 수 있었다. 하루마다 달라지는 자연을 관찰하러 밖으로 나가는 재미도 쏠쏠했다. 일 년 동안의 걷기를 통해 몸도 마음도 건강해졌다.

이 외에 밥 먹을 때도 세로토닌 분비를 도울 수 있다. 음식을 천천히 씹어서 먹으면 된다. 나는 아이들에게 먼저 밥을 챙겨주고 나서야 밥을 한 숟가락 뜬다. 아이들이 각자의 숟가락으로 식사해서 예전보다 편안하게 식사를 하지만, 어릴 때부터 몸에 밴 빨리 먹는 습관은 고쳐지지 않았다. 하루는 언니들이 내 식사하는 모습을 보더니, 천천히 먹으라며 급하게 먹으면 건강을 해친다고 말했다. 사실 내가 빨리 먹는 것은 알고 있었지만, 체할 정도로 빨리 먹는 줄은 몰랐다. 밥을 크게 뜨고 몇 번 씹지 않고 넘기면서 소화도 잘 안

이젠 엄마의 감정을 돌볼 시간이다

되고, 이미 위로 넘어가서 포만감을 느낄 때는 이미 늦어 배가 폭발할 것 같았다. 급하게 먹는 습관이 체중을 증가시키고 몸을 둔하게 만들고 있었다. 나도 천천히 여유롭고 우아하게 식사하고 싶었다. 식당에 가서도 후다닥 먹고 나오는 정신없는 가족이 아니길 바랐다. 나는 그러기 위해서 배가 고프지 않게 했고, 습관적으로 빨리 먹기에, 이를 의식하며 천천히 먹도록 조절했다. 그리고 가족과 함께하는 식사 시간을 즐거운 시간이라고 생각했다. 한 명이라도 식사를 끝내지 못했다면 끝까지 남아서 이야기하며 식사를 마무리 지을 때까지 기다렸다. 그럴 때는 음식을 먹으면서도 충분히 행복감을 느낄 수가 있었다.

지금보다 더 큰 행복을 찾기 위해 노력하지만, 혼자만 행복해진다고 해서 행복한 것은 아니었다. 아이들과 남편도 행복해야 최상의 행복이란 사실이다. 최근 안아주기 20초가 관계를 회복한다기에 딸들에게 시도했다. 아이들이 어릴 때는 많이 안아주었지만, 사춘기가 된 첫째를 안아 본 적은 거의 없었다. 체구가 작은 둘째는 그나마 안아주었지만, 첫째를 안는 것은 왠지 어색했다. 어색함을 감추고 잠자리에 들기 전에 다가가서 안아줬다. 갑자기 달라진 엄마의 행동을 보며 첫째가 어색해할까 봐 말을 이어갔다. "이렇게 20초 동안 안아주면 정서적으로 안정화되고, 세로토닌이 나온데."라는 말로 안아줄 핑곗거리를 만들었다. 첫째는 거부하지 않고 조용히 미소만 지었다. 아직 어려서, 엄마의 사랑이 필요한 때인데, 내가 어색하다는 이유로 실천하지 않은 나 자신이 미웠다. 키와 신발 크기도 이제는 비슷하여 어린아이로 보이지 않고 성인으로 보일 때가 있었다. 자주 첫째에게 동일한 어른처럼 대했다. 그만큼 성숙하고 의지가 되는 첫째가 안아달라고 할 때는 내가 잘못 알고 있었음을 인지했다. 처음에는 세로토닌 분비와 정서적 안정을 위해서 시작한 일들이 딸들과의 교감을 이끌고 이야기를 이어갈 수 있는 계기가 되었다.

행복한 사람으로 다시 태어나기 위해 세로토닌 인간형에 대해 관심이 갔다. 세로토닌 인간형은 어떤 불리한 상황이 주어지더라도 조절하며 살아갈 수가 있다. 겉모습은 부드럽고 약해 보이지만, 속에서는 불타오르는 열정을 가지고 있다. 세로토닌의 중요성을 알리는 이시형 박사님이 그러셨다. 많은 연세에 아직도 열정을 가지고 행복한 사람으로 살아갈 수 있다는 것은 바로 그런 삶을 살고 계셨기 때문이다.

가끔 누군가 우리의 삶을 잘 이끌어 주고 안내해 주길 바란다. 멀리서 찾을 필요가 없었다. 어떻게 하면 행복감을 느끼고, 끊임없이 탐구하고 즐기면서 살아갈 수가 있을까? 바로 세로토닌 인간형으로 바뀌면 되는 것이다. 세로토닌 인간형으로 살아가는 것은 어려운 일이 아니다. 바로 당장 실천 가능한 일부터 하면 되었다. 오전에 햇볕을 쬐며 산책하기, 가족들 안아주기, 규칙적으로 식사하

이젠 엄마의 감정을 돌볼 시간이다

기, 심호흡하기, 좋아하는 일부터 시작하면 된다. 세로토닌 인간이 되면 평정심을 유지하고, 어떤 일이 닥쳐도 당황하지 않고 대처할 수 있다. 어떻게 나이 들어가야 하는지, 막막하던 50살 이후의 삶이 조금 보이기 시작한다. 세로토닌 인간형이야말로 행복한 사람으로 살아갈 수 있는 유일한 방법이다.

8

생각하기 전에 움직여야 한다

– 시작의 의미

내가 자주 생각하는 것이 무엇이냐에 따라 삶이 바뀐다. 내가 하고 싶고, 보고 싶고, 먹고 싶은 것을 생각하며 매일 시간을 보낸다. 가을에 접어들면서 매달 연휴가 기다리고 있다. 이웃들을 만나면 연휴에 어디로 여행을 떠날 것인지 묻는다. 우리 가족은 1박 2일 일정으로 가까운 거리에 숙소를 예약해 뒀다. 지인들은 보통 일주일 단위로 장거리 여행을 많이 하지만, 우리 가족은 장거리 여행을 계획하지 않는다. 4시간 이상 운전을 해야 하는 여행은 부담스럽고, 아이들도 집 근처에서 지내기를 바란다. 아이들에게 다른 세상을 보여주고, 많은 체험을 하도록 기회를 주면 좋지만, 내가 장거리 운전을 못 하기에, 여행지를 선택할 때 한계를 느낀다. 더

군다나 나와 남편은 여행보다는 편안하고 조용한 곳에서 쉬면서 맛있는 음식을 먹는 것을 최고의 휴가로 생각한다. 그것만큼 마음이 힐링이 되는 것은 없다.

지인들을 만나면 대부분 여행하면서 있었던 일을 말하고, 다음 여행지에 관해 이야기 나눈다. 지인 중에는 여행이 최고의 삶의 목적인 사람도 있고, 시간과 경비의 부담으로 여행이 부담스러운 사람도 있다. 각자의 삶과 인생이 있기에 여행을 많이 가라고 할 수도 없다. 여행으로 얻는 지식과 지혜도 있지만, 우리처럼 집에서 소소한 일을 함께하는 것만으로도 세상을 다 가진 듯 기분이 좋아지기도 한다. 같이 자전거를 타고, 등산을 하며, 공원에 가서 가벼운 운동을 하는 것도 좋은 경험이며 추억거리가 된다.

요즘은 외국 여행을 다녀오지 않은 사람이 거의 없을 정도로 방학 시즌이 되면 해외여행을 계획하거나 단기간 살다 오기도 한다. 나는 대학교 2학년 때 필리핀 자원봉사를 위해 처음 비행기를 타고 해외로 나갔다. 비행기를 처음 탄 것도 신기했지만, 한국이 아닌 낯선 세계가 있다는 것, 쏟아지는 별로 가득한 밤하늘 또한 신기했다. 요즘 아이들은 우리 세대 때와 달리 광범위한 세계에서 살아갈 수가 있다. 내가 외국에 나와서 살 것이라고는 상상도 못했다. 주위 지인들을 보니 어릴 때 안식년, 주재원으로 살아본 경험이 있었고, 친척이나 가족이 해외에 살고 있어서 해외생활을 직,

간접적으로 경험했었다. 남편과 나도 외국에 연고는 물론 해외에 살아본 적이 없었기에, 타국에서의 삶이 낯설고 두려웠다. 뭔지 모르지만 함께라면 할 수 있을 것 같았다. 부모가 되면서 일을 계속해야 하고, 먹고 살아야 하기에 어렵고 두렵다고 안 할 수가 없었다. 단순히 지금보다 나은 곳에 올라가고 싶고, 더 배우고 싶고, 모르는 것을 경험해 보고 싶은 마음이 간절했다.

우리 부부는 눈치를 많이 보는 편이라 삶의 방향을 결정하는데 어려움을 느꼈다. 하지만 우리가 살고 싶은 환경은 동일했다. 조용하고 정돈된 동네, 집을 나서면 산책할 길, 주말에 다닐 마트, 아이들 교육하기 좋은 곳이 필요했다. 남들은 재미가 없는 곳이라고 하지만, 우리 가족은 대전이라는 도시가 좋았다. 하지만 살고 있는 대전이 좋았지만, 곧 떠나야 했다. 4년 전부터 준비해 온 이민의 마지막 인터뷰 일정이 남아있었다. 첫째가 4학년, 둘째가 1학년이 되었고, 늦어질수록 첫째가 사춘기에 접어들어 학교 적응이 어렵다고 했다. 가능한 한 중학교 들어가기 전에 가라고 하는데, 시간이 많지 않았다. 간신히 첫째의 4학년 끝 무렵, 이민 절차가 마무리되었고, 우리는 지금 타국에 와서 살고 있다. 이곳 삶은 한국에 있을 때와 다름없이 우리는 비슷한 생각과 목표로 살아가고 있다. 날씨를 비롯해 낮은 건물과 적절히 조화를 이루는 나무들이 많아서 좋았다. 우리가 지내던 대전과 비슷한 환경이었다. 준비가 철저한 남편이 있었음에 가능하였고, 그동안 7번의 이사가 새로

이젠 엄마의 감정을 돌볼 시간이다

운 곳에 정착하는 데 도움을 주었다. 이사를 생각하면 처음부터 막막하고 버거운 느낌이겠지만, 적어도 나에게는 이사가 그렇게 힘든 것이 아니었다. 서류 작업, 세금 납부, 은행 업무, 주소 이전 등과 같은 행정적 업무들은 남편과 함께 처리해야 했지만, 그 외의 것들은 내가 알아서 할 수가 있었다.

감사하게도 우리는 비슷한 삶의 목표와 교육 철학을 가지고 자녀 교육을 한다. 우리가 생각하는 것이 좋고 맞는 것인지는 모르겠지만, 최선이라고 생각하며 살아가고 있다. 수없이 고심하며 자료를 찾고 조사했기 때문이다. 힘들다고 시간을 되돌리고 싶지 않다. 매 순간 최선을 다해 결정하고 신중하였기에 맞는다고 믿고 가는 편이다. 간혹 예상치 못한 아픔과 사고가 일어나기도 하지만, 후회하거나 넘어지지 않으려 한다. 세상도 넓은 만큼 경험하는 것도 다양해졌다. 한국에 있을 때와 다름없이 우리는 비슷한 생각과 목표로 이곳에서 살아가고 있다. 돈을 모아서 집을 마련하고 싶고, 아이들이 건강하고 독립적인 성인으로 살아가길 바라면서 현실을 받아들이며 생활하고 있다. 다른 나라에 와서 생활해 보니, 주위 사람들의 간섭과 관심을 덜 받고 살아갈 수 있는 장점도 있다. 오고 가는 사람들이 모두 외국인이고 말도 알아들을 수 없기에, 세상의 중심에 우리만 존재하며 주인공이 된 듯하다. 우리가 하는 말을 알아듣지도 못하고, 혼자 걸어 다녀도 내가 누군지 모른다. 사람과의 관계에서 얽매인 삶을 생각하지 않고 오로지 나와 가족들을 위한 생각만 한다. 하지만 한국에서의 좋은 점이 더 많았다.

나는 낯선 타국에서 할 수 있는 일이 거의 없었고, 학교 측을 비롯해 선생님들과의 소통이 어려워 아무것도 못 하고 지나치는 경우가 많았다. 아이들의 학원을 알아보고 학교를 보내는 것조차도 남편의 도움을 받지 않으면 해결하지 못했다. 못하는 것을 숨기지 않으면서 자존심을 버리고 생활해야 했다. 어쩌면 아줌마가 되어 자존심이 없고 철면피가 된다는 것이 이때는 좋았다. 아줌마의 모습이 존경스러울 때가 한두 번이 아니었다. 결혼 전 부끄러워서 하지 못한 일들을 이제는 스스럼없이 행동해서 물어보고 일을 진행시키는 나 자신을 보니 대견스러울 때가 있다.

이사 온 지 일 년쯤 되었을 때, 남편이 2주간 출장을 갔다. 조건이 좋은 아파트가 나와서 알아봐야 하는데, 알아볼 사람은 나뿐이었다. 지금 살고 있는 아파트는 좁고, 빛이 안 들어오며, 층간소음으로 경고를 여러 번 받아 생활하는 데 어려움이 있었다. 누구보다 새로운 아파트에서 살고 싶었다. 무작정 중개사무실에 가서 새로운 아파트를 알아보았다. 답답한 나머지 번역기를 꺼내어 이야기하였고, 결국 그 아파트를 계약할 수가 있었다. 그동안 영어로 의사소통이 어려워 못한다고 소극적인 자세를 취했지만, 사실 방법이 없는 것은 아니었다. 못해서가 아니라 안 해서 안 된다는 것이었다. 두렵고 부끄러움을 버리니, 못하던 일을 할 수 있었다. 얼마 후 학교 상담 기간에 선생님을 만나야 하는데, 남편과 함께 참석하기 어려웠다. 남편은 회사 일이 많아서 중간에 나오기도 어려웠고, 부모 모두 참석해야 할 행사도 아니었다. 바쁜 남편에게 아이들의 생활을 설명하고 궁금한 것을 물어봐 달라고 하기가 더 번거로웠다. 그래서 한국어 통역을 요청하고 선생님과의 상담을 신청했다. 이곳에는 다양한 인종이 살고, 영어를 잘하는 분이 대부분이지만, 못하는 사람도 많다. 그래서 어디 가서도 통역 서비스를 이용할 수 있고, 요즘은 번역기를 사용할 수도 있어서 얼마나 다행인지 모르겠다.

"영어 못해서 아무것도 못 하면 어쩌지?
운전을 못 해서 마트에는 어떻게 가고, 아이들을 학원에 데려다줄 수 있을까?
사교적인 성격이 아닌데 사람들은 사귈 수 있을까?"

외국으로 이사 오기 전, 내가 걱정한 생활과 직결된 부분이었다. 할 수 없을 것 같던 모든 것들이 생활하고 지내다 보니, 부딪힘으로 하나씩 해결이 되었다. 얼마 후 남편의 출장이 또 잡혔다. 이번에는 3주간 중국으로 출장을 간다고 했다. 자동차에 기름도 가득 차 있고, 마트에 가서 장도 넉넉하게 봐왔기에 먼 거리를 운전해서 갈 필요가 없었다. 10분 내외로 갈 수 있는 거리만 가면 되었다. 하루는 점심시간이 지나고 아이들을 학교에서 데려와야 하는

데, 자동차 시동이 걸리지 않았다. 알 수 없는 알람들이 자동차 계기판 화면에 떠 있었다. 시동 버튼을 누를 때마다 이상한 소리가 들렸다. 구입한 지 일 년밖에 안 된 새 차이고, 단거리 위주로 사용하던 차이기에 고장 날 이유가 없는데 이상했다. '왜 남편이 출장을 가고 없을 때 차가 고장 난 것일까?' 차에 관한 것은 모두 남편이 도맡아 하고 있었다. 그만큼 남편은 내가 못 하는 일들을 많이 하고 있었다. 아이들을 당장 데리러 가야 하기에 빨리 고장 알람을 해결해야 했다. 지나가는 이웃에게 간단한 영어 단어와 몸짓으로 설명했다. 그분은 내 차의 배터리가 방전되었다고 했다. 다행히 그분에게 배터리 점프가 있어서 순간 충전을 할 수 있었다. 평소 자동차 램프를 자동으로 켜두었던 것이 방전의 원인이었다. 마침내 시동이 걸리고 아이들을 무사히 데려올 수 있었다. 그 당시 불안과 긴장이 클 때라 떨리는 마음을 안정시키는 데 오래 걸렸다.

다음 날 새벽, 아이들을 학교에 데려다주기 위해 시동을 걸어보았지만, 어제처럼 또 시동이 걸리지 않았다. 이제 누구에게 연락해야 하지? 큰일 났다 싶었다. 아침 7시에 도움을 청하기도 어렵고, 보험사에 연락하는 방법도 몰랐다. 같은 아파트에 유일하게 사는 지인에게 연락했다. 지인의 남편이 감사하게도 준비해서 나와 주겠다고 하셨다. 서둘러 보험사에 전화를 거는데, 알 수 없는 연결음만 들리고 전화가 연결되지 않았다. 자동차 보험회사에 통역 서비스가 있다고 했지만, 찾을 수가 없었다. 문자로 긴급출장 서비스

이젠 엄마의 감정을 돌볼 시간이다

를 신청했다. 배터리에 문제가 있다고 전하니, 얼마 지나지 않아 문자가 왔다. 감사하게도 보험회사 직원이 20분 후에 도착한다는 것이었다. 지인의 남편 덕분에 배터리를 충전하고 나서 자동차 서비스 센터에 가서 배터리 교체까지 무사히 마쳤다. 배터리를 교체하는 사이 아이들은 다른 이웃의 도움으로 학교에 갈 수 있었다. 이틀 동안 긴장과 불안의 연속이었다. 어려운 상황을 해결할 수 있었다는 것은 결국 주위 사람들의 도움 덕분이었다. 생각한 것보다 도와주는 이웃들이 많다는 것도 알게 되었다.

세상에 덩그러니 혼자 떨어져 있지만, 알고 보니 혼자가 아니라 더불어 사는 곳이었다. 평소 하지 않던 일들을 하게 되고, 사람 사는 곳은 모두 같고, 어떻게든 살아갈 수 있다는 것을 경험했다. 낯선 곳에서의 삶이 어렵고 힘들지 않냐고 물으면 큰 차이는 없다고 말한다. 단 한 가지만 빼고 말이다. 언어의 장벽 빼고는 큰 불편함을 느끼지 않는다. 문화의 차이, 환경의 차이는 있지만, 다름을 인정하고 받아들이면 익숙해지고 불편함이 없어진다. 하지만 언어는 어쩔 수 없다. '정말 내가 외국에서 생활할 수 있을까?' 고민할 때, 친정에 다녀온 적이 있다. 친정의 앞집 며느리는 한국말을 못 하는 외국 분으로, 국제결혼을 해서 한국에서 살아가고 있었다. 처음에는 한국말을 못 하였지만, 몇 년이 지나 의사소통이 가능해지면서 직장도 다니고, 운전도 하고 있었다. 나는 그녀를 보고 용기를 얻었다. 한국말을 전혀 모르고도 살아가는데, 그나마 국제 공통어인 영어로 단어와 가벼운 말 정도는 할 수 있으니, 그녀보다는 훨씬 생활하기가 낫다고 생각했다. 살고자 한다면 어떤 것이든 할 수가 있다고 믿었다. 너무 깊이 생각하고, 좋고 나쁜 것, 불편한 것 생각하지 말고 그냥 하면 되는 것 같다.

주위에 생각은 많이 하지만 실천을 못 하는 분이 많다. 외벌이 가정의 전업주부로서 두 명의 자녀를 키우는 아현이와 나현이가 있다. 아현이는 걱정하고 변화를 하고 싶지만, 새로운 것을 찾지 않는다. 반면에 나현이는 걱정과 동시에 새로운 것을 찾고, 시간이 지나 아현이와 연락하면 이미 새롭게 찾은 것을 자신의 것으로 만들고 있었다. 두 명의 차이는 무엇일까? 두 사람은 경제적 여건도 비슷하고, 그 외적인 부분도 차이가 크지 않았다. 그들의 차이점은 아현이는 변화를 원하지만, 막상 하려면 두려워하고 다음으로 미룬다. 그러나 나현이는 변화를 당장 해야 하는 일로 생각하고 행동한다. 아이들을 키우며 돌보는 것은 당연히 엄마가 해야 하는 일이지만, 자신의 변화를 이끌고 실천해야 하는 일 또한 엄마 자신이 해야 하는 일이다. 그렇지 않고는 변화할 수 없다는 말을 자주 강조한다.

나는 나현이의 경우와 비슷하다. 그리고 나현이와 비슷한 성향의 사람들을 만나면 그 모임에서 활력을 얻고 배운다. 그리고 계속 그런 사람들을 만나기를 바란다. 하지만 아현이와 비슷한 성향의 사람들을 만날 때는 편안함보다 답답함을 느낀다. 본인의 모습을 알고 싶다면 자신이 만나는 사람 세 명만 살펴보라고 한다. 어떤 사람들이 참여하는 모임에 나가고 있을까? 맛있는 것 먹고, 음료수를 마시고, 수다만 떨고 오는 모임만 있는 것은 아닌가? 분명 대화하고 웃으며 몇 시간을 보내고 왔지만 피곤해서 쉬고 싶을 때가 있다. '놀다 오는 것도 힘드네.' 이런 생각이 든다. 그 모임에 오랫동안 참여한 내 모습이 마음에 드는가?

내가 닮고 싶은 사람, 배우고 싶은 사람이 있는가 하면, 과하게 활동적이고 에너지 넘치는 사람은 따라가기 힘들어 부담이 된다. 적당히 삶에 만족하면서 발전하며 살아가는 모습을 가진 사람이 가장 좋다. 이런 사람들을 만나고 돌아왔을 때는 시간이 빨리 가서 아쉽고, 돌아와서 고맙고 감사했다는 말로 문자를 남긴다. 아쉬운 것은 그런 모임이 많지 않다는 것이다. 혹시 이런 분이 곁에 없다면, 유튜브에서 좋은 영향을 주는 영상을 찾아보길 권한다. 열심히 살아가면서 많은 지혜와 지식을 주는 여성분들이 참 많다. 나랑 결이 맞는 좋은 사람이 없다면, 슬퍼하지 말고 좋은 채널과 블로그를 구독하는 것이 더 좋다고 생각한다. 혼자 걸어가기에는 힘든 세상이지만, 함께 걸어가면 더 용기를 얻어 더 앞으로 멀리 나아갈 수가 있다.

9

매일 오전 두 시간이 나를 일으켜준다
- 작은 습관 만들기

　평소 생각한 것을 실천하기 위해서 몸을 움직였다면 시도만으로도 반은 성공한 것이다. 하지만 이것은 정확히 성공한 게 아니다. 누구든 한두 번은 시도할 수가 있다. 하지만 멈추지 않고 꾸준히 할 수 있어야 성공적인 변화를 이끌고 습관으로 만들 수 있다. 새벽 기상을 시작으로 아침 루틴을 통해 자기 성장을 실현하는 사람들을 많이 봤다. 하지만 나는 남편과 아이들이 모두 회사와 학교를 간 시간, 나 혼자 있을 수 있는 시간, 즉 오전 8시부터 10시까지를 가장 중요한 시간으로 정해 두었다. 이 두 시간은 집안 청소를 하지 않고 오로지 나를 위한 시간으로 쓴다. 오랜만에 만나는 사람들은 나에게 오전 시간에는 주로 무엇을 하는지 묻는다. 엄마의 오후 삶은 뻔히 알기에, 보통 오전과 주말 시간을 어떻게 보내는지 묻는다. 보통 엄마들과 비슷하게 나는 오후에 아이들을 학교에서 데려오고, 학원을 다녀오고, 저녁 식사 준비를 하고, 아이들 숙제를 봐주고 나서 미처 정리하지 못한 집안일을 한다. 토요일은 한국학교에 가고, 일요일은 가족과 함께하기에 특별한 계획이 없으면 마트나 공원에 간다.

오전 시간을 투자하면 얻어내는 것이 많다. 체력이 떨어졌을 때 체력을 키우고, 스트레스를 풀고, 학구열을 달래주고, 자존감을 길러주며, 나 자신을 찾을 수 있다. 주위의 전업주부들을 살펴보면 집안일과 운동을 하거나, 마트에 장을 보러 가장 많이 간다. 그들은 주중에 장을 봐놔야 주말에 가족들과 함께할 시간이 많아진다고 한다. 하지만 나의 경우, 마트에 장 보러 가는 것을 좋아하는 아이들과 남편이 있어서 평일 저녁이나 주말에 주로 간다. 그래서 주중 오전에는 장을 볼 것도 없고, 집안일 외에는 오전에 주어진 일들이 딱히 없다. 가끔 오전에 엄마들 모임이 있지만, 그리 많지 않다. 그래서 오전 시간은 지루하면 지루할 정도로 시간이 많다. 이 오전은 아이들이 초등학교와 중학교에 들어가서 생긴 최고의 선물이다.

오전에 가장 먼저 하는 일은 피곤함과 스트레스를 푸는 것이다. 강아지 보리와 함께 가볍게 20분 달리고, 걷기를 40분 정도 하고,

긴장된 몸을 풀어주는 스트레칭을 한다. 몸의 긴장을 푼 다음 나에게 긍정적 신호를 보내는 작업을 한다. 나답게 사는 방법을 찾고 실천하는 과정이다. 이왕이면 합리적으로 생각하고 좋은 감정을 선택하는 연습을 한다. 사람의 뇌는 언제든지 변할 준비가 되어 있다고 한다. 행동을 매일 한다면 3개월이 지나서 습관화가 되고 곧 일상이 된다. 하지만 생각처럼 좋은 감정의 긍정적 단어가 생각이 나지 않는다. 그만큼 습관화가 되어 있지 않기 때문이다. 그렇다고 걱정할 필요는 없다. 긍정적 단어를 찾아 노트에 적어서 소리 내어 읽어주면 된다. 그리고 그 목소리를 녹음하여 길을 걸으면서 계속 들려준다. 나 자신에게 좋은 이야기를 함으로써 좋은 이야기를 듣고 싶은 욕구를 채워갈 수 있다.

하루는 연습한 것을 토대로 딸들에게 편지를 썼다. 좋은 말이 가득 찬 내용으로 일기를 써서 아이들 책상 위에 놓아뒀다. 엄마가 매일 따뜻하고 좋은 말만 하면 좋은데, 그 과정이 어렵기에 글로 대신 표현하며 소리 내어 읽고 연습했다. 나의 부정적 사고화의 습관을 고치려면 긴 시간이 걸리겠지만, 아이의 경우는 이제 자동 사고를 만들어 가야 하기에, 긍정적 단어를 많이 알수록 좋다고 생각했다. 내가 쓰는 언어가 달라지면, 나와 대화하는 사람과의 대화도 달라진다. 말과 감정은 전염성이 강하여 상대방의 뇌까지 바꿀 수 있다. 내가 그렇게도 되고 싶었던 긍정적이고 활기찬 사람으로 되어 갈 것이라 믿고 함께하는 가족에게 선한 영향력이 펼쳐지

이젠 엄마의 감정을 돌볼 시간이다

길 바란다. 부정적인 말이 생각나더라도 사고를 전환하여 지금 당장 긍정적인 단어와 말을 찾고, 끊임없이 그것을 사용하도록 연습한다.

긍정적 단어 - 기쁨, 사랑, 희망, 행복, 소망, 고마움, 나눔, 존경, 감동, 기대, 만족, 믿음, 용기, 재미, 겸손, 웃음, 미소, 아름다움, 따뜻함, 상쾌함, 깨끗한, 포근한, 시원한, 명쾌한, 배려, 평화, 솔직한, 진실한, 소중한, 놀라운, 여유로움, 고요한, 평온한, 온화한, 힘찬, 황홀한, 뿌듯한, 친절한, 정겨운, 정다운, 아늑한, 부드러운, 감사한, 흡족한.

짧은 긍정적 문장 - 세상은 아름답다. 세상은 평화롭다. 나는 안전한 곳에 있다. 나는 배려심이 많은 사람이다. 세상은 살만한 가치가 있다. 사람들에게는 내가 필요하다. 나는 나의 능력을 믿는다. 무엇이든 할 수 있다. 이만하면 괜찮다. 나니깐 이만큼 한 것이다. 나는 운이 좋은 사람이다. 나는 사랑 받고 있다. 나는 가치 있는 사람이다. 나는 용기 있는 사람이다. 나는 꿈꾸는 사람이다. 나는 활기찬 사람이다. 나는 소중한 사람이다. 나는 도전적인 사람이다. 나는 나의 선택을 믿는다. 나는 최선을 다하는 사람이다. 나는 넘어져도 다시 일어설 수 있는 사람이다.

많은 일을 하고 나면, 잠시 멈추고 쉬었다가 며칠 지나서 새로

할 일을 찾는다. 나는 잔잔하게 계속 새로운 일을 찾고 관심을 가지는 편이다. 가능한 오전 두 시간 안에 30분 정도 공부한다. 자녀교육, 노후 준비, 돈을 모으는 법, 심리 공부, 인간관계, 집 구하는법, 한식 요리, 건강, 축구 등 관심사가 바뀔 때마다 정보를 찾고공부를 한다. 공부라고 하면 거창하지만, 사실 지금 아는 것보다조금 더 깊게 알아본다. 오전에 혼자 있어도 심심하지 않고, 지루하지 않다. 가장 나를 재미있고 활력적으로 만들어 주는 것이 바로 공부하는 시간이다. 때로는 이 시간을 예상치 못한 일로 방해받으면 많이 혼란스러워진다. 미래로 나아가기 위한 준비를 하는시간이 바로 지금이기에, 가족과 함께하는 시간을 제외하고는 매일 공부를 하고 있다. 책, 강연, 강의를 주로 보고 있으며, 필요한부분은 바로 적용한다.

최소 300권 이상 읽은 사람은 어떤 삶이든 개척해서 살아갈 수가 있다고 한다. 그만큼 책에는 다양한 사람들의 지혜가 담겨있고, 길이 있다. 하지만 나는 그만큼 다독하는 사람은 아니다. 그리고 즐겁게 읽을 수 있는 새로운 책을 구하기가 한국에 있을 때보다 어렵기에, 예전에 읽은 책을 또다시 읽고 있다. 책을 읽을 때마다 관심이 가는 쪽은 다르다. 이왕이면 책에 줄을 그으며 읽고, 책에 내가 느낀 부분을 책 모퉁이에 적어둔다. 공부하는 사람은 뇌가 노화하지 않는다고 한다. 나이가 들수록 기억력도 좋지 않고, 쓰는 용어도 헷갈리고, 내가 했던 말인지 아닌지 혼돈될 때가 많다. 공부를 계속한다면 뇌가 계속 발달하지 않을까 싶다. 나는 공부하는 사람이 가장 매력적이라고 생각한다. 어떤 것이든 모르는 것을 배우고 도전하는 이가 있다면, 나이와 신분에 상관없이 존경스럽다. 배움의 기회는 예전에 비해 많아졌지만, 막상 노력과 정성이 필요한 공부보다 짧은 영상을 본다. 좋은 가르침을 자기의 것으로 만드는 사람은 많지 않다. 각자의 알고리즘에서 지식과 정보를 입에 떠먹여 주지만 삼키지 않고 내뱉는 경우가 많다. 각자마다 관심이 가는 분야는 있을 것이다. 그 관심분야에 더 집중해서 공부하는 시간을 가져보는 것도 좋을 듯싶다.

산책과 스트레칭으로 스트레스를 최소화하고 긍정적 자아 형성, 공부 30분을 하고 나면 오전 시간이 모두 간다. 열심히 살아가는 엄마들을 보면 모두 오전 시간을 잘 활용한다. 40대 중반의 소연은 헬스장에 가서 근력운동을 하고 요가와 필라테스를 한다고 한다. 소연은 오랜 시간 전문직에 종사하다가 아이를 낳고, 전업주부의 길로 접어들었다. 소연은 운동을 좋아해서 요가와 필라테스 자격증을 땄다. 지금은 아이가 모든 것을 혼자 할 수 있는 나이가 되었기에, 요가 강사로 일할 준비를 하고 있다. 일반적으로 40대가 넘어서면 새로운 직장을 갖고 사회로 나가기가 쉽지 않다. 그래서 자신이 좋아하는 취미와 특기를 발전시켜 자격증을 따고 작은 사무실을 얻어서 일을 시작하거나, 아니면 집에서 새로운 일을 시작하기도 한다. 처음부터 거대한 투자금이나 장소가 꼭 필요한 것은 아니다. 미래에도 할 수 있는 일이 무엇이며, 내가 무엇을 할 수 있는지 고뇌하고 찾은 분들은 몇 년이 지나면 눈에 띄는 변화를 가질 수 있을 것이다.

특히 내 주변에는 사춘기 자녀를 둔 사람들이 많다. 아이들이 학교에 간 사이 배우고 쌓아온 커리어를 펼치기 위해 새로운 세상으로 나가려 할 때, 자녀의 사춘기가 앞을 가로막기도 한다. 한글 학교 수업 외에 과외를 확장하고 있을 때, 첫째의 학교 등교 거부가 생겨서 하던 과외를 접고 아이를 돌봐야 하는 시간이 왔었다. 그때는 매일 해오던 습관을 모두 할 수가 없었다. 마치 신생아 아기를 다시 돌보듯이 첫째를 관찰하고 집중해 문제의 해결점을 찾아야 했었다. 긴 시간이 오래 지속되다 보니, 지금까지 해오던 나의 습관들이 모두 무너져 버렸다. 아이가 어릴 때는 간신히 아이를 유모차에 태우고 산책을 할 수가 있었고, 오전이 아닌, 아이가 자는 시간에 영상을 보고 하고 싶은 일들을 찾았다. 그때는 오전 시간이 아닌 밤으로 옮기고, 많은 시간 아이를 돌보는 것에 초점을 맞췄다. 아이가 크면서 내가 해오던 습관들을 아이와 함께하도록 했다. 어떤 상황이 오더라도 습관을 유지하기 위해 노력해야 한다. 습관을 만들기까지는 오랜 시간이 걸리기 때문이다. 엄마에게는 예상할 수 없는 일들이 많이 벌어진다. 항상 긴급상황에 대비하고 있어야 한다. 갑자기 아이가 열이 나서 집에서 돌봐야 할 때가 있고, 독감과 인후염으로 꼼짝 못 할 수도 있다. 그리고 갑작스

이젠 엄마의 감정을 돌볼 시간이다

러운 약속이나 학교 행사가 생길 수도 있다. 그렇다고 해오던 것들을 멈추면 안 된다. 하나는 기억해야 한다. 완벽하지 않아도 되고, 유동적으로 시간과 장소를 옮기면 된다. 집에서 걸으면 되고, 모두가 잠든 시간에 못 한 것을 하면 된다. 이른 새벽에 잘되는 사람이 있고, 늦은 밤에 잘되는 사람이 있다. 자신과 잘 맞는 시간을 택하면 된다. 내가 의도하지 않더라도 무의식중에 할 수 있을 때, 습관이 완성될 때까지 해야 한다.

매일 0.01% 성장하는 삶의 방향으로 바꾸는 연습을 한다. 하루아침에 되는 일은 없다는 것을 잘 알고 있다. 조금 나은 삶을 살고 싶고, 불가능한 것을 조금씩 줄여가면 두려움과 불안 속에서 멀어질 수가 있다. 아기는 걸음마 연습할 때 수없이 넘어지고, 한 발을 떼기 전까지 붙잡고 일어서는 연습을 한다. 아기는 뒤집기, 되집기, 앉기, 기어가기, 서기를 연습한 다음 걸음마를 하는 것이다. 이 모든 것을 일 년 동안 한다. 그러다 보면 근육이 생기고, 용기가 생긴다. 엄마와 가족들의 응원에 힘입어 용기를 내고 다음 발을 내디딘다. 아기처럼 엄마도 천천히 근육을 만들고 성장하는 시기가 필요하다. 하루아침에 내가 원하는 목표로 갈 수 없다. 옆에서 응원해 주거나 지지해 주는 사람이 있다면 좋지만, 대부분은 그렇지 않다. 그렇다고 슬퍼할 필요는 없다. 엄마라는 사람은 우리가 생각한 것보다 더 강인하기 때문이다. 자신을 위해서, 그리고 나를 보고 배우는 자녀를 위해서 용기가 생긴다. 그렇기에 너무 멀리 보지 말고 자신이 할 수 있고, 하고 싶은 아주 작은 일부터 매일 조금씩 해가 나 가릴 바란다. 내가 가고자 하는 길은 내가 만들 수 있다. 내가 나를 일으킬 사람은 나란 것을 잊지 말아야 한다.

이젠 엄마의 감정을 돌볼 시간이다

10.

내 삶의 의미를 찾아 길을 나선다

– 과거와의 만남 _창조가치, 경험가치

심리학자 빅터 프랭클은 삶의 의미를 찾는 구체적인 방법으로 창조가치, 체험가치, 태도가치, 이렇게 세 가지 가치로 설명했다. 그중 창조가치와 체험가치는 과거에 초점을 두고 있고, 태도가치는 미래에 초점을 두고 있다. 세 가지 가치를 찾음으로써 나를 객관적으로 바라보고 평가해 준다는 것이다. 자기 성찰은 과거에서 배우며 현재를 살아가고, 미래로 나아가기 위해 꼭 필요하다. 창조가치는 내가 무엇을 창조하였는지, 어떤 일을 함으로써 어떤 결과를 만들었는지 나타낸다. 창조라고 해서 새로운 것을 만들어 내는 것만 포함되지 않는다. 엄마의 입장에서 보면 일, 육아, 취미, 교육, 봉사 등이 여기에 포함된다. 내가 해야 하는 일, 의미 있는 일을 찾음으로써 창조가치가 실현된다. 일을 단순히 돈과 생활의 수단으로 본다면 쉽게 번 아웃이 오고, 일을 하는 것에 보람과 성취를 느끼지 못한다. 많은 시간을 소비하며 일하는 시간은 아까운 시간이 된다. 창조 가치적 일이란, 새로운 가치를 창출하거나 기존에 없던 것을 만들어 내는 과정에서 보람과 성취를 느끼는 일이다.

내가 한 일이 어떤 사람들에게 도움이 되었을까? 내가 하고 있는 일은 어떤 가치가 있나? 보람을 느낄 수 있는가? 등을 생각해 볼 수 있는데, 예전에는 몰랐던 사소하고 반복적인 일에 대해 평가한다. 일에 대한 대가가 따르지 않더라도 일 자체에 의미를 부여하는 연습을 한다. 아침에 일어나면 가장 먼저 하는 일이 블라인드를 걷고 창문을 열어 환기시킨다. 그러고선 오늘 날씨는 어떠한지, 어떻게 하루를 시작할 것인지 잠시 생각한다. 나의 주된 임무는 양육이다. 아침을 준비하는 등 등교시키기 전까지 아이들의 할 일들을 순서대로 점검한다. 나는 바쁜 부모님 밑에서 자랐기에, 우리 아이들은 엄마와 많은 시간을 함께 보내고 자라길 바란다.

아이들이 기분 좋게 등교할 수 있도록 최대한 밝게 인사를 하고 떠나보내고 나면, 그때부터는 나만의 시간이다. 이때 나만의 하고 싶은 공부, 활동, 모임을 한다. 세로토닌을 만나기 위해 산책을 하며 힐링한다. 지친 몸과 정신을 맑게 정화해 줄 중요한 시간이기도 하다. 최근에는 부동산 절세공부, 베란다에서 식물 키우기, 일주

이젠 엄마의 감정을 돌볼 시간이다

일에 책 한 권 읽기의 목표를 세우고 관심이 가는 공부를 하고 있다. 저녁 시간은 오로지 가족들과 함께하는 시간이다. 남편 그리고 아이들과 함께 보낼 수 있다는 자체만으로도 얼마나 감사한지 모르겠다. 하지만 이러한 감사함 속에서도 채워지지 않는 무엇인가가 있다. 바로 미래에 하고 싶은 일들이다. 아이들이 독립적으로 성장해 갈 수 있도록 교육시키고, 안내자의 역할을 하는 것이 나의 임무라고 생각한다. 아이들이 길을 잃었을 때 도움을 줄 수 있고, 우연히 만난 통역 선생님처럼 이웃들에게 따뜻한 나눔을 하며 살아가고 싶다. 꽃으로 가득 찬 정원이 있는 마당에 벤치를 만들어 지치거나 쉬었다 가고 싶은 사람에게 차를 대접하고 싶다. 그리고 마음이 여유로운 사람이 되고 싶다. 머물러있지 않고 나를 위한 공부를 하며, 매일 사소한 것에도 감사해할 줄 아는 감사 일기 쓰기와 끊임없이 공부하는 사람이 되고 싶다. 이 모든 활동들은 창조가치에 포함된다.

우리는 체험의 중요성을 알기에, 본인뿐만 아니라 자식들에게 최대한 많은 경험을 쌓도록 한다. 요즘은 돈으로 경험을 사기도 한다. 여유롭지 못해 아이들에게 많은 경험을 쌓게 해주지 못함에 미안하고 슬퍼지기까지 한다. 하지만 그럴 필요는 없다. 돈과 시간을 들여서 하는 경험도 있지만, 지금 생활하는 공간 속에서도 체험할 수 있는 것들이 있다. 특히 자연과 사랑, 예술에 대해 얻는 감동이 있다. 사람들과의 관계에서 만들어지기도 하고, 자연으로부터 얻어지기도 한다. 모든 것이 바로 체험이다. 도서관에 가서 책을 빌려 읽고, 놀이터 의자에 앉아서 놀고 있는 어린아이들을 바라보면 행복감을 느낀다. 온 가족이 해 질 무렵 마트에서 돌아오는 길, 노을 진 하늘을 보며 감탄하는 순간이 있다. 이것 또한 체험의 일부분이다. 돈과 시간으로 쓰이는 것도 있지만, 일상에서 느끼고 경험하는 모든 순간이 체험 가치로 여겨진다. 내가 어떤 경험을 하고 있는지에 따라 체험의 가치는 다양해진다.

나는 지금은 제2의 인생을 살고 있다. 예전 인생에서는 학업에 대한 열정으로 가득했으며, 오로지 학교에서 정년까지 보내기를 바랐다. 석사, 박사과정 동안 학문에 관한 연구에 열중했으며, 이후 박사 후 연구과정에서도 이어졌다. 내가 사고 전환이 된 것은 남편과 딸들을 만나고 나에게 찾아온 새로운 시련들 덕분이다. 학업 중단과 경력 단절의 위기라는 시련이 나를 다른 세상으로 보내주는 것 같다. 겸손해지고 세상이 넓다는 것 또한 배웠다. 이전 인생에서는 열심히 나를 위해 살았다면, 이젠 가족들과 이웃과 더불어 멋진 추억을 만들고, 나아가 도움이 필요한 사람들에게 도움을 주며 함께 지내고 싶다. 가족과 함께한 추억이 한가득 채워지는 것 같다. 추운 겨울 둘째를 업고 떠난 삿포로 여행길에서 눈꽃 세상을 만났으며, 숙소에서 바라본 바다 풍경과 수족관에서 만든 추억들은 아직도 생생하다. 가장 특별한 장소는 남편의 직장에 있는 잔디밭이다. 새로운 가족 보리와 아이들 그리고 우리 부부가 편히 쉬고 뛰어놀 수 있는 곳이 되었다. 이처럼 많은 추억과 체험을 통해야만 나의 체험 가치는 채워진다. 무섭고 두려운 곳이 있더라도 용기를 내어 전진해야 할 이유도 여기에 있다. 사랑하는 가족들을 위해 내가 해야 하는 일들을 하며 삶의 중심을 잡고 나아갈 수 있다.

과거에 어떤 경험과 창조적 일을 함으로써 현재의 내가 만들어진 것이다. 현재의 내가 마음에 드는가? 누구의 엄마, 남편을 뒷바라지하는 아내가 아니라 나의 모습 그대로 삶의 주체가 되어 있는가? 아이들이 태어나고 누군가의 엄마로 불리는 것도 기분 좋고 괜찮다. 아이가 태어나고 나의 존재가 새롭게 만들어졌다. 아이가 태어나면서부터 나 자신이 없어졌다고 생각하지 않고 새로운 내가 또 만들어져 풍성해진 듯했다.

이름이 없어진 게 아니라 이름에 다양한 별명이 덧붙여져 있다. 내가 만나고 있는 사람들을 위해서 내가 할 수 있는 일은 무엇일까? 그들을 위해 산다는 것이 내가 없어진 게 아니라 그들과 함께함으로써 나의 경험이 풍성하게 만들어지는 것이다. 창조가치와 경험가치를 통하여 만들어진 과거와 현재의 나를 만난다.

50~60대 삶의 길을 지금 40대에 만든다
- 미래의 만남 _태도가치

　빅터 프랭클이 설명한 세 가지 가치 중 가장 중점을 둬야 하는 것이 태도가치다. 내가 삶에 어떤 태도를 가지고 임하느냐에 따라 삶이 달라진다. 나에게 주어진 시련을 어떻게 받아들여야 하는지를 생각하게 해준다. 갑자기 찾아오는 시련도 있지만, 대부분의 시련은 아주 천천히 온다. 다만 내가 모르고 있었을 뿐이다. 나는 여러 번 아주 천천히 우울증이 왔고, 오랫동안 불안증과 함께 살았다. 과부하가 걸린 줄 모르고 생활하고 있었고, 결국 몸에 반응이 나타나기 시작했다. 왜 전에도 한 번 왔던 시련이 또다시 나에게 온 것일까? 그리고 왜 이렇게 길게 머무는 것일까? 왜 하필 가장 힘들 때, 꿈꾸던 직업을 가질 기회가 찾아왔을까? 그렇게 원망과 절망 속에서 시간을 보내고 있었다.

　몇 년이 지난 지금은 이전과 달리 다르게 살아보라고 온 신호라
고 생각한다. 부정적이고 실존적 공허감에 빠진 나를 마주하게 되
었다. 무엇이든지 하려고 하면 육아와 이사 문제로 경력 단절을 자
연스레 받아들여야 했다. 가족과 함께 살아가는 것만큼 소중한
것은 없기 때문이었다. 하지만 몸과 마음이 지친 나를 먼저 돌봐
야 한다는 신호가 찾아왔고, 이를 알아차리고 받아들이면서 많은
시간을 보내야 했다. 아주 작은 습관들이 생겼고, 감정을 다스리
는 법을 배우고 있었다. 그때가 여러 서적을 읽고 나서 진짜 내 삶
의 의미는 무엇인지를 고민하는 순간이었다. 이유 없는 시련은 없
고, 시련의 방향을 어떻게 선택할지는 나만의 자유다. 점점 삶을
대하는 태도가 바뀌었다. 나에게만 집중되던 모든 것들이 점차 다
른 사람에게 옮겨 가고 있었다. 나처럼 경력 단절과 학업 중단으로
산후 우울증을 앓는 이들에게 말동무가 되어 주고 싶었다. 그리고
부모님이 바쁜 관계로 혼자 외로이 지내고 있을 어린 학생에게 놀
다가는 놀이터가 되어 주고 싶었다. 이런 생각들이 결실을 맺어 지
금 의미치료 상담사로 일을 하고, 아이들을 가르치고, 글을 쓰는
사람으로 살아가고 있다. 시련 덕분에 이공대 출신의 연구자가 상
담사로, 작가로 살게 된 것이다.

　시련이 온다는 것을 미리 알 수 있다면 좋겠지만, 갑작스레 찾

아와 우리를 힘들게 한다. 사고로 인해 죽음이나 장애를 얻기도 하고, 병원에서 진료를 받다가 우연히 암을 발견하기도 한다. 이럴 때는 당장 하늘이 무너지는 것 같다고 한다. 내가 한창 힘들 때, 현경 선배에게 마음이 힘든 것은 없냐고 물었다. 내가 아프니 상대방도 아픈 것이 있지 않을까 생각해서였다. "나는 몸은 아파도 마음은 아주 튼튼해요. 정신력이 강한가 봐요." 선배는 이렇게 말했다. 이 말을 듣고 나는 더 이상 어떤 말도 하지 못했다. 현경 선배는 아주 강한 정신력을 가졌고, 아픈 곳이 없었기 때문이다. 나는 몸은 크게 아픈 곳이 없는데 자주 마음이 아파서 힘든 시간을 보내고 있었다. 내가 정신력이 약하고, 한심해 보일 때였다. 하지만 몇 년이 흘러 그렇게도 마음이 강하다고 하는 현경 선배에게도 예상치 못한 큰 아픔이 다가왔다. 누구에게나 한 번쯤 큰 시련이 온다는 말이 맞았다. 그 후 현경 선배의 삶은 많이 바뀌었고, 몸이 아프니 마음도 아프기 시작했다. 수술 후유증으로 마음마저 다스려야 할 때였다. 나는 현경 선배에게 "긍정적이고 강인한 정신력을 가졌기에 어떤 고난도 잘 이겨내고 멋지게 살아갈 것이라 믿어요."라고 말했다.

가장 가슴 아픈 순간이 사랑하는 사람을 잃을 때다. 작별의 시간을 갖지도 못하고 이별해야 하기 때문이다. 코로나바이러스가 한창 유행할 때, 가족의 임종을 지켜보지 못하고 멀리서 화장하고 떠나보내야 하는 사람들이 많았다. 그 누구에게도 원망할 수도 없

이젠 엄마의 감정을 돌볼 시간이다

고, 갑작스러운 질병이 온 세상을 슬픔으로 만들고 있었다. 당장 우리 가족, 이웃이 아니지만 그 당시 많은 사람이 공포와 슬픔에 잠겨 있었다. 떠날 때를 알고 있었더라면 마음의 준비라도 했을 텐데, 항상 이별은 예고가 없다. 병상에 누워계신 부모님이 계신다면 언젠가는 떠날 것이라 마음의 준비라도 하고, 그동안 못다 한 말을 할 것이다. 하지만 항상 아쉬움을 남기고 이별한다. 이별 후 몇 개월은 떠난 사람과의 추억을 되새기며 애도의 시간을 충분히 가져야 한다. 떠나보내고 일상생활로 돌아와서는 바쁘게 정신없이 보내라고 하지만, 심리학적으로는 고요한 곳에서 애도의 시간을 충분히 가져야 한다고 한다. 그래야 죽음을 받아들이고 일상으로 돌아와 생활할 수가 있다. 슬프고 힘들다고 해서 회피하거나 억지로 억누를 필요가 없다는 것이다. 아픈 마음을 충분히 알아주고 같이 나눠야 한다. 이처럼 시련과 고통의 종류는 다양하다. 어린이, 청소년, 꿈 많던 청년 시기를 지나니 어른의 삶은 고달프고 생각한 것보다 인내해야 할 일들이 많다. 이런 것을 조금이라도 일찍 알게 된다면, 꿈만 꾸며 살지 말고 나를 돌보는 법을 배우면 좋을 것 같다.

앞날을 몰랐기에 살 수가 있었고, 나보다 먼저 살아온 부모님과 어른들이 계셨기에 당연히 나도 할 줄 알고 잘 해낼 것이라 믿었다. 속을 들여다보면 각자 그 속에 어둠과 인내의 시간을 많이 가졌다는 것을 알 수가 있다. 아프다고 주저앉아서 울 수 없고, 내일은 다시 눈물을 닦고 밖으로 나가 전과 다름없이 생활해야 하는 이유가 있었다. 그런 힘을 가질 수 있었던 것은 그동안의 삶에서 배웠기 때문이다. 60대 초반의 이웃 아주머니께서 말씀하셨다. "지나고 보니, 기쁘다고 뛰며 기뻐할 필요도 없고, 슬프다고 주저앉아서 울 필요도 없더라." 30대 초반이었던 나는 아주머니의 말씀을 이해하지 못했다. 아주머니는 젊을 때 유방암에 걸리고 유방 한쪽을 절단하셨다. 오랜 항암치료를 하고 완치한 후, 다시 아이 돌보는 일을 하셨다. 나는 그때 두 돌 된 첫째를 키울 때라, 놀이터에서 우연히 만난 아주머니와 함께 시간을 보냈다. 낯선 타국에 와서 덩그러니 혼자 아이를 보고 있는 모습이 과거 아주머니의 모습과 닮았다고 하셨다. 아주머니는 나를 보시더니, 힘들어 보인다며 맛있는 음식을 매일 요리해 오셔서 나와 딸에게 나누어 주셨다. 아주머니의 음식 솜씨가 좋았고, 항상 밝은 모습으로 나에게 살갑게 대해 주셨다. 어떻게 그런 힘든 일을 겪고서도 이렇게 밝고 건강한 모습으로 지낼 수가 있었을까? 아주머니는 시련을 극복하는 마음의 자세가 남달랐다. 십대 아들이 학교폭력에 연루되어 전학을 가고, 재판장에도 나갔다고 하셨다. 당시는 무척 힘들었지만, 지금 그 아들은 잘 성장해서 결혼하여 두 아들을 낳고 멋진 가정을 이루고 있었다. 긴 세월을 단 몇 문장으로 말씀해 주셨는데, 젊은 나는 그냥 있을 수밖에 없었다. 어떻게 저렇게 고우시고 인자하시고 밝으실까? 아주머니는 남들보다 시련을 극복하는 법을 많이 알고 계셨다. 소중한 것이 무엇이며, 때로는 신앙을 가지고 계셔서 그때는 많은 의지가 되었다고 하셨다. 나도 아주머니처럼 단단한

이젠 엄마의 감정을 돌볼 시간이다

마음을 가지고 싶었다.

40대에 접어들고 나서 '50대, 60대에 이르면 어떻게 살아가야 하지?' 한참 동안 고민에 빠진 적이 있다. 비슷한 40대들을 만나서 이야기를 나누면 모두 같은 생각을 하고 있었다. 새로운 것을 하고 싶고 찾고 싶지만, 제자리에서 동동거리다 다시 제자리로 돌아가 변함없는 생활을 한다. 나와 비슷한 고민을 하고 걱정을 하는 사람이 있다는 자체만으로 위안이 되었다. 때로는 윗사람들을 만나 그들에게 삶에 대한 태도를 배울 수 있었다. 그들은 우리가 겪은 일들을 미리 경험했기에 받아들이는 자세가 달랐다. 어떤 시련이 다가와도 이겨낼 내면의 힘을 기르고 싶다. 내면이 튼튼한 사람은 어떤 고난이 와도 흔들리지 않고, 다시 일어설 수 있다. 과거를 회상해 보면 내가 걸어온 길을 볼 수 있다. 그 길이 험한 자갈밭이었다면, 이제는 그 자갈밭에서 뛰어다닐 정도로 단단해진 나를 발견할 수 있다. 바로 삶에 대한 태도가 미래를 향해 가는 나를 이끌 것이고, 앞으로의 미래를 살아가는 데 큰 힘이 될 것이다. 보이지 않고 예측할 수 없지만, 잘 걸어가면서 새로운 길을 만들 수 있을 것이라 확신한다.

누구에게나 시련이 오기 마련이다. 지금 이 순간 안정되고 행복하다고 좋아할 필요는 없다. 나도 모르게 어느 순간 시련이 온다. 사람마다 시련이 오는 빈도수와 강도가 다르지만, 한 번쯤은 오게 되어 있다. 지금이 아니면 나중에 올 수도 있다. 이미 많은 시련을 겪은 사람은 시련을 대하는 법을 터득하고 배웠을 것이다. 다가온 다고 불안해할 필요도 없고, 오면 이전처럼 시련을 받아들이고 이 겨내면 된다. 시련이 오면 처음에는 부정을 한다. 그다음 왜 시련 이 왔는지 원인을 찾고, 누군가를 원망하기도 한다. 하지만 그런 시간이 지나고 나면 받아들이는 시간이 온다. 받아들이는 순간부 터 시련의 극복이 시작되고 한결 마음이 가벼워진다. 마치 새로 태 어난 기분이다. 마침내 받아들이면서 예전과 다르게 행동하는 나 를 발견하게 된다. 예전과 다를 바가 없지만, 이미 치유된 것처럼 세상이 좋아 보인다. 시련의 강도는 시작부터 내가 받아들이기까 지의 시간과 고통에 따라 정해진다. 어떤 시련이 와도 나를 무너뜨 릴 수 없고, 나를 일으킬 힘을 가졌다는 것을 잊어서는 안 된다. 제 일 한심한 것은 시련을 회피하고, 숨고, 더 잊기 위해 술, 도박, 마 약으로 대신하는 것이다. 순간적인 쾌락이 나를 망치고 있다는 것 을 잊지 말고 기억해야 한다. 너무나도 힘들어도 정신을 차리고 살 아남아야 한다. 운명은 정해진 대로 흘러간다고 하지만, 그 운명을 바꿀 수 있는 사람은 바로 나 자신이다. 자신의 운명을 받아들이 고, 현실에 대해 고뇌하고 긍정적으로 바꿈으로써 자신의 인생을 설계해 낼 수 있다. 지금 흔들리는 40대이지만 50대, 60대에 멋지 게 살고 있을 것 같다.

Chapter 5.

감정 공부 후
달라지기 시작한 것들

–

엄마의 긍정적 감정

1

그토록 미웠으나 용서해 주기로 했다

- 용서의 이유

나는 술을 좋아하지 않는다. 술을 마시는 것보다 과일 음료나 차를 마시는 것을 즐겨한다. 특히 음주가무라고 하는 것은 생각조차 하지 않는다. 술을 마시지 않으면 무슨 재미로 사느냐 하는 사람도 있지만, 나는 그것보다 더 재미있는 것이 있기에 술의 중요성을 잘 모른다. 더군다나 술을 마시라고 권하면 부담스럽다. 술을 못 마시는 것이 아니라 마시지 않는 것이다. 술을 마시면 몸의 온도가 올라 얼굴이 울긋불긋해지고 정신이 혼미해져서 적응이 안 된다. 술에 의해 사람이 변하는 모습을 지켜보는 것이 마냥 즐겁지는 않다. 말이 많아지고, 목소리가 커지는 정도는 괜찮지만 말이 험해지고, 반복적인 말을 하고, 어떨 때는 폭력적으로 변하는 사람을 목격하는 것이 싫어서 술자리에는 오랫동안 머물지 않는다. 이런 장면이 오랫동안 유지되면 좋지 않은 영향을 미치기 때문이다.

내가 술에 관해 관대하지 않고 부정적인 면만 보는 이유가 있다. 술에 취해 비틀거리며 걷고 끝내 토하는 모습은 보기가 역겹다. 그래서 술을 마신 사람을 빈번하게 만나는 밤거리를 좋아하지 않는다. 밤하늘 반짝이는 별을 보며 신비로움을 만끽할 수도 있는데, 왜 많은 사람들이 술을 마시는지 모르겠다. 술이 아니더라도 가족이나 지인, 친구들과 이야기를 나누며 즐겁게 지낼 수 있는데, 왜 술이 매번 끼는지 모르겠다. 가끔은 내가 특정 종교를 가지고 있어서 술을 마시지 않은 환경에 있었으면 더 편하게 살아갈지도 모르겠다. 회사에서 일을 하고 돌아와 고단함이 있을 때, 남편은 냉장고에서 막 꺼낸 맥주 한 캔을 마신다. 피곤함이 내려가고 상쾌한 기분이 든다고 한다. 어떤 부부는 남편과 함께 저녁에 자주 시원한 맥주를 마신다고 했다. 술이 주는 좋은 영향력도 있는데, 나는 이런 장점을 느끼지 못한다.

사실 술 문화를 좋아하지 않은 것은 바로 아버지의 영향이 컸다. 아버지는 특히 월급을 받으신 날은 술을 많이 마시고 오셨다. 기분 좋으신 상태면 노래도 부르시고, 장난으로 별명을 부르며 찾으셨다. 하지만 기분이 안 좋으신 날은 온 가족을 긴장 상태로 만드셨다. 그런 날이 많지 않았지만, 어릴 때는 큰 충격으로 다가왔다. 평소 말씀도 없으시고 과묵하신 편인데, 술을 드시면 말도 많아지시고, 했던 말을 반복하시는 등 불안한 분위기를 조성하셨다. 그때는 아버지가 깊은 잠이 들어야 온 가족이 편하게 잠을 잘 수가 있었다. 어릴 적 사람이 술로 인해 변한다는 모습을 보고 큰 충격으로 다가왔다. 그래서일까? 이 세상에 술이 왜 있는지, 술이 없어졌으면 좋겠다고 생각했다. 사회생활을 할 때는 술자리에 나가는 것을 좋아하지 않았고, 저녁 식사 후 연결되는 2차, 3차 회식 자리는 되도록 회피했다. 회식에 참석했더라도 빨리 빠져나오곤 했다. 특히 대학원 시절에는 교수님께서 기독교인으로 술을 드시지 않으셨고, 저녁을 먹은 다음 커피를 마시고 이야기를 나누는 연구실이었다. 대학원 내에서는 우리 연구실을 가장 재미없는 곳이라고 했다. 하지만 나는 이런 점에서 연구실이 너무나도 좋았다. 평소에 실수가 많은 편이라, 누군가의 실수에 대해서는 관대했다. 하지만 술로 인해 실수한 것은 용서가 되지 않았다. 어릴 적 술에 대한 개념이 깊이 새겨졌고, 아직 그것이 고정관념으로 남아있다.

아버지는 지병을 얻으신 후 건강을 위해 50살이 넘어서야 술을 끊으셨다. 그렇게도 끊기 힘들다는 술을 끊으신 게 대단해 보였다. 살기 위해서 얼마나 노력하셨을까? 나는 엄마와는 관계가 끈끈한데, 아버지와의 관계는 끈끈하지 않았다. 엄마보다 아버지와 함께한 시간도 적었고, 많은 이야기를 나누지 않았다. 아버지는 방에서 혼자 계시는 시간이 많았고, 나는 부엌에 있는 엄마 옆에서 일을 도우면서 엄마와 이야기를 많이 하였다. 지나고 보니, 아버지에게 더 다가가서 세상 돌아가는 이야기를 묻고 아버지의 이야기를 더 들었으면 좋았을 텐데, 하는 아쉬움이 남는다. 아버지가 갑자기 떠나시는 바람에 아버지가 하셨던 모진 말씀, 어른답지 않았던 행동, 잊고 싶었던 일들 모두 왜 그러셨냐는 원망조차 할 수도 없다. 이제는 모든 것들이 다 이해가 되었다. 왜 그렇게 술을 많이 드시고, 줄담배를 피우시고, 화를 내시고, 야단을 치셨는지 모든 게 이해가 된다. 부모가 된다는 것, 가장이 된다는 것이 쉬운 것이 아님을 알게 된 것이다. 속으로 얼마나 아파서 울고 계셨을지, 몸이 아프면 어디 가서 아프다고 말도 못 하시고 혼자서 얼마나 끙끙거리며 힘들어하셨을지, 아버지는 속으로 많이 울고 계셨을 것이다.

둘째를 임신했을 때, 임신성 당뇨를 판정받았다. 입덧이 끝나고 이제 먹을 수 있을 것이 생길 무렵, 당뇨를 판정받아서 야채와 고기 위주로 식단 조절을 해야 했다. 매일 바늘로 찔러 혈당 체크를 하고, 식사를 하면 20분씩 걸으러 밖으로 나갔다. 둘째가 태어나고서야 비로소 먹고 싶은 것을 먹을 수가 있었다. 나는 단 몇 개월 동안 임신성 당뇨를 조절하면 되었지만, 아버지는 30년 가까이 당뇨약을 드셨고, 매일 바늘로 찔러 혈당을 체크하고, 수십 개의 약봉지가 항상 곁에 있었다. 당뇨합병증으로 수술도 많이 받으셨다. 당뇨 조절이 이렇게 어려운 것인지 경험해 보지 않았다면 몰랐을 것이다. 그 이후 아버지가 드시는 음식에 관심을 가져 두유와 고기를 종종 보내 드렸다. 부모가 되면 아픈 곳이 있어도 아프다고 이야기하지 않고, 힘들다고 이야기도 하지 않는다. 그런 부모님 밑에서 자라서인지, 자식으로 아무것도 모르고 산 것이 죄송하다.

이민을 앞둔 보름 전, 아버지는 막내딸 가족이 오면 준다고 말린 곶감을 포장해 두셨다. 갑작스럽게 돌아가신 아버지의 장례를 치르고 일주일이 지나고 나서야 곶감을 받을 수가 있었다. 아버지의 마지막 선물이 곶감이 될 것이라고는 상상도 못 했다. 아버지에게 나를 돌봐주어서 감사했다고, 정말 애를 많이 쓰셨고, 희생해 주셔서 감사했다고 말하지 못했다. 맛있는 것 한 번 사드리지 못하고 마냥 받기만 해서 죄송하다고 전하고 싶다. 이곳도 가을이 오면서 마트에 감이 나왔다. 대봉 4개를 사 와서 선반 위에 올려두었다. 홍시가 되면 아이들과 먹을 예정인데, 감을 볼 때마다 아버지가 더 생각날 것 같다. 달콤한 감이 모두 아버지와의 추억으로 가득 차 있다.

완벽한 부모는 없고, 아버지도 얼마나 어렵고 힘든 세상에서 사셨을지 모든 것을 이해할 수 없지만, 분명 최선을 다하셨다는 것을 느낀다. 아버지가 걸어오신 세상은 먹을 것 없고, 편히 잠잘 수 없으며, 지켜야 할 가족이 많았다. 그리고 홀어머니를 모시기 위해 모든 것을 버리고 고향으로 돌아와 생활하셨다. 친절하고 살갑지 않았지만, 자식들을 위해 돌아가실 때까지 생각하셨음을 우리 자

이젠 엄마의 감정을 돌볼 시간이다

식들은 알고 있다. 묵묵히 아버지란 이름으로 우리를 지켜 주심에 감사드린다. 어릴 적 미워했던 그마저도 이제는 추억으로 남는다. 아픔까지 사랑할 수밖에 없는 존재인 듯하다. 아버지로부터의 큼직한 공포와 불안의 시간도 있었지만, 수많은 잔잔한 추억들이 그리움을 자아낸다.

"아버지, 그곳에서는 하고 싶은 것 마음껏 하시고, 드시고 싶은 것 마음껏 드세요.

아버지를 참 많이 무서워하고 미워했는데, 그런 저를 용서해 주세요.

아버지의 기대와 바람 잊지 않고 열심히 살아가도록 할게요."

어쩔 수 없는 운명의 길. 내가 선택하지도 않았지만, 숙명처럼 받아들여야 하는 길. 이왕이면 나도 편안하고 행복하고 다치지 않는 곳을 걷고 싶었지만, 현실은 아니다. 부모의 학대, 방임, 상처에서 벗어날 수 없었던 과거가 있다면, 지금 중년이 되고 엄마가 된 지금까지 내가 버티고 잘 살아왔다는 것에 자랑스럽고 대견하다고 말해줘야 한다. 비록 나는 밝은 빛을 보고 자라지 못했지만, 내가 낳은 아이들은 밝은 빛을 보고 자랄 수 있게 환경을 만들어줘야 한다. 내가 받지 못했다고 해서 할 수 없다는 것은 아니다. 하지 말아야 하는 것을 잘 알기에 더 잘할 수 있다. 과거에 몰두하고 집착해서 피해자라 생각하지 말고, 앞을 내다보며 아이들을 잘 보살피고, 상처를 주지 않고 관심과 사랑을 주길 바란다. 과거의 상처에서 회복하고, 나를 힘들게 했던 사람들을 용서해 줌으로써 과거에서 벗어날 수 있다.

2.

남편을 더 이해했다면 아프지 않았을 것이다

- 반성의 중요성

"가만히 있는 자체가 잘못된 거야?

내가 어디까지 해야 만족할 거야?

나는 당신의 엄마가 아니야!

내가 아무것도 안 하고 노는 것 같아? 눈에 보이는 게 전부가 아니야!

부모로서 당연히 해야 하는 것을 왜 생색을 내는 거야!"

남편과 대화 중 의견이 충돌할 때마다 내가 자주 하는 말이다. 결혼 13년 차, 어느덧 10년 넘게 함께한 부부다. 연애 시절까지 더하면 거의 17년을 함께했다. 부모님과 함께한 시간보다 남편과 함께한 시간이 더 많다. 이 정도 오랫동안 함께하면 다투고 서운함 없이 눈빛만 보아도 알아야 할 사이인데, 여전히 서로를 잘 알지 못한다. 나는 박사과정 중에 결혼했다. 연구와 졸업논문을 마무리 짓고 남편이 있는 곳으로 갔다. 그렇게 우리의 신혼생활이 시작되었다. 대학원생 삶과 비슷하여 결혼 전과 별 차이가 없었다. 남편과 같은 학교에 다니면서 연구원 생활을 했다. 첫째가 그때 찾아왔고, 임신한 상태로 밤 10시까지 연구실에서 지냈다. 몸에 변화가 있었지만, 배 속에 있었기에 큰 어려움은 없었다. 하지만 아이가 태어나고 나서 주체할 수 없는 변수들이 많이 생겼다.

아빠의 생활은 거의 변한 게 없는데, 엄마의 삶은 아이가 태어나는 동시에 달라졌다. 낮과 밤 상관없이 시간이 되면 모유나 분유를 줘야 하고, 기저귀를 제때 갈아야 했다. 신기하게도 아이가 두세 시간에 한 번씩 깨더라도 엄마는 아이의 울음소리에 맞춰 몸을 일으키고 움직여야 했다. 아이의 잠자는 시간이 늘수록 나의 생체 리듬도 맞춰서 적응되었다. 아이가 통잠을 자는 날을 기다렸다. 함께 같은 곳에 일을 하러 가는데도, 나는 밤마다 울음 알람 소리에 맞춰 첫째를 돌보고 있었고, 남편은 소음에도 불구하고 통잠을 잤다. 첫째가 돌치레를 하면서 자주 아팠고, 요로감염으로 일주일간 병원에 입원해야 하는 일이 생겼다. 나는 급히 병가를 내어 첫째를 돌보고, 남편은 한 시간이 넘게 운전하여 일터로 갔다. 첫째의 두 돌 무렵, 연구원 생활을 접고 전업주부의 길로 들어섰다. 내가 전담하여 첫째를 돌봐야 했다. 무엇보다 가족은 같이 살아야 한다는 것을 당연한 일로 생각했다.

첫째는 두 돌이 되면서 스스로 밥을 먹는 등 독립심이 조금씩 생겼다. 가능하다면 아이 둘은 있어야 한다고 생각했고, 바라던 대로 딸 두 명이 우리에게 찾아왔다. 아이가 한 명 더 늘어 일도 많아지고 돌봐야 할 것도 많은데, 출산한 지 한 달도 되지 않은 내가 원서를 쓰고 직장을 알아보고 있었다. 나도 고국으로 돌아가면 무슨 일이든 하고 싶었다. 더 이상 남편에게 상처받는 말을 듣고 싶지 않았다. 둘째를 막 출산하고 산후조리를 하는 나에게 남편은 무한한 자극을 주었다. 내가 집에서 아이들을 돌보며 편안하게 사는 모습이 못마땅한 모양이었다. 졸업하자마자 결혼했고, 친정에 도움을 받을 형편이 아니었기에, 주위 가정이 친정에서 도움을 받고 있거나 우리보다 편안하고 여유로운 가정을 볼 때마다 남편은 나에게 자극을 주었다. 모르고 결혼한 것도 아니고, 독립을 했으면 스스로 돈을 벌어 살아야 하는데, 아쉬운 소리를 하는 남편이 이해되지 않았고 원망스러웠다. 그동안 부지런하고 알뜰히 살아온 삶에 대견하고 만족하며 살고 있었는데, 남편이 주위와 비교하고 지적할 때는 자존심이 상하고 깊은 상처가 되었다. 모진 말과 상처가 되는 말을 왜 내가 듣고 살아야 하는지 화가 나면서도, 부정하지 않고 나 자신에게 상처를 주고 있었다.

안타깝게도 처음에는 어떻게 저런 말을 하는지 어안이 벙벙할 정도로 충격이 컸다. 결혼도 남편 자신이 선택한 것인데, 어떻게 무책임한 말과 행동을 하는지 이해가 되지 않았다. 당연히 어른이 되고 부모가 되면 당연히 해야 할 일들을 왜 부정하고 후회하는지 화가 났다. 자주 이런 말을 들으니, 남편에게 부담되는 육아의 일과 집안일을 되도록 모두 내가 하려고 했다. 그만큼 운전을 배워야 했고, 스스로 멀리 있는 곳을 찾아서 가야 했다. 얼마 전까지 독립적으로 살며 학위를 취득하였고, 학업 도중에 결혼자금을 마련하여 결혼했는데, 왜 아쉬운 소리를 들어야 하지? 나의 생활 태도와 과거에 잘못된 것이 없는데 왜 이렇게 속상하지? 자존심이 상하는 자체가 우울하고 속상했다.

그래서 남편이 자극적인 말을 할 때마다, 더 오기가 생겨서 앞뒤 생각하지 않고, 채용공고를 보며 지원서를 보냈다. 남편이 박사후연구원 생활을 마치고 회사에 입사했다. 나는 국가연구소 연구원으로 지원했다. 감사하게도 둘째의 출산 과정을 알렸고, 전화로 면접을 보고 귀국 후 바로 일을 시작하기로 했다. 아기를 돌봐야 한다는 것도 이해해 주셔서 근무 시간을 조절할 수 있었다. 한국으로 귀국하고 두 달 된 둘째를 고마운 아주머니께 맡기고 나서 일을 시작할 수 있었다. 할 수 있는 일이 있다는 자체가 좋았고, 연구의 성취감도 맛볼 수 있었다. 오랜만에 누구의 엄마가 아닌 "윤 박사님!"이라는 소리가 어색하지만 들을 수 있었다. 아침마다 둘째

이젠 엄마의 감정을 돌볼 시간이다

를 아주머니께 맡기고, 첫째를 유치원에 보내고 나서 일을 하러 갔다. 퇴근 후에는 첫째를 유치원에서 데려온 다음 둘째를 돌봤다. 연구소에서 시간을 조절해 준 덕분에 육아와 일을 모두 할 수 있었다. 집으로 돌아와 놀이터에서 잠깐 아이들과 놀고, 저녁 식사 준비를 하고 못다 한 집안일을 할 수 있었다. 이렇게만 유지되면 좋았을 것을…. 남편은 회사 생활에 한계를 느꼈다. 점점 불만이 쌓이고 화도 늘어나고 있었다. 또다시 현실에 불만족하고 원망하는 것들이 잦아졌다. 이럴 때마다 나는 가슴이 답답하고 화의 레벨이 최상을 찌르고 있었다. 아니나 다를까? 또 말다툼이 커졌다. 왜 이런 이유로 싸워야 하는지 이해가 되지 않았다.

남편의 짜증과 화가 나에게 그대로 전달되고, 그것이 폭발하여 싸우게 되고, 이것이 아이들에게 노출되니 최악의 순간이 반복되었다. 퇴근한 남편이 짜증과 화가 나 있는 상태라면 더 이상 말을 걸지 않았고, 그냥 저녁을 먹고 자신의 방으로 가서 혼자 있는 시간을 가지도록 했다. 점점 나도 타인의 감정에 노예가 되거나 쓰레기통이 되지 않아야 했다. 최대한 덜 부딪히고 말을 덜 하는 것이 상처가 안 되고, 에너지 소비도 없었다. 이 상황을 지켜본 아이들이 가여워 아이들 방으로 가서 많은 시간을 가지도록 했다.

나에게만 오던 화살이 아이들에게 갈 때 화를 더 이상 참을 수가 없었다. 첫째가 사춘기에 접어들면서 아빠의 잔소리가 듣기 싫어 귀를 닫고 말을 줄이고 있었다. 안타깝게도 남편을 돈만 벌어오는 사람으로 인식하기 시작했다. 가장으로 가정을 책임지기도 무거운데, 집에 왔을 때 전보다 반가운 환호를 받지 못하고 있으니, 40대의 가장으로 살아가는 무게만큼 마음도 무거워 보였다. 보통 딸과 아빠의 사이는 돈독해진다지만, 우리 집은 점점 멀어져 갔다. 이런 상황을 좋게 포장하고 미화해서 이야기하던 것도 더 이상 하지 못했다. 다만 이해해 보려고 노력했다. 결혼 생활에 익숙해진 것일까? 점점 다투는 시간이 줄어들면서 서로에게 자극을 덜 주고 있었다. 그렇다고 성격이 변했거나 달라진 것이 아니라 덜 부딪히는 법을 배우고 터득한 듯했다.

남편의 행동이 왜 그렇게 나오는지 살펴보니, 바로 남편의 방어기제는 투사와 행동화였다. 일어난 대부분의 문제를 남의 탓으로 돌리며 상대방의 약점을 비난하고 책임을 떠넘기는 것이었다. 부정적인 모습으로 오는 불안을 타인에게 투사하여 불안을 잠재우는 것이었다. 말로 표현하지 못하고, 소리를 지르거나 짜증을 많이 냈다. 특히 스트레스가 생기면 바로 태도와 행동이 달라지고 겉으로 행동화된 표현을 했다. 처음에는 남편이 타인을 탓하는 무의식적 방어기제를 모르고 모든 것이 나에게 원인이 있는 줄 알았다. 무슨 문제가 생기면 원인을 나의 탓으로 먼저 생각하는 태도가 남편의 방어기제를 만났으니, 당연히 나는 상처가 되고 점점 우울해졌던 것이었다. 조금만 힘들어도 세상에서 가장 힘든 사람이 된다는 것을 몇 년이 지나고 나서야 깨달았다. 남편의 말을 나의 기준에 맞추어 판단하고 있었다. 그냥 평소 하는 말버릇인데, 나는 그것을 '진짜 힘들구나!'라며 당장 해결해야 한다고 느꼈으니, 별일 아닌 일을 무심코 넘기지 못하고 있었던 것이다. 회사에서 힘들다면, 부서를 바꾸거나 이직하는 것은 어떠냐고 묻고 이직도 함께 알아봤었다.

남편은 하기 싫다고 말하지 못하고, 화와 짜증으로 표현했다. 그런 짜증과 화를 지켜보기 힘들고 싸우기 싫어서, 그냥 혼자 삭히거나 포기하는 경우가 많았다. 나는 모임 약속을 잡는 편이고, 남편은 모임에 참석하기보다 집에서 쉬고 싶어 했다. 가족 모임에서 남편을 설득하여 함께하기란 쉬운 일이 아니었다. 남편의 눈치를 살피고, 못 가는 이유를 만들어야 하는 등 곤란한 상황이 생겼다. 가기 싫다고, 다른 것을 더 원한다고 이야기하면 되는데, 보통 화와 짜증으로 표현했다. 바로 남편의 잘못이 아니라 그렇게 표현할 수밖에 없었던 어릴 적 경험이 있었던 것은 아닐까? 바꾸어서 생각하기 시작했다.

아마도 남편은 어릴 적부터 자신의 주장과 의견을 내세우지 못하고, 시키는 대로 하던가 이끌려서 했을 것이다. 내가 지켜본 시아버님은 리더십이 강하시고 주장이 뚜렷하신 분이라 모든 일에 앞장서시고 결정하신다. 반면에 시어머님은 당신의 감정이 가장 우선이시다. 그렇기에 아들의 감정을 잘 헤아려주지 못하고 당신이 원하는 것을 먼저 하시고, 모범생처럼 따라오게 키웠을 것이다. 그래서 남편이 자기주장을 할 수 있는 방법은 짜증을 내고 화를 내야지 부모님이 자신의 의견을 들어주고, 자신이 원하는 일을 할 수 있었을 것이다. 그래서일까, 결혼하고 지금까지 그 방법으로 하는 것을 보니, 얼마나 억눌려 살았을까? 마음 편히 하고 싶고, 사고 싶은 것을 말하지 못하고 눈치만 보며 살지 않았을까? 안타까웠다. 주말 일요일 공원으로 나가려는데, 남편이 또 짜증과 화를 내기 시작했다. 이번에는 또 무슨 이유일까? 남편에게 그냥 하고 싶은 것을 말하라고 했다. 몸이 피곤해서 그냥 집에서 쉬고 싶다는 말이 하기 힘들어서 화로 표현하고 있었다. 가족이 모두 나가니 자기도 가야 할 것 같지만, 몸은 힘드니 자신의 방어기제로 표현하고 있었다. 몸이 힘들면 쉬어야지. 아이들과 다녀올 테니깐, 쉬라고 말하고 서둘러 우리는 밖으로 나가서 시간을 보냈다. 자라온 환경이 다르기에, 우리는 각자의 환경에서 보고 배운 것을 규정으로 하여 책임을 지고 그것이 옳다고 생각한다. 나는 부모란 당연히 자식의 의견을 따르고, 희생은 당연하고 무조건 참아야 한다고 생각했다. 그렇기에 시댁에서 우리의 거취에 의견을 내놓고 결정할 때는 이해할 수 없었다. 자식의 문제에 관심이 많고, 조금이라도 도움을 주려는 것을 좋지 않은 의도라고 생각되었다.

심리상담 공부를 하면서 종종 남편의 심리가 궁금하여 몇 가지

이젠 엄마의 감정을 돌볼 시간이다

테스트를 해보지만, 남편은 적극적으로 참여하지 않는다. 그래서 남편의 핵심 감정은 무엇인지, 어떤 어려움이 있는지 잘 알지 못한다. 다만 남편의 방어기제를 알고 이해함으로써 남편을 이해하고 나와 아이들이 덜 상처받는 법을 배운 것이다. "아빠가 나빠서가 아니라 자신이 무엇을 원하는지 감정을 잘 몰라서 그렇게 표현하는 것이야! 이것을 조금 조절하면 좋은데, 아빠를 위해서 혼자 있는 시간을 더 주자. 우리가 밉고 싫어서가 아니라 지금 힘든 상황이라 그럴 거야!"라고 설명했다. 일단 아이들을 진정시키고 안심시켰다. 어쩌면 아이들의 부정적 감정을 더 키우지 않을까 하는 생각도 들었고, 남편과 사이가 멀어질까 봐 걱정도 되었다. 엄마와 많은 시간을 보낸다고 해서 엄마와만 돈독해지고, 아빠와 시간을 덜 보낸다고 해서 아빠와 멀어지는 것은 아니다. 시간도 중요하지만, 함께하는 시간만큼 얼마나 감정의 교류 시간을 가지고 공감하느냐의 차이인 듯하다.

남편의 사고와 행동을 결혼하고 나서 바로 알았다면, 그동안 있었던 상처가 되고 아픔이 되는 일이 적었을 뿐 아니라 남편을 미워하지 않았을 텐데, 하는 아쉬움이 남는다. 남편의 내면아이와 어릴 적 생성된 무의식적 경험을 달래주고 싶다. 혼자서 얼마나 끙끙거리며 삼키고 있었을까? 남편은 미래를 향해 걸어가는데, 과거의 상처와 아픔까지 공유하며 현재를 살아가야 하는 존재임을 잊지 말아야겠다.

3.

다시 태어나도 결혼을 택할 것이다

– 사랑의 시작

결혼을 되돌리거나, 결혼 전으로 되돌아가고 싶지 않다. 결혼을 많이 고민했었지만, 지금은 혼자 살고 싶은 생각이 없다. 지금까지 지켜온 시간과 노력이 아깝기 때문이다. 가슴 설레는 첫 만남과 애절하게 기다린 시간도 있었고, 이 사람과 남은 인생을 함께 걸어도 좋은지, 많은 고민 끝에 가정을 꾸려 살아가고 있다. 4년간의 연애 기간은 결혼하고 나니 생각도 잘 나지 않는다. 함께 가고, 함께 먹은 음식들만 생각날 뿐이다. 그렇지만 남편은 내가 선택한 유일한 사람이고, 남편도 나를 선택한 유일한 사람이기에 인연인 것은 분명하다. 함께 하는 시간이 많다 보면 남편의 장점보다 단점이 더 드러나 보이고, 예민하고 힘들 때 각자의 영역을 침범하면 부딪히게 된다. 남편에게 나는 어떤 사람일까? 과연 나는 그에게 좋은 사람일까? 좋다고 말할 수 없다. 남편은 기쁨을 주는 이야기는 하지 않고 고통과 고민을 더 이야기한다. 안타깝게도 우리 부부는 힘들 때가 종종 겹친다. 힘들 때가 겹치지 않으면 서로의 힘듦을 나누면 좋은데, 우리 부부는 그렇게 못하고 있다.

"나도 힘드니깐, 그만 좀 힘들다고 해. 각자 힘든 상황이니깐, 각자 할 수 있는 일을 해결해 나가자!" 잠깐 기대고 싶다가도 정신이 번쩍 든다. 서로가 기대고 싶다고 해서 기댈 수 없는 상황이란 것을 잘 안다. 나보다 나이도 많고 경험도 많아서 나를 이끌어 줬으면 하는 바람도 있었다. 무엇인가 결정하고 선택할 때마다 나에게 묻고 결정하기를 바라는 것이 버거울 때가 많았다. 남편의 직접적인 회사일 외에는 내가 모든 것을 결정하니, 나에게 책임을 전가하는 경우가 많다. 가끔은 내가 결정하지 않고 나아가고 싶은데, 그럴 수 없는 현실이 안타까웠다. 앞으로 얼마나 더 내가 선택하고 결정을 해야 할까? 아이들과 집에 관련된 모든 일들을 내가 해야 한다. 두렵고 어렵지만 헤쳐 나가야 하는 숙명인 것이다. 이런 버거움을 나누면 좋겠지만, 남편의 힘든 속사정을 모르는 것도 아니기에 더 요구할 수도 없다.

남편이 낯선 외국인들 속에서 살아남기 위해서 얼마나 고군분투하고 있는지 상상할 때면 고맙고 미안해진다. 남편은 자료를 만들어 발표해야 한다고 매일 늦은 밤까지 준비하고 다음 날 출근한다. 그렇게 몇 개월이 지나고 나서야 남편은 여유가 조금 생겼는지, 아이들에게 말을 다정하게 하고, 잠시 휴식을 취할 시간을 가졌다. '누굴 위해서 이곳에 왔을까? 무모한 선택이었을까?' 더 이상 돌아갈 수도 없고 돌아갈 곳도 없기에 무조건 적응하며 살아야 한다. 매일 앞날이 어떻게 될지 모르는 불안정 속에서 살아가는 남편은 마음이 편안한 날이 없을 것이다. 그런 남편의 마음을 알면서도 마주하게 되면 고맙다는 말이 잘 나오지 않는다.

남편은 어디에서 즐거움을 찾을 수 있을까? 40대가 지나면 다니던 직장에서 어느 정도 직책을 가지고, 일도 능수능란하게 신입 때보다 훨씬 잘 해낸다. 그래서 미뤄둔 취미활동을 하나씩 하고, 맛있는 음식을 먹고, 주말에 여행도 다닌다. 40대 초반에 남성들도 사춘기처럼 오춘기가 온다는 말이 있다. 지금까지 공부하고, 자녀를 돌보고, 정신없이 회사 일에 몰두했다면 이제서야 자신을 돌보는 시간, 나만 생각하는 시간이 온다고 한다. 자신을 위해 돈과 시간을 쓰면서 지금까지 한 일에 대해 보상하는 것이다. 하지만 남편은 여전히 앞날을 위해 달려갈 수밖에 없다. 집세를 내기에도 부담인데, 상승하는 물가를 월급이 따라잡을 수가 없다. 거기에 평생직장이란 것이 없는 이곳에서 긴장을 풀고 자신을 위한 시간을 가지고 살아가기 쉽지 않다. 오로지 회사와 집만 오가는 모습이 입시 수험생과 다름없다.

이젠 엄마의 감정을 돌볼 시간이다

미안하게도 나에게는 그런 남편의 모습이 안쓰럽고 안타깝다. 그가 버텨주지 못하고 힘들어한다면, 나의 삶 자체가 흔들리기 때문이다. 그의 감정과 분리하려는 이유도 쉽게 감정이입이 되는 나의 성격이 한몫한다. 감정에 빠져들어서 걱정과 불안에 둘러싸여 살아간다. 남편에게 내가 해줄 수 있는 것은 퇴근 후 따뜻한 음식을 준비하고, 저녁 식사 후 산책을 하며 남편의 이야기를 들어 주는 것뿐이다. 일을 하기 싫으면서도 어느새 즐기면서 하는 모습을 찾을 수 있다. 좋아하기에 저렇게 하는 것이 아닐까? 남편이 연구와 공부에 몰두하는 모습이 좋아서 호감을 가지게 되었다. 남편과 전공이 같다 보니 이야기가 끊이질 않았다. 둘 다 역동적이고 화려한 것보다, 정적이고 고요한 것을 좋아한다. 그곳에서 잠시 쉬었다 오면 그동안의 스트레스가 풀린다. 대부분 다르지만, 이런 소소한 몇 가지가 겹치고 좋아서 그래도 아직은 살만하다. 다만, 서로 부딪히게 되면 부담이 크고 더 힘들어지기에, 일정한 거리로 수평선을 유지하고 있다.

남편은 가만히 주저앉고 멈추고 싶은 나에게 움직이게 하는 묘한 자극을 준다. 만약 나를 칭찬하며 자극을 준다면, 나에게 행동으로 이어지는 것이 많지 않을 것이다. 하지만 남편은 열등감과 자존심을 건드리는 자극을 주어 나를 움직이게 한다. 나는 이사를 할 때마다 해오던 일을 그만둬야 해서 그동안 쌓은 경력이 의미가 없게 됐다. 이사가 마무리되고 모든 것에 적응이 되면 나는 무기력에 빠지는 순간이 온다. 그때 남편의 자극으로 인해 새롭게 내가 할 수 있는 일을 찾는다. 나는 어느새 관심이 가는 분야에 수강 신청을 하고 공부를 하고 있다. 그러다가 학습 자금이 필요하면 남편에게 공부를 해도 되냐고 물어본다. 남편은 응원의 말은 잘하지 못하지만 하지 말라고는 하지 않는다.

'분명 열심히 해서 결과를 얻어낼 거야!' 나는 옆지기에게 따뜻한 응원의 소리를 들을 수 없기에, 혼자서 힘을 내어 스스로 응원하며 해야 한다. 남편의 자극들 덕분에 다양한 일을 조금씩 시도하고 있었다. 처음에는 몇십만 원 버는 것에 만족했다. 그러나 돈이 조금씩 쌓이기 시작하니 백만 원을 벌고 싶다는 욕심이 생긴다. 이 돈으로 아이들이 하고 싶어 하는 교육을 더 시키고, 자유롭게 나도 돈을 쓰고, 저축도 나의 돈으로 하고 싶다. 아직은 마트 몇 번 가는 정도만 벌고 있지만, 생활비의 반 정도는 벌 수 있는 날이 오길 바란다. 남편의 따뜻한 말 한마디가 그립다가도 나를 발전시키는 쓴소리도 듣기 나쁘지 않다는 생각이 든다. 신은 내가 감당할 수 있는 사람을 보내주는 것 같다. 내가 남편이라는 사람과 17년 정도 함께하였다는 것은 그와 그만큼 잘 맞아서 그런 게 아닐까? 다름을 인정해 주는 것이 더 오랫동안 관계를 유지하는 방법인 것 같다.

나는 다시 태어나도 이 결혼 생활을 유지하고 싶다. 다음번에는 조금 더 빨리 핵심 감정과 방어기제를 파악하여 남편을 더 이해하고 공감해 줄 것 같다. 결혼 지옥이라고 하지만, 결혼하지 않았다면 더 지옥이었을 것 같다. 나는 겁이 많고, 외로움을 많이 타고, 내가 하고자 하는 목표가 뚜렷하고 계획적인 것을 좋아하기에, 나와 비슷한 목표를 가지고 있는 사람은 많지 않다. 내가 가끔 서두르고 덤벙거리며 놓치는 부분이 있다면, 꼼꼼하고 섬세한 남편이 보완해 준다. 남편과 성격은 분명 다르지만, 그 외의 부분들은 함께 걸어가는 데 전혀 걸림돌이 되지 않는다. 나이가 들어 아이들이 독립하고 출가했을 때, 더 평화롭게 지내고 있지 않을까 싶다. 각자 하고 싶은 일을 하고, 만나서 차를 마시고 함께 거리를 걷는 것이 우리가 원하는 노후의 삶이다. 여행하는 스타일, 돈 쓰는 목적, 자녀 교육관, 삶의 방향 등 많은 부분이 잘 맞는다. 이 부분에서는 별다른 충돌 없이 일이 진행된다. 예민하고 감성적인 나에게 반응하기보다, 남편은 매 순간 이성적으로 판단하여 행동한다. 서로 맞추며 살아가고 있기에, 앞으로도 잘 살아가지 않을까 싶다. 남편이 아니면 그 누가 지금까지 나와 살아 줄까? 피 한 방울도 섞이지 않은 사람 중에 나에게, 나의 딸들에게 헌신하는 사람이 남편 외에는 없을 것이다. 이만하면 괜찮은 삶이 아닌가?

결혼은 해도 후회, 안 해도 후회라고 하지만, 결혼한 것에 후회는 하지 않는다. 결혼이란 자체가 기쁨보다 슬픔과 힘듦이 많다는 것은 분명하다. 하지만 그 어려움은 어떻게든 극복하고 잘 살아가고 있을 것이다. 결혼 초기에는 다름을 배우는 과정이라 다툼과 실망이 많을 것이고, 10년 차로 접어들기까지 어린아이를 따라다니라 각자의 삶을 되돌아볼 여유가 없다. 10년이 넘으면서 각자의 성격이 파악되어 서로를 잘 관찰하지 않는다. 그동안 자신을 돌보지 못한 것을 보상하면서 재충전하는 계기를 가진다. 특히 여자들은 30대 후반부터 몸이 아픈 곳이 생기기 시작한다. 전혀 예상하지 못한 곳에 아픔이 올 수도 있다. 40대로 가기 위한 방지 턱을 넘으면 마침내 40대 중반으로 향한다. 여기까지 넘어오는 동안 지금까지 겪어보지 못한 시련을 한 가지씩 겪어볼 것이다. 하지만 걱정할 필요가 없다 40대 중반이 넘으면 안정기가 찾아온다. 그때까지 젖먹던 힘까지 써야 한다. 40대 중반으로 향하면서 아이들도 제법 스스로 하는 것이 많아진다. 이때 자신을 돌아보는 시간이 온다.

부부는 같이 걸어야 가야 할듯하지만 사실상 목표만 동일시하고 다른 길을 걷는다. 서로 얽혀있는 실타래를 하나씩 풀어가는 것이다. 별 기대 없이 살아간다면 그래도 살아볼 만한 생활이고 그 속에서 잘 살아가는 나를 발견할 것이다. 부부간의 평행선만 잘 유지해 가며 살아가면 된다.

엄마가 먼저 믿어야 삶이 바뀐다

– 믿음의 필요성

　자녀에게 일이 생기면 민감하게 반응할 때가 있고, 별일 아닌 것처럼 여기며 무심하게 행동하기도 한다. 평소 딸들은 나에게 이야기를 많이 해주는 편이다. 그들의 입장에서 생각하고 공감해 주기 때문에 나에게 이야기를 해주는 것 같다. 그러다 보면 나도 아이들 문제에 끼어들어서 같이 고민하고 해결하려고 한다. 사실 공감은 잘해주는데 해결책을 찾지는 못한다. 어떨 땐 일이 더 커지는 느낌이 들기도 한다. 그러다 보니 딸들도 결국은 자신들이 알아서 하겠다고 마무리 지을 때가 많다. 스스로 해결책을 찾도록 도와주는 것이 엄마의 역할이지만, 아이와 똑같이 화내고 속상해하니, 이 또한 엄마의 모습이 아닌 것 같다.

첫째가 친구와 사소한 것에 의견 차이로 문자로 다투고 있었다. 꼬리를 무는 서운한 감정들로 끊임없이 대화를 이어가고 있었다. 친구 문제에 엄마가 끼어들면 안 되지만, 첫째의 마음을 이해하게 되어 딸의 편에 서서 함께 이야기를 나눴다. 첫째가 친구의 잘못된 행동을 보고도 답답하게 속으로 삼키고 가슴에 담아두는 것보다 말로 표현하는 게 나아 보였다. 나 역시 중등시절 세 명의 단짝 친구들과 의견충돌로 다툼이 있었다. 그때는 친구들이 인생의 전부였고, 함께하는 시간이 소중했다. 함께하는 시간만큼 의견 차이가 있는 것은 당연했다. 우리는 싸우고 나면 다음 날 언제 그랬냐는 듯 다시 만나서 놀았다. 한번은 우리들 싸움이 언니들 싸움으로까지 번져서 일이 크게 확대되었다. 며칠 후 우리는 서로 사과하고 다시 친하게 지낼 수 있었는데, 언니들은 오랫동안 서먹한 사이로 지냈다. 그런 경험을 해봐서인지, 첫째의 일이 큰 문제로 느껴지지 않았다. 지금은 서로 다르다는 것을 인정하기 어려울 수 있다. 서로 의견 차이가 있고, 인정하는 것이 서툰 것뿐이다. 자녀가 사춘기의 나이에 접어들면 엄마들도 자녀의 일에 참견할 때 조심스럽게 된다. 초등학교 저학년이었다면 상대방 엄마에게 연락하여 자녀들 문제를 이야기하고 사과할 수 있는 장을 만들지만, 사춘기라 엄마가 개입하면 안 되기에 이제는 조심스럽게 행동한다. 어쩌면 엄마끼리 의견 나눈 것을 알게 된다면 첫째는 비밀스러운 이야기를 하지 않을 것 같다. 첫째에게 힘든 일이나 어려운 일이 있다면 혼자서 고민하지 말고 적어도 가까운 이에게는 허물없이 속이

이젠 엄마의 감정을 돌볼 시간이다

야기를 나눌 수 있는 관계를 유지하고 싶다.

어릴 적 첫째는 자신의 책상만큼은 정리를 잘했다. 요즘 들어 머릿속이 복잡한지 방 정리를 잘 못했다. 말로만 듣던 사춘기 특징이 하나씩 보일 때면 놀랍기도 했다. 입은 옷과 양말은 어딘가에 뭉쳐져 있고, 끊임없이 먹던 과자 봉지는 책상 위에 그대로 놓여 있었다. 시원한 음료를 찾아 먹더니, 먹은 잔은 며칠이 되도록 그 자리에 있었다. 예전에 정리 잘하던 첫째가 이렇게 변하다니 신기할 정도였다. 미리 사춘기의 특징을 알지 못했다면 매일 청소하라며 치우라고 잔소리했을 것이다. 책상과 방은 자신의 머릿속과 비슷하다고 한다. 뇌가 폭발적으로 성장하는 시기이기에 정리가 안 되는 것은 당연하다. 사춘기생의 방은 하숙생의 방으로 보라고 한다. 엄마들이 지저분한 것을 보지 못하고 대신 청소를 해주는데, 사실 청소도 해주어서는 안 된다. 첫째에게 청소기만 돌릴 테니깐 바닥만 치워 달라고 했다. 다 마신 컵은 곰팡이가 생길 수 있으니 부엌으로 가져다주고, 덜 먹은 과자를 두면 보리가 먹을 수 있으니 꼭 잘 봉해두라고 했다. 이것이 내가 할 수 있는 최고 단계의 잔소리였다. 첫째의 방을 보면 잔소리하고 야단을 칠 수 있기에, 방문을 닫고 보지 않으려고 했다. 나도 일이 많고 몸이 힘들 때는 아무것도 할 수 없기에, 그냥 이 시기를 기다려주자고 생각했다. 무기력하고 우울한 사람에게 계속 잔소리하고 이야기하는 것은 그 사람에게 더 악영향을 준다. 안 그래도 자신이 못나 보이는데, 게으르고 못난 사람으로 더 인식될 수가 있다. 그냥 조용히 두는 게 최대로 돕는 것이다. 자신도 하고 싶지만, 한 발짝 움직이기도 힘든 상황인 것이다. 시간이 지나고 조금 몸을 움직일 수 있을 때가 되면 변화가 시작된다는 것을 알기에 기다려줘야 한다. 꼭 정리를 잘한다고 해서 그것이 정답은 아니다. 지금 인생공부를 하는 첫걸음이기에, 충분히 사색하며 고심할 수 있는 시간을 줘야 한다.

사춘기 자녀의 모습은 다양하다. 현지의 사춘기 딸은 엄마가 묻거나 이야기하면 말마다 화와 짜증을 낸다고 한다. 그래서 딸에게 강제적으로 시키던 일들을 이제는 아이에게 의견을 묻고 결정에 따른다고 한다. 엄마가 무작정 선택하게 되면 사춘기 딸은 거부감부터 들기 때문이다. 엄마로서는 어떤 일이나 모임이 딸에게 큰도움이 된다고 생각하지만, 딸의 입장에서는 자신이 관심이 없고 싫어하는 일이어서 억지로 할 필요가 없다는 것이다. 그렇게 사춘기가 되면 딸들은 성장하기 위해 부족했던 것들을 채워가고 있었다. 과잉 친절과 보살핌을 받은 현지 딸의 경우, 엄마가 하는 모든 것에 불만을 가지고 거부를 한 것이다. 더 이상 자신이 어린아이가 아니라고 이야기하는 것이었다. 사춘기라고 해서 모두 같은 사고와 행동을 하는 사춘기는 아니었다.

첫째의 사춘기가 6학년에 정점을 찍었고 지금 7학년을 보내고 있다. 처음 사춘기가 왔을 때는 반항과 학업 거부 행동을 보였기에, 나는 단순한 증상으로 생각했다. 하지만 첫째는 여전히 착하며 반항은 하지 않았다. 안타깝게도 속으로 많이 울고 있었다. 자신이 처해 있는 환경이 재미없고 불만족스러운 부분이 많았다. 학생이라면 학교에 잘 적응해야 하지만, 학생이 학교와 잘 맞지 않는다면 어떻게 해야 좋을지 고민에 빠졌다. 중학교가 지루하고 배우는 게 없다는 것이다. 주위의 몇몇 학생들도 첫째와 마찬가지로 어려움을 겪고 있었다. 그중 한 학생은 타 사립학교로 전학을 가서 학교생활에 잘 적응하고 있다고 했다. 안타깝게도 우리 형편상 사립학교 전학은 어려웠고, 첫째에게 현재 다니는 학교를 흥미로운 학교로 만들 수 있게 도움을 주고 싶었다. 수학 수업이 너무 쉽고 지루해서, 현재 소속된 반보다 높은 반에 들어가도록 변경 신청을 했다. 교장 선생님과 수학 선생님의 도움으로 반을 옮길 수 있었고, 적당히 어려운 수업 내용일지라도 흥미를 느끼며 배우고 있다고 했다. 반면에 과학 수업은 담당 선생님의 말을 이해하기 어려워 첫째가 직접 교장 선생님께 연락하여 수업을 바꾸어 생활하고 있다. 조금 불편한 점이 있었다면 교장 선생님과 상담사, 학부모의 상담 후에 반을 이동할 수가 있었다는 것이다. 하지만 그 과정이 쉬운 것이 아니기에, 대부분의 학생들은 그대로 수용하고 적응해 나간다. 어쩌면 평범한 6학년 생활을 했다면, 우리는 첫째에게 모든 선생님과 반 친구들에게 적응하라고 조언했을 것이다. 6학년 말, 학교생활의 어려움을 겪은 후로 첫째의 환경에 관심을 두고 함께 이야기를 나누며 딸의 의사를 존중하게 되었다.

7학년이 되면서 매일 학교에 가는 것 자체만으로도 감사하다. 조금씩 예전의 모습을 되찾는 것 같아 안도감이 든다. 첫째가 등교하기를 거부할 때, 함께 울고 밤새 걱정을 하며 잠을 못 잔 것을 생각하니 아직도 가슴이 떨린다. 그 순간을 잘 이겨내고 지금은 학교를 잘 다니기에 더 이상 바랄 것도 없다. 이사를 가면 아이에게 모든 면에서 좋은 환경이 될 것이라고 생각했지만, 놓치고 있던 일들을 반성하게 되었다. 비록 첫째에게 상처가 되고 힘든 시간이었지만, 그 힘듦을 잘 이겨낸 딸이 더 잘 성장해 나갈 것이라 믿는다. 자녀가 아프면 엄마는 덩달아 아파진다. 아침에 일어나 딸의 표정을 먼저 읽고 최대한 밝은 모습으로 인사를 한다. 어깨가 처져 근심 가득한 모습을 보이는 첫째에게 오늘은 어제보다 나을 거라는 긍정적인 말을 조심스레 건넸다. 얼마 전까지 만해도 첫째가 학교에 가자마자 집안일을 서둘러 마치고 아이가 학교에서 조퇴하고 올 시간을 기다렸다. 그 기다림이 가장 힘든 시간이었다.

학교에서 나오는 첫째의 모습이 기운차고 밝으면 나는 모든 걱정이 사라지는 것 같았다. 첫째에게 학교라는 곳이 가고 싶고 흥미로운 곳이면 좋은데, 그렇지 않아 보였다. 그냥 가야 하는 곳, 가기 싫어도 가야 하는 곳임을 알기에 억지로 가는 모습이 안쓰러웠다. 다른 사람이 첫째가 학교에 적응을 잘 못하는 것 같다고 이야기해도 그 말을 믿지 않았다. 첫째의 삶을 대신 살아본 것도 아니고, 첫째의 성격도 잘 모르기에 하는 말 같았다. 사실 그 말을 들었을

이젠 엄마의 감정을 돌볼 시간이다

때는 속상했다. 그 말이 상처가 되었기에 아직도 그 말을 기억하고 가슴에 꽂혀 생각하고 있는지 모르겠다. 첫째가 충분히 애쓰고 노력하고 최선을 다했을 것을 알기에 함부로 결과만 보고 그렇게 이야기할 수 없는 것이다. 불안에 떨고 있을 때, 기름을 퍼붓는 말은 하지 말아야 하는데, 적지 않은 충격을 받았었다. 그런 시간도 다 지나가야 했다. 첫째는 중학교 생활도 절반이나 보냈다. 보낸 시간만큼 더 보내면 고등학생이 된다. 인근 고등학교는 규모도 커지고, 시설도 좋고, 학교 프로그램도 잘 짜여 있어서 학생들이 즐겁게 다닐 수 있는 공간이라고 한다. 하루빨리 아이가 커서 고등학교에 가는 날이 오길 바라고 있다. 환경에 영향을 받지 않고 스스로 굳건히 생활하면 상관없지만, 첫째는 환경의 영향을 너무 잘 받기 때문에 환경을 무시할 수가 없다. 그래서 '맹모삼천지교'라는 말이 나오는가 보다.

지금 첫째와 함께 사춘기 다리를 건너고 있다. 엄마이지만 여전히 판단이 잘 안되고 미숙하게 행동하는 것이 많다. 어떤 것이 정답인지 모르면서도 사춘기 때 내가 생활하며 배운 것을 토대로 첫째에게 이야기를 나눈다. 공부해야 하는 이유, 친구 관계의 중요성, 학교생활의 중요성을 이야기하면서 함께 고민하며 걸어가고 있다. 힘든 순간들이 자주 찾아오지만, 첫째의 입장에 서서 좋은 방향으로 걷는 방법을 스스로 찾을 수 있게 조언하고 있다. 더 이상 혼자 감정적으로 힘들고 외롭게 걷지 않도록 할 것이다. 묵묵히 조용히 곁에서 함께 걸어가 주는 사람이 있다는 것 자체만으로도 첫째는 삶을 스스로 만들어 나갈 것 같다. 판단이 틀릴 때는 실수를 통해 깨닫고, 앞으로는 그 실수를 반복하지 않게 노력하며 살아갈 것이다.

첫째의 사춘기가 끝나갈 때면 둘째의 사춘기가 시작될 것이다. 둘째의 사춘기는 또 어떤 모습으로 다가올지 모르겠지만, 그때 나타나는 태도와 증상을 보며 내가 잘못한 양육 방법을 반성하고, 둘째의 부족한 부분을 채워주면서 상처는 잘 아물게 곁에서 함께 걸어갈 것이다. 자신의 삶을 잘 만들어 갈 수 있게 엄마는 자식을 믿고 기다려주면 된다. 엄마는 이 시기에 반성하고 변화해야 한다는 것을 잊어서는 안 된다. 완벽한 사람도 없고, 완벽한 엄마도 없다. 동시에 완벽한 자녀도 없다. 자녀의 사춘기 시련이 나타난다면 감사하다고 여기며 기다려주고, 지난 과거의 양육 방식을 반성해야 할 때라고 생각하면 된다.

강압적이고 권위적으로 키운 아이들은 짜증과 화로 사춘기 반항을 시작한다. 엄마는 아이의 의견을 많이 들어야 하고, 감정을 읽어주는 연습을 해야 한다. 만약 이 시기를 잘 넘기지 못하면, 아이는 방어기제로 짜증과 화로 발산하는 태도를 가질 것이다. 그리고 자녀의 잘못을 모두 받아주고 제대로 훈육하지 못한다면, 자녀가 커서 사회 구성원으로 살아갈 때 상대방을 배려하지 못해 인간관계의 어려움이 있을 것이다. 엄마는 아이의 감정을 읽어주는 동시에 훈육자가 되어야 한다. 자신의 훈육 방식에 잘못된 부분을 찾고 인정하는 시기가 바로 자녀의 사춘기 시기이다. 감정이 몇 번씩 바뀌더라도 엄마는 평온한 마음으로 기다려주고 유지해야 한다. 사춘기에 특별한 문제 없이 지나가면 좋다고 생각하지만, 어쩌면 그것이 진짜 문제일 수도 있다. 사춘기를 제대로 못 보내면 20대에 사춘기가 올 수 있고, 30대에 올 수도 있다. 가능하다면 사춘기는 10대에 오는 것이 가장 좋다. 20대에 사춘기가 오면 자신의 인생을 결정하는 가장 중요할 때라 많은 것을 놓치고 회복할 수 없다. 30대에 오면 수정이 아닌, 불평과 원망으로 후퇴하는 삶을 사는 경우가 많다. 그렇기에 10대에 사춘기가 온 것에 감사해야 한다. 고통의 순간이 지나면 행복의 순간이 복리로 나타난다.

아이는 엄마를 다시 태어나게 해주는 존재다

– 감사의 파동

너희들 때문에 모든 것을 포기했어!
너희들 때문에 없던 병이 생기고, 몸이 엉망이 되었어!

사랑스러운 아이들을 돌보지 않고 방치하거나 존재 자체를 거부하는 사람들을 보면 이해할 수 없고 화가 난다. 이렇게 사랑스러운 아이가 왜 사랑을 받지 못하고 험난한 삶을 살아야 하는지 이해가 안 되고 속상하다. 대부분의 엄마들은 자녀를 잘 키우기 위해 자신보다 자녀를 위한 삶을 살아가고 있다. 물론 엄마의 삶을 포기한 채 아이들만 바라보고 있다는 뜻은 아니다. 아이들이 안전하고 잘 성장할 수 있게 돌보라고 말하고 싶다. 당연히 엄마도 완벽한 존재가 아니다. 〈금쪽같은 내 새끼〉라는 TV 프로그램을 시청하면 다양한 행동을 보이는 아이들이 등장한다. 물론 아이들의 문제행동으로 행동치료를 하지만, 대부분 부모의 잘못이 더 크다. 아이들에게 나쁜 환경을 만들어 줬기 때문이다. 특히 어린아이를 그대로 놔두고 밤에 과음하거나, 게임을 하러 나가는 엄마는 최악이라고 생각한다. '아빠는 되고, 엄마는 안 되냐?'라고 말할 수 있지만, 적어도 부모 중의 한 명은 아이를 지키고 돌봐야 한다는 것이다. 고단함을 푸는 방법에는 여러 가지가 있다. 자신의 힘듦을 술과 게임, 오락으로 풀지 않길 바란다. 적어도 우리가 엄마가 되었다면 조절할 줄 알고, 제일 좋은 방법이 무엇인지 생각하며 살아가야 한다.

갑작스러운 죽음과 병으로 삶이 바뀔 때가 있다. 그것 못지않게 삶의 변화를 유발하는 것은 자녀 출산이다. 죽음과 병은 슬픔과 아픔을 동반하며 현재를 살아가게 한다. 출산을 통해 수많은 새로운 관계가 형성되고, 이전의 삶과는 전혀 다른 목표를 가지고 살아간다. 대학원 시절 예쁘고, 상냥하고, 결혼하면 손에 물 한 방울도 안 묻힐 것 같은 혜진이가 있었다. 결혼 적령기에 결혼하고 일년 후 아이를 낳았다. 마냥 공주님으로 살 것 같았던 혜진이도 아이를 낳고 나서 악착같은 엄마가 되었다. 젖먹이를 키울 때, 외출 시 수유실이 없는 경우에는 화장실에 가서 유축하여 아이에게 모유를 먹였다. 가냘프고 예뻤던 혜진이가 헝클어진 머리와 피곤함에 찌든 모습으로 아이를 돌볼 때는 안타까움보다는 더 멋져 보였다. 대학원 시절에 만난 혜진이가 누군가의 보살핌과 도움을 받고 살아가야 한다고 생각했다면, 지금은 어디 가서든 멋지게 잘 살 것 같은 모습을 하고 있었다.

시간이 지날수록 아이를 키우면서 잃는 것보다는 얻은 것이 많다는 것을 알게 된다. 아이가 태어난 순간과 어릴 때를 생각해 보면, 뽀얗고 눈웃음치며 방긋 웃어주는 아이가 내 곁에 있는 것만으로도 감동적이었다. 그 천사가 바로 나의 딸이라는 것이 믿기지 않았다. 밤에 자다가도 여러 번 깨어 분유를 먹이거나 기저귀를 갈아주는 등 아이를 돌봤다. 아이가 잘 먹고 잘 자는 것만으로도 충분히 고마울 때가 있었다. 한번은 첫째가 고열이 며칠 동안 지속되더니 요로감염으로 병원에 입원하고, 가냘픈 손등에 주삿바늘을 꽂고 일주일 동안 병원에서 지냈다. 첫째는 회복하기까지 꽤 아팠을 텐데, 잘 버텨주고 아프다고 칭얼대지도 않았다. 엄마는 아이가 걸을 때 뒤를 따라가며 아이가 안전하게 잘 걷고 있는지 살펴보고 시선을 떼지 못한다. 아이가 어릴수록 엄마는 다섯 감각이 동시에 작동하는 것 같다. 결혼 전에는 아프면 약을 먹고 그냥 쉬면 되었지만, 아이가 태어나고 나서는 아프지 않게 조심한다. 혹시나 아프면 먼저 약을 먹고 할 일들을 모두 해두고 나서야 침대에 누워 쉴 수가 있다. 아파도 할 일을 해야 하는 것이 엄마의 숙명이다. 그러고 보니 친정엄마도 매일 같은 일을 하셨는데, 안 아팠던

이젠 엄마의 감정을 돌볼 시간이다

것이 아니라 아픈 내색을 하지 않으신 것이었다. 여리고 약하다고 생각했던 내가 생각보다 강하고, 아픔도 이겨내는 힘이 있다는 것을 알게 되었다.

청각과 시각은 온통 자녀에게 집중하며 놀이터에서 친구들과 노는 모습을 멀리서 지켜본다. 위급한 상황과 마주할 때는 초인적인 힘이 나오기도 한다. 가만히 있어도 엄마의 신경은 아이가 잠들 때까지 가만히 있는 게 아니다. 밤이 되어 아이를 재우고 나면, 그제야 나를 바라보는 시간을 가질 수가 있다. 긴 하루를 마무리하고, 포동포동 살이 오른 아이의 모습을 보며 오늘도 잘하고 있음을 느꼈다. 거실 바닥에서 놀고 있는 첫째를 보다가 소파에서 잠이 들었다. 그때 첫째가 이불을 가져와서 덮어줬다. 첫째는 내가 잠이 들면 절대로 깨우지 않고 혼자서 옆에서 얌전하게 놀며 내가 깨어나길 기다렸다. 고사리 같은 손으로 엄마를 돕고 위하는 모습을 볼 때면 아무리 힘든 일이 있더라도, 벌떡 자리에서 일어나 아이들을 지키고 돌봐야 한다고 다짐한다. 그리고 아이가 태어나고부터 엄마는 여행을 많이 하려고 한다. 아이에게 새로운 경험을 쌓게 해준다며 여행 계획을 세우고, 여행지에서 경험할 것들을 찾아본다. 나는 과거 어릴 때보다 엄마가 된 지금 아이들과 함께 여행하고 경험하는 것이 더 많아졌다. 부모님이 자녀를 데리고 여행을 많이 다닌 사람은 커서도 자녀와 함께 여행을 많이 다닌다. 하지만 나의 경우는 그렇지 않았기에, 여행은 익숙한 일상이 아니라 특별한 날

가는 행사였다. 여행에 익숙하지 않기에 여행이란 것은 시간과 노력이 필요하다. 많은 곳을 가보지 못하지만, 아쉬운 것도 없고, 현재 생활의 풍만함을 느낄 수 있다는 자체만으로도 충분하다.

아이들이 여행을 통해 많은 것을 습득하지만, 사실 평소의 생활이 아이들에게 미치는 영향이 더 크다. 놀랍게도 아이들은 나의 말과 행동을 흡수하고, 친구들에게 내가 한 말을 있는 그대로 전달하는 모습을 자주 본다. 나의 모습을 그대로 습득하지 말고 한번 걸러서 행동하면 좋지만, 거울에 반사된 것처럼 그대로 보일 때가 많다. 그만큼 엄마의 행동을 조심해야 하고, 말을 가려서 해야겠다는 생각이 든다. 아이들에게 솔직하게 이야기하고 의견을 제시하면 안 되는 이유가 있다. 아이들은 엄마의 편견과 사고를 그대로 받아들이기 때문이다. 그렇기에 이왕이면 좋은 말을 하고, 지혜로운 판단을 하여 행동해야 한다. 엄마의 말과 행동의 잘못을 인정하고 그렇게도 고쳐지지 않던 행동과 말을 고치기 위해서 노력한다. 엄마이기 때문에 잘못된 것은 고쳐야 한다. 엄마는 책을 읽거나 명사들의 강연을 보며 자신의 잘못을 찾고 개선하려 노력한다. 엄마가 되어서 막대한 책임감과 부담감으로 살아가고 있지만, 더 나은 삶을 위해 엄마는 변화하기 위해 끊임없이 공부한다. 과거의 공부가 직업과 관련되었다면, 현재의 공부는 한 사람을 키우기 위한 공부다. 이것이야말로 제대로 된 인생 공부가 아닌가 싶다. 점점 철학과 인문학에 관심이 가는 것도 제대로 된 삶을 살고

이젠 엄마의 감정을 돌볼 시간이다

자 하기 때문이다. 인생이란 쉬운 것이 아니기에, 항상 인생 공부를 하고 있다.

나에게 많은 공부를 할 수 있게 해준 두 딸이 있어 너무나도 감사하다. 나는 젊었을 때부터 딸이 있었으면 했고, 함께하는 두 딸이 곁에 있으니 세상을 다 가진 느낌이다. 어떤 것과도 바꿀 수 없다. 만약 아들이 우리에게 다가왔다면 잘할 수 있었을까? 아들의 넘치는 활동량을 어떻게 채워줄지? 아들을 키우는 엄마들을 보면 존경스럽다. 어릴 때부터 몸으로 놀아줘야 하고, 하루에 몇 시간은 밖에서 뛰고 놀아야 잘 자고 잘 큰다고 들었다. 아들을 키우려면 지금보다 더 운동하며 체력을 키웠을 것 같다. 하지만 딸을 키우는 관계로 운동보다는 감정 공부를 더 한다. 아이들이 어릴 때는 몸으로 놀아주다 보니 녹초가 되지만, 이제는 아이들이 자리에 앉아 많은 시간을 보낸다. 하지만 여전히 지금도 밤이 되면 녹초가 되는데, 딸들의 대화에 집중하다 보면 기가 빨린다. 딸들의 이야기를 돌아가며 들어줘야 하고, 두 딸의 다툼에서 중재자 역할을 해야 한다. 각자 그림을 그려서 누구의 것이 더 잘 그렸는지 물을 때는 가장 곤란하다. 솔직히 말할 수도 없고, 어느 한쪽의 편을 들수도 없다. 매번 모두 기분이 좋아지는 선택을 하면서 곤란한 상황이 마무리된다. 갈수록 엄마의 연기가 늘어야 하며, 순간적 판단을 잘해야 한다. 딸을 키우면 눈치가 빨라지는 것이 이런 이유들때문이다.

예전에는 망설이며 부끄러워서 하지 못하던 일들을 이제는 눈치 보지 않고 할 수 있다. 점점 강인한 엄마가 되고, 철판이 깔린 엄마가 된 것은 모두 아이들이 태어난 이후부터다. 갑작스럽게 일이 벌어지더라도 문제없이 일을 해결한다. 특히 남편이 출장을 가거나 바쁜 일이 생겨 함께 일을 처리하지 못할 경우에는 어떻게 해서든 어려운 일을 해낸다. 엄마를 마냥 지켜보고 기다리는 아이들을 위해서 초인적인 힘을 발휘한다. 엄마는 위대하다. 내가 여린 여성에서 강인한 엄마가 될 줄은 상상도 못 했다. 이 모두 아이들이 엄마를 다시 태어나게 해준 결과다.

"엄마는 너희들 덕분에 새로운 곳에 가보고 많은 경험을 했어. 너희들 덕분에 많은 책을 읽고 공부를 끊임없이 하고 있어. 여리고 여린 내가 무엇이든 할 수 있는 강인한 여성으로 살아갈 수 있게 기회를 줘서 고마워. 다시 태어나도 너희들 엄마로 태어나고 싶어. 나를 새로 태어나게 해줘서 감사해."

이젠 엄마의 감정을 돌볼 시간이다

6.

이별 연습을 하다 _자녀 독립, 부모님의 부고

- 수용의 자세

    나를 세상에 있게 해준 사람, 그리고 나를 다시 태어나게 해준 사람은 바로 부모님과 딸들이다. 늘 함께 있고 싶지만 언젠가는 떠나보내야 하고, 멀리서 응원하며 그리워하는 대상이기도 하다. 어릴 적에 언젠가는 부모님을 떠날 것으로 생각했다. 엄마 껌딱지였던 내가 고등학생이 되고 대학생이 되어 자연스럽게 기숙사 생활을 하면서 독립하게 되었다. 나이가 들면서 혼자만의 공간에서 살아보고 싶고, 예쁘게 꾸며 보고 싶은 마음이 더 컸다. 막내딸까지 독립시킬 때, 엄마의 기분은 어땠을까? 그때는 엄마의 마음을 조금도 생각하지 못하고 나는 대학 생활의 설렘으로 가득했다. 부모님과 함께하는 생활이 마지막인지도 모르고 부모님 집에서 독립했다.

　최소 5년 후면 첫째가 대학에 들어갈 것이다. 요즘 들어 시간이 빨리 흘러감을 느끼기에 5년도 금방 지나갈 것 같다. 아직까지 첫째는 어른이 없는 곳에서 자본 적이 없고, 혼자서 밤을 보낸다는 자체가 무섭고 익숙하지 않을 것이다. 하지만 점점 나이가 들수록 혼자 살고 싶고, 자신만의 공간을 만들어 보고 싶어 독립을 기대하고 있을 것이다. 청소년기에 접어들면서 아이들은 자연스럽게 빨리 어른이 되고 싶어 독립할 마음의 준비를 하고 있다. 아이들이 잘 크는 것이 기쁘면서도, 엄마의 울타리에서 벗어나 엄마의 필요성을 못 느낀다는 슬픔에 엄마들에게는 빈둥지증후군이 생긴다. 한국학교 동료 선생님들의 자녀들은 대부분 대학생이다. 그분들의 이야기를 들어보니, 대학생이 된 아이가 보고 싶어서 며칠 동안 울고, 학교에 찾아가기도 했다고 하셨다. 아이의 독립을 축하하면서도 허전함을 무시할 수가 없다고 하셨다. 그래서 아이의 독립 후에 직업을 유지하면서 더 많은 일거리를 찾았다고도 하셨다. 그렇게 자녀의 독립과 동시에 엄마도 성장하고 있었다.

　어린아이를 키우는 엄마들은 자식이 빨리 커서 스스로 할 수 있는 나이가 되길 바란다. 그것도 잠시, 5년 정도 남았다고 생각하니 첫째와 함께 살 시간이 길지 않다는 것을 몸소 느끼고 있다. 아

　이젠 엄마의 감정을 돌볼 시간이다

이들에게 더 많이 해주지 못해서, 그리고 사랑의 표현을 잘하지 못해서 미안한 마음이 더 크다. 힘든 부분이 없는 것은 아니지만, 아이들 덕분에 행복했고 즐거웠던 순간들이 더 많다. 아이들 덕분에 일주일이 심심하지 않고 많은 행사가 줄지어 기다리고 있다. 몇 년 후에는 행사와 모임이 없어지고 나와 상관없는 일이 될 것이다. 아이들에게 둔 초점을 나에게 전환하여 삶의 방향을 바꾸어야 할 시기가 다가온다. 아이들이 태어나기 전 그랬던 것처럼 나를 위한 시간을 가져야 할 것 같다. 조금 차이가 있다면 이제는 혼자가 아닌 남편과 함께하는 삶을 살아야 한다는 것이다. 아이들에 집중된 삶이 길었던 만큼 우리 부부 둘만 중심이 되어서 살아가는 인생에는 큰 차이가 있을 것 같다.

고달픈 입시전쟁의 시간이 지나면 아이들은 이제 부모의 손을 떠나 자신의 세계로 걸어갈 것이다. 앞에서 끌어주며, 옆에서 함께 걷다가 이제는 뒤에서 걸어가는 아이들의 모습을 봐야 할 때이다. 점점 거리가 멀어져 작은 점이 될 때까지 엄마는 멈추고 제자리에 있어야 한다. 그리고 남편과 함께 손을 잡고 같은 곳을 바라보며 앞으로 걸어가야 한다. 그때가 언젠가는 올 것이며, 슬퍼지기도 하지만 슬퍼할 수는 없다. 부모가 잡고 있으면 안 된다는 것을 알기 때문이다. 그때 아쉽고 미안하지 않게 남은 기간 동안 아이들과 많은 시간을 보낼 것이다. 이전에 그랬던 것처럼, 아이들을 위해 대신 아파해 주고, 아름다운 곳에 가서 함께 둘러볼 것이다. 딸들에게 최대한 상냥하게 공부를 가르쳐 주고, 좋아하는 얼큰한 한식 요리를 만들어 주고, 함께 영화나 예능 프로그램을 볼 것이다. 아이들이 좋아하고 관심 가지는 것을 찾아서 함께 이야기 나눌 것이다. 지금까지 애쓴 것처럼, 앞으로도 더 정성을 다할 것이다. 적어도 엄마라면 그렇게 해야 한다고 생각한다. 내가 보고자란 친정엄마의 모습처럼, 나도 아이들에게 최선을 다하는 엄마의 모습을 보여주고 싶다.

이제는 부모님 곁을 떠나 살아온 시간이 함께한 시간보다 길어지고 있다. 그동안 이곳저곳 이사하고 살다 보니 삶의 터전이 많이 바뀌었다. 사람은 추억을 먹고 산다는 말이 맞는 것 같다. 물건을 볼 때마다 함께한 추억들이 새록새록 떠오른다. 특히 장을 보거나 요리할 때는 친정엄마가 더 생각난다. 평소 채소를 길러 자식들에게 챙겨주셨는데, 나는 마트에 장을 보러 갈 때마다 배추와 무를 보면 엄마의 김치가, 부추를 보면 청양고추를 다져 만든 부추전이, 콩나물을 보면 소고기뭇국에 넣기 위해 콩나물을 다듬으시던 엄마의 모습이 연상된다. 엄마가 해주시던 요리를 이제는 내가 딸들에게 해주고 있다. 아이들이 매운 음식을 잘 먹게 되면서 엄마처럼 깔깔하고 매콤한 요리를 더 자주 만드는 것 같다. 김치를 사 먹다가 이제는 담가서 먹는데, 이 김치마저 좋아한다. 아무래도 친정엄마와 함께 많은 시간을 보낸 곳이 부엌이기에, 그 추억이 가장 많다. 아버지는 학교에 다녀온 나를 돌봐주시고 수학을 가르쳐 주셨

이젠 엄마의 감정을 돌볼 시간이다

다. 공부할 때는 아버지가 자주 생각난다. 아버지가 자녀에 대해 잘 모르시고 무심한 분이라고 여겼는데, 커서 보니 아버지가 항상 든든하게 자식을 지켜봐 주셨다는 것을 알 수가 있었다. 왜 어릴 때는 몰랐는지, 꼭 결혼하고 아이를 낳고 나서야 부모님의 노고를 알게 된다. 부모님은 자식이 깨달을 때까지 기다려주시지 않는다. 마냥 건강하고 늘 함께하실 것 같은 모습이지만, 갑자기 아니면 서서히 자식을 떠날 준비를 하고 계신다. 나는 딸을 생각하는 만큼 부모님을 생각하지 않았다. 부모님의 사랑과 감사함을 모르는 것이 아니라 내가 선택한 것에 책임을 지기 위해서 아이들 양육에 초점을 두는 것 같다. 새 생명을 탄생시킨 것은 오로지 내가 한 것이기 때문에 최선을 다해 책임을 지고 있다. 그렇기에 부모님보다는 자식 생각을 더 하고 함께 살아간다.

우리가 부모님과 함께한 시간이 20년이고, 딸들이 독립하기까지 똑같이 20년이 걸린다. 함께한 20년 동안 한 번은 사랑을 받고, 한 번은 사랑을 주는 역할을 한다. 우리가 받은 사랑을 자녀에게 그대로 전달하는 법을 모두 부모님께 배웠다. 그리고 자녀를 떠나보내는 법을 부모님에게 배우고, 우리는 떠나보내는 부모님의 마음을 이해한다. 자녀를 키워보지 않았다면 부모님의 마음을 이해할 수가 없었을 것이다. 내가 생각한 것보다 상상 이상으로 이해할 부분이 많았다. 아이마다 성격이 다르고, 성장 속도가 다르기에 부모님의 마음은 하루라도 마음 편히 있지 못했을 것이다. 지금은 부모님이 떠나실 때를 대비해 마음의 준비를 해야 한다. 이것은 부모님이 가르쳐 주시지 않고, 우리가 스스로 배워야 하는 것이다. 부모님께서도 스스로 마음의 준비를 하고 계실 것이다. 주위 비슷한 연령대의 이웃이 떠나가심을 마주하며 언젠가 다음은 자신의 차례라고 생각하신다.

자식은 주위 어르신들의 이야기를 들으며 이별을 간접적으로 경험한다. 나와 상관없는 일이 아니라 언젠가 나에게 올 일임을 인지한다. 만남이 있으면 당연히 헤어짐이 있다. 언젠가 헤어짐이 있다는 것을 알면서도 놓지 못하는 것은 그 인연을 끊고 싶지 않기 때문이다. 다시 못 만날 이별이 있지만 완전히 끊어지지 않는다. 비록 직접 볼 수 없고, 이야기할 수 없고, 앞으로 함께 만들어 갈 추억은 없지만, 함께한 추억만으로도 살아갈 수가 있다. 가능한 많은 추억을 만들어 주어서 나중에 행복한 추억을 꺼내어 그리울 때마다 생각하고 이야기할 수 있게 해야 한다. 슬픔은 기쁨으로 잊는 것이 아니라 추억으로 잊힌다.

7.

과거에 그랬고 지금도 꿈을 꾼다
- 깨달음의 진실

학교를 마치고 돌아가는 길에, 둘째가 나에게 물었다. "엄마, 어릴 때 꿈은 뭐였어? 엄마, 지금 꿈은 뭐야?" 나는 선뜻 대답을 못하고 머뭇거렸다. 지나가는 사람과 건물만 멍하니 쳐다만 봤다. 그러고 보니 결혼한 후 나의 꿈은 무엇이었을까? 사실 꿈을 쉽게 꾸지 못했다. 왜 그럴까? 왜 꾸지 못했을까? 현재를 살아가기에 너무 지쳐서 꿈을 꿀 수가 없었다. 아이들을 돌보고 하루를 살아가기도 피곤해서 간신히 잠을 자고 있는데 꿈을 꿀 수가 있을까? 꿈 없이 살아가는 엄마를 보면서, 이제는 아이들이 나에게 묻고 있다. 아이들에게 묻던 꿈의 이야기가 나에게 되돌아온 것이다. 꿈을 정하고 목표로 삼고 걸어가면 그 길로 걸어갈 수 있는 힘이 생길 거라고 아이들에게 이야기하지만, 진정 엄마는 꿈이 없다. 엄마가 되면서 꿈은 사라지고, 꿈을 꾸려 해도 잘 꿔지지 않는다. 반면, 아이들의 꿈은 여러 번 바뀐다. 하나의 꿈을 가지고 발전하는 모습으로 커가길 바라지만, 아직은 자기가 좋아하는 일이 무엇이고, 할 수 있는 일이 무엇인지 탐색하는 과정에 있기에 꿈이 바뀌는 것은 당연하다. 아이에게 엄마가 이루지 못한 꿈을 전가하는 것은 아닌지? 아이들은 아직 새하얀 도화지고, 그곳에 정성껏 그림을 그리면 멋진 작품이 될 것 같은 희망이 보인다. 현실을 받아들임으로써 아이들이 희망하는 꿈을 찾고 그 길로 걸어가길 바라며 함께 걸어간다. 엄마는 아이들의 꿈을 실현하기 위해 방법을 찾고 함께 미래를 고민한다.

지금은 아이들의 미래를 생각하지만, 사실 나는 어릴 때부터 꿈 없이 살아본 적이 없다. 초등학교 때는 선생님, 중등학교부터는 연구원이 꿈이었다. 고등학교 1학년 때, 담임선생님은 내가 쓴 희망 대학교를 삭제하고 다른 학교를 희망 대학교로 쓰셨다. 한없이 부족한 나의 성적을 보고 그렇게 하신 것이다. 그때는 대학교의 수준을 잘 알지 못했고, 단지 집 근처에 있는 학교를 가면 좋겠다고 생각했다. 그러고 보니 희망한 학교가 한국에서 상위 3위안에 드는 학교여서 선생님에게도 불가능해 보였을 것이다. 하지만 꿈을 향해 걷다 보니 어느덧 그 학교 근처까지 걸어가는 나를 발견했다.

이젠 엄마의 감정을 돌볼 시간이다

일등을 못 해봐서일까? 공부를 질릴 정도로 하지 않아서일까? 계속 더 해보고 싶고, 다음 단계, 다음 세계는 어떠한지 궁금했다. 그래서 걷다 보니 석사, 박사과정까지 하게 되었다. 이것을 마쳤다고 해도, 아직은 모르는 세계가 더 많다. 공부하면 할수록 모르는 것이 많다는 것을 알고 저절로 겸손해진다고 한다. 학계를 떠난 지한참 되어서인지, 이제는 내가 언제 과학세계에 몸담고 있었는지 까마득하다.

지금도 사실 그곳으로 돌아가고 싶기도 하지만, 다시 돌아갈 기회는 이젠 없다. 그것을 알기에 다시 꿈을 꾸지 못하는 이유이기도 하다. 꿈을 꾸지 못한 게 아니라 나에게 기회가 오지 않을 것 같아 꿈을 꾸지 않는다. 내가 진짜 원하는 것이 무엇일까? 무엇을 하고 싶은 것일까? 아이들의 꿈만 꿈이라고 할 수 없다. 엄마의 꿈도 꿈인 것이다. 왜 엄마들은 꿈을 꾸지 않을까? 꿈이 이루어지지 않는다고 생각한 것일까? 이미 꿈을 이뤄봐서일까? 하루는 나현 언니에게 꿈이 뭐냐고 물었다. 언니는 현재 꿈이 없고, 과거에도 딱히 생각해 둔 꿈이 없었다고 했다. 언니는 항상 열심히 살았고, 지금도 열심히 살아가고 있다. 헌신적으로 아이들을 돌보며 앞날을 대비하고 살아가고 있다. 하지만 꿈을 향해 걸어가는 것이 아니라 현재에 순응하며 살아가는 것 같다. 모두가 꿈을 가지고 사는 것은 아닌가 보다.

사실 결혼 후 꿈을 좇아 살려면 포기해야 할 것이 많다. 결혼하는 동시에 직장을 옮겨야 하거나 멀리 떨어져서 지내야 하는 경우가 많다. 결혼하고서도 부부가 같은 지역에 있는 직장에 다니면 상관없지만, 배우자의 직장을 고려하여 오랫동안 떨어져 지내던가, 배우자의 직장이 있는 곳으로 이사를 하여 살게 될 경우, 현재의 좋은 조건을 포기하게 된다. 아이가 태어나기 전까지는 장소와 시간을 조절하고 유지할 수 있지만, 아이가 태어나면 두 명 중 한 명은 일을 잠시 멈추든가, 아니면 누군가의 도움을 받아야 한다. 부모님이나 다른 분의 도움을 받아 자녀를 키울 수 있다면 다행이지만, 대부분 이 고비를 못 넘기고 일을 그만둔다. 꿈과 현실을 저울질하다가 현실을 따라가는 것이다. 그리고 아이가 초등학교 입학을 앞두고 미뤄둔 육아휴직을 쓰든지, 아니면 이때 직장을 많이 그만둔다. 어린아이가 혼자서 학교에 갈 수 없고, 일찍 마치는 아이를 돌봐줄 곳이 없기 때문이다. 안타깝게도 돌봄 교실이나 학원이 있다고 하지만 모든 학생이 이용할 수가 없다. 아이들을 돌보면서 일을 유지하기란 쉬운 것이 아니다.

직장에 다녀야만 일을 하는 것은 아니다. "어느 직장 다녀?"에서 "요즘 어떤 일 해?"가 더 적절한 질문인 것 같다. 수입이 있는 일뿐만 아니라 무보수 일도 일에 포함된다. 봉사하는 일은 자신의 가치를 높이는 동시에 값진 일이다. 하지만 나는 이런 이타 정신이 크지 않아서인지 무보수보다는 돈을 벌고 싶다. 감사하게도 남편이 벌어오는 돈으로 살아가고 있지만, 내가 번 돈으로 원하는 것을 사고 싶고, 저축하고 싶고, 다른 사람에게도 마음 편히 선물하고 싶다. 공저 책이 출간되고 나서 43,000원 정도의 인세가 입금되었다. 크지 않은 돈이지만, 그동안의 노력으로 얻어진 결과이고, 생각지도 못한 뜻깊은 수입이었다. 은행 계좌를 따로 만들어 한곳에 저축해 두었다. 마트 한 번 가면 없어질 금액이긴 하지만, 그 돈만큼은 가치가 남달랐다. 처음에는 남에게 보여줄 멋진 명함이 있었으면 했다. 어느 학교, 대기업, 연구소 등의 소속과 직위가 내 명함에 적혀 있길 바랐다. 지나고 보니 명함은 아무런 의미가 없다는 것을 알게 되었다. 특별한 직업이 아닌, 현재의 삶을 유지하면서 내가 할 수 있는 일을 찾으면 되는 것이었다.

이사 오기 전, 둘째가 먼저 학교에서 돌아오면 오후 1시, 그다음 첫째가 돌아오면 오후 3시가 되었다. 둘째가 영어 학원 버스를 타면 5시까지 여유가 생겼다. 주 3일, 2시간 남는 시간을 토대로 개인사업자 공부방을 열었다. 작은 사무실을 빌려서 시작하면 투자비가 많이 들기에, 집의 현관과 가장 가까운 방에 공부방을 만들었다. 책상 4개를 마련하고 문제집을 여러 권 샀다. 그렇게 시작한 공부방을 이사 오기 전까지 운영했다. 방학이 되면 아이들이 집에 있어서 일을 할 수 없었고, 더군다나 코로나 팬데믹 시대라 아이들을 어디에 보낼 수도 없었다. 그래서 여름방학 집중 공부방을 열고 첫째와 둘째를 동시에 돌보면서 첫째 또래의 학생 6명과 함께 오전 시간을 보냈다. 공부방 학생들의 부모님은 맞벌이 부부여서 오후에 학원을 가는 자녀가 오전 동안은 혼자 집에 있어야 해서 걱정이 컸었다. 한 시간은 밖에서 운동을 하거나 보드게임을 하고, 나머지 두 시간은 공부를 했다. 우리 딸들과 함께한다는 것을 학부모님께 미리 양해를 구했기에, 서로 도우면서 시간을 보낼 수 있었다. 아이들이 있어서 할 수 있는 일이 없다고 생각하지만, 막상 해보면 아이들과 협력해서 할 수 있는 일 외에 방법은 다양하다. 흔히 알고 있는 시스템이 아니라 일할 시간을 찾고, 수입을 낮춰서 생각하면 일할 기회는 많다.

예전처럼 풀타임에 전문 일을 찾지만, 회사 측에서 경력이 단절된 사람을 채용한다는 건 쉽지 않은 일이다. 엄마들은 열심히 헌신적으로 일을 하지만, 아이들이 아프거나 가족 행사등으로 변수가 많아서 종종 조퇴나 결근을 하기도 한다. 요즘 젊은 사람들도 취업에 어려움을 겪는데, 하물며 전업주부의 취업은 어떨까? 그래서 엄마들은 나이가 들어서도 계속할 수 있고, 할 수 있는 일이 무엇인지를 찾고 새로운 것을 배운다. 출산율이 줄고 노인인구가 증가하면서 고령화 사회가 되었다. 어떤 사람들은 이에 대비하는 일이 무엇인지 이미 파악하여 자격증을 따고 시간이 날 때마다 실습하고 있다. 모두 처음 시작하는 마음으로 돌아가서 새로운 일을 꿈꾸며 살아가고 있다. 아직은 아이들이 어려서 당장 사회로 돌아가기가 힘들지만, 자녀가 사춘기가 될 무렵, 엄마들은 사회로 나

이젠 엄마의 감정을 돌볼 시간이다

가려고 생각한다. 아이가 사춘기가 되면 엄마는 자녀에게 손을 떼는 법을 배우기 시작한다. 지켜보는 것을 넘어서 이제는 인내심을 가지고 기다려야 한다. 아직 아이가 어리고, 언제 클지 앞날이 막막하다면, 지금은 미래에 자신이 할 수 있는 일이 무엇이고, 사회가 무엇을 원하는지 찾아볼 시기다. 더 나아가 정보를 수집하고, 조금씩 온라인 학습을 하며 멈추지 않고 잠재력을 쌓아 가면 좋겠다.

한번은 현재 자존감이 상실되고 무기력하다는 친구와 통화를 마치고 나서 나 자신을 바라보게 되었다. 친구와 같이 나도 자존감이 바닥을 치고 무기력한 삶을 살고 있을 때였다. 내가 할 수 있는 일이 무엇인지 생각했다. 나는 아이들에게 수학과 과학을 가르칠 때면 흥분되고 가슴이 설렌다. 목이 아프고 몸도 피곤했지만, 아직까지 나에게 이런 열정이 있었는지 놀랄 때가 있다. 지금은 우리 아이들과 한국학교 학생들에게 가르쳐주는 게 전부이지만, 기회가 주어진다면 혼신을 다해 수업에 임할 것 같다. 과학이나 한국어를 전문적으로 가르쳐주는 공부방을 만들고 싶다. 나의 꿈은 학생들에게 수학이나 과학, 한글을 나만의 공간에서 가르쳐주는 일이다.

나는 아픈 마음을 치료하고자 심리상담 공부를 시작했지만, 이것이 내 미래의 일과 연관되지 않을까 싶다. 심리상담은 인공지능이 발달하더라도 대체할 수 없는 영역이고, 과학기술이 발달할수록 부작용으로 나오는 것이 정신적 아픔이다. 이미 많은 사람들이 심리상담 공부를 하고 자격증을 취득했다. 함께 공부한 선생님들의 경우, 나보다 나이가 10살 이상 많으시고, 이미 상담 일을 하면서 경험을 쌓고 계시기에 내가 자랑할 특별함은 없다. 나는 2급 자격증을 취득하고 나서 상담공부를 그만두었다. 시간이 지나면서 좀 더 공부하여 1급을 취득하고 상담사의 길을 걸어가고자 마음먹었다. 내가 할 수 있는 부분은 다양하지 않지만, 대상을 여성과 주부로 좁혀 전문적으로 상담 일을 해보려고 했다. 이곳에서 내담자를 만나는 것은 시차와 홍보의 제약으로 어려움이 있다. 가끔 연락이 오는 내담자를 만나고 있다. 충분히 집중하고, 공부를 하면서 일할 수 있어 여유롭고 좋다. 20년 이상 경력을 쌓아야 전문 상담자가 될 수 있을 듯하지만, 상담이란 자체가 지식만으로 할 수 있는 것이 아닌, 상대방의 말에 귀를 기울이고 진심으로 대해야 한다. 그 이유는 한 사람의 인생 일부분을 마주하기 때문이다. 마치 상담 한 시간이 초 단위로 흐르는 것 같기에, 내담자의 말에 몰입을 안 할 수가 없다. 앞으로 상담사의 길이 어떻게 열릴지 모르지만, 현재 삶을 살아가며 동시에 배워가고 있다. 심리상담 공부는 예전의 일 못지않게 가슴 뛰게 하는 부분이 있다.

주부, 여성을 대상으로 그들의 감정을 읽고 잃어버린 자신을 찾아가는 과정. '다시 꿈꾸는 프로젝트를 만들자! 혼자가 아니라 함께라면 더 용기가 나고 힘이 날 거야!' 지금도 끊임없이 나를 일으켜주는 일, 바로 무엇인가를 찾고, 행동하고 실천하는 것이다. 우선 의미치료 심리상담기법으로 자신의 감정을 알고, 치유하고, 다시 심장이 뛰고 꿈꾸는 과정을 찾는 여정을 자료로 만들면 된다. 그러고 보니, 지금 쓰고 있는 원고가 중요하게 쓰일 것 같다. 심리상담으로 나의 마음을 치유하고 잃어버린 꿈, 나를 찾기, 즉 자가 치유와 자기 계발을 동시에 하는 소그룹 프로젝트를 꿈꾸게 되었다.

돌이켜 보니 없다고 생각한 꿈이 두 가지나 있었다. 심지어 지금은 작게나마 그것을 실천하고 있다는 점이다. 아무것도 하지 않고, 꿈도 없다고 생각한 것이 아니었다. 생각을 글로 적으면 머릿속에 맴도는 것이 정리가 된다. 바로 이것이다. 내가 꿈을 잃었다고 생각했지만, 꿈을 꿀 수가 있어서 기쁘다. 나에게 꿈이란 삶의 방향을 안내하는 등불과 같다. 이제는 집에만 있을 수가 없다. 꿈을 향해 밖으로 나가야 한다. 세상으로 나가지 않으면 꿈은 이루어지지 않는다. 세상이 나를 불러주지 않는다고 절망할 필요가 없다. 내가 누구인지 모르고, 무엇을 할 줄 아는지 모르기 때문이다. 처음부터 가지고 태어난 것도 아니고, 나를 후원해 줄 분도 없다. 그렇다고 속상해할 필요는 없다. 나를 응원해 줄 가족이 있기 때문이다. 내가 가만히 있는 것보다, 세상에 나가려고 노력하고 행동하면 함께 기뻐해 준다. 과거에도 잘 해왔고, 앞으로도 잘 해낼 것이라고 나는 믿는다.

Chapter 6.

이제서야
엄마의 길을
걷는다

너희도 엄마처럼 살길 바란다

엄마의 모습을 보고 내가 자랐고, 이제는 딸들이 나의 모습을 보고 자란다. 나는 두 딸에게 항해하고 있는 아이들의 배가 안전하게 각자의 집에 잘 도착할 수 있도록 해주는 등대가 되고 싶다. 내가 살아온 환경보다 더 좋은 환경에서 살아보고 싶었고, 해맑고 자신감 넘치는 사람으로 살아보고도 싶었다. 아픔과 상처를 받지 않고 곱고 단아하게 살아가고 싶었지만, 현실은 나의 바람대로 되지 않았다. 내가 태어난 환경에 적응하며 살아가야 하고, 아프더라도 훌훌 털어버리고 앞으로 나아갈 수 있게 용기를 내야 했다. 그것이 나의 삶이었다. 나도 과거를 거시적으로 바라보면 괜찮은 삶을 살았다고 본다. 순간순간 실패하고 후회한 적도 많고, 혼나는 말도 많이 듣고 지냈다. 하지만 꾸준히 몰두하면 만족스러운 결과를 낸다는 것도 알게 되었고, 끊임없이 무엇인가 하게 되면 훗날 생각지도 못한 기회가 온다는 것도 알게 되었다. 매일 나의 부족함과 싸우고 있지만, 조금이라도 긍정적이고 좋은 선택을 함으로써 더 희망차게 살아갈 수 있다.

나의 손은 또래보다 검고 굵으며 거칠다. 손이 고운 사람들의 모습을 보면 부럽기도 하지만, 그동안 내가 어떻게 살아왔는지 잘 알기에 부끄럽거나 싫지는 않다. 아이들이 나에게 엄마의 손이 왜 굵고 거치냐고 물으면, 외할머니를 따라다니며 농사일을 도와서 그렇다고 말했다. 외할머니를 따라 밭에 가서 잡풀을 뽑고 채소를 가꾸는 일을 하는 순간이 가장 행복했다고 이야기했다. 손톱에 흙이 끼어있고, 겨울에 자주 손이 터서 따가울 때도 있었지만, 부모님과 함께하는 시간은 어느 것보다 값지다는 것을 알기에, 지금 신체의 변화에 부정하고 싶지 않다. 주름과 주근깨가 늘어서 나이가 더 들어 보이고 고생을 한 모습을 하고 있지만, 웃음 짓는 모습만큼은 잃어버리고 싶지 않다.

외적인 면보다 내적인 면이 풍족하기에, 만족스러운 삶을 살고 있다고 본다. 나의 소임대로 살아가고 있다는 것은 분명하다. 유명한 사람이 아니라서 증명할 방법은 없지만, 나의 길은 나 자신이 잘 알기에 아주 자랑스럽다. 몸이 아프면 아이들에게 스스로 밥을 챙겨 먹길 바라고, 청소와 정리를 매일 하지 않으며, 운전에 미숙해 멀리 가지 못하고, 수영을 못해 함께 수영하지 못하고, 새로운 요리를 잘 못해 매일 같은 요리만 해주며, 사교적이지 않고, 영어를 잘 못해 아이들의 친구를 쉽게 초대할 수도 없는 부족한 엄마이다. 그래도 아이들은 나와 같이 있는 시간을 좋아한다. 엄마가 완벽할 필요는 없었다. 완벽하지 않아도 아주 괜찮고 살아가는 재미가 있다. 부족하면 부족한 것을 채워 가면 된다. 모르면 찾아보고, 물어보고 알아 가면 된다. 주위에 사람들에게 인기가 많지 않았음에도 소중한 가족이 있고, 사랑하는 사람이 있어 외롭지는 않다. 내가 힘들고 아프면 함께 울어줄 친구와 가족이 있음에 다시 일어날 수 있다.

"엄마는 완벽하지 않아. 그렇기에 부족한 것을 채워가기 위해 계속 무엇인가 찾고 움직이는 것 같아. 엄마가 지금까지 살아올 수 있었던 것은 먼저 걸어간 외할머니가 계셨기 때문이고, 곁에서 응원해 준 이모가 있었기 때문이야. 지금은 너희들이 엄마를 지켜보고 있기에 엄마는 가만히 멈출 수가 없어. 그래서 엄마의 길을 계속 찾아서 걸어가야 해. 엄마의 삶이 소중한 것은 너희들이 있어서야. 어떤 것보다 너희들은 나에게 가장 큰 선물이야. 너희도 엄마처럼 자신이 하고 싶은 것을 좇아 걷다 보면 생각한 것보다 많은 성과를 이루고, 좋은 사람들도 만날 수 있을 거야. 때로는 새로운 곳에 가서 감명스럽고 환상적인 장면을 볼 수도 있어. 사랑하는 사람을 만나서 함께 같은 곳을 바라보고 살아갈 수도 있어. 내가 못 하는 부분도 지켜봐 주고, 응원해 주는 사람도 만날 수 있을 거야. 지금 엄마는 괜찮은 삶을 살고 있는 것 같아. 앞날은 알 수 없지만, 앞으로도 괜찮을 것 같아. 너희도 엄마처럼 살아가길 바래. 엄마도 외할머니의 길을 따라 걷는데, 걸을 만하더라고. 너희도 길을 걸어갈 때 엄마의 길을 바라보며 걸어가길 바래. 너희가 지켜볼 길, 엄마의 길을 잘 걸어갈 때 볼게."

친정엄마의 시간은 천천히 흘렀으면 좋겠다

친정엄마가 나의 엄마라서 감사하다. 아무리 힘들어도 자식을 포기하지 않고 지금까지 살아가고 계심에 감사드린다. 분명 엄마도 모든 것이 처음이라 어렵고 서툴렀을 텐데, 내가 지켜본 엄마는 완벽했다. 아무리 못해도 내 곁을 떠나지 않을 것 같은 사람, 내가 잘 못해도 끝에는 용서해 주고 안아주는 사람이다. 내가 엄마라면 해야 하는 것들을 모두 소화한 사람이 바로 친정엄마이다. 무조건적 사랑을 주는 존재, 자식을 바라보고 살아간다고 하지만, 진정 자식을 위해 살아가기도 한다. 그런 엄마를 친정엄마라고 한다. 4명의 자식을 뒷바라지하고, 그들의 자녀를 또 맞이하며 할머니로 살아가고 있는 엄마가 존경스럽다. 자식이 많은 만큼 일도 많았고,

이겨내야 하는 시련도 많았다. 하지만 그 모든 순간 잘 이겨내려 애를 쓰고 계신다. 전화할 때마다 반가운 목소리로 맞이해 주시고, 늘 우리가 행복하고, 건강하길 바란다며 이것 외에 다른 소원은 없다고 하신다. 늘 당신께서 부족하고 일하느라 바빠서 잘 해준 것이 없는데 스스로 잘 컸다고 하시는 말씀에 나는 눈물짓는다.

이보다 더 무엇을 해줄 수 있을까? 그것으로 충분한데 말이다. 엄마가 되어보니, 친정엄마는 몰래 숨어서 울고 보낸 시간이 얼마나 많으셨을까? 내가 엄마가 되지 않았다면 여전히 모르고 지냈을 것 같다. 어릴 때 고열이 나서 엄마가 나를 업고 동네 의사 선생님께 달려가셨다. 그 달려가는 동안 엄마는 얼마나 놀라고 걱정이 되셨을까? 새벽에 일어나서 자식들 도시락을 먼저 싸고, 아침 식사를 챙기신 후 일터로 나가셨는데, 그 당시에는 그것이 당연히 엄마가 해야 하는 일이라고 생각했다. 지금 아이들 도시락을 챙겨주는 것이 쉬운 일이 아님을 알게 되었다. 그 도시락을 고등학교 졸업할 때까지 챙겨주셨는데, 어떻게 그것이 쉬운 일이었을까? 주중에는 회사 일과 집안일을 하시고, 주말에는 농사 일을 하셨는데, 어떻게 그렇게 많은 일을 하실 수 있었을까? 부지런하고 희생하며 살아오신 엄마의 삶에 비하면, 지금 내가 아이들에게 해주는 일들은 모두 간단하고 편안한 일이다.

요리할 때마다 엄마와 함께한 추억들이 생각난다. 조금이라도 돕고 싶은 마음이 컸기에, 요리하던 엄마 옆에서 도왔다. 서툴고 못 하더라도 엄마는 요리하고 싶어 하는 나에게 기회를 매번 주셨다. 지금은 아이들이 내가 요리할 때면 옆에서 같이하고 싶어 한다. 밀가루를 꺼내어 반죽하고 있으면 아이들은 직접 반죽을 저어 보고 싶어 한다. 아이들이 반죽하고 나면 반죽이 밖으로 튀어 일거리는 두 배가 된다. 그 모습을 보며 나도 어릴 때 저랬을 텐데, 엄마를 도와준다고 한 일이 도운 게 아닐 수도 있다는 생각이 들었다. 하지만 누군가와 함께 부엌에서 요리한다는 자체를 좋아하셨기에 엄마는 늘 허용하셨다. 그래서일까, 가능한 한 나도 아이들을 불러서 같이하고자 한다. 채소 다듬는 것을 가르치고, 채소를 직접 볶게 시킨다. 집안일을 도와주는 사람이 나중에 더 잘 살아간다는 사실을 이야기해 주며, 함께하려 한다.

굵고 통통 부은 친정엄마의 손은 꾸밈조차 어색할 정도로 희생의 흔적으로 남아있었다. 그런 엄마를 그냥 둘 수가 없다. 10년 후면 둘째가 고등학교를 졸업한다. 그때까지 엄마가 건강한 모습으로 기다려주시면 좋겠다. 지금 형편상 함께 살지 못하지만 언젠가는 엄마를 모시고 싶다. 그동안 받았던 사랑을 엄마에게 되돌려 드려야 하는데 말이다. 엄마의 건강이 유지되면 좋겠는데, 앞날은 모르기에 사실 불안하고 걱정된다. 지금은 딸들을 먼저 돌봐야 해서 엄마에게 달려갈 수가 없다. 엄마는 늘 고향을 떠나시지 않고 그 자리에 계신다. 매일 채소를 키워 다듬고, 동네 친구들과 식사

이젠 엄마의 감정을 돌볼 시간이다

를 같이하고 시간을 보내신다. 대식구의 식사를 준비하느라 친정 엄마의 손은 커졌다. 많은 음식을 하고, 김치도 넘칠 정도로 많이 하셨다.

최근 몇 년 전만 해도 엄마의 일이 줄어들길 바랐지만, 이제는 하고 싶으셔도 몸이 편치 않으셔서 자연스럽게 일을 줄이셨다. 무릎의 연골이 닳고 닳았어도 버틸 대로 버티시고 70살이 되던 해에 양쪽 무릎을 수술하셨다. 무릎을 많이 쓰셨기에 일찍부터 다리가 아프셨지만, 두 다리로 걸어 다닐 수 있는 것만으로도 감사한 일이라고 하신다. 거기서 아픔이 멈췄으면 좋았을 텐데, 이제는 허리가 굽어지고 불편해 보인다. 엄마의 건강 변화를 보면서 언제까지나 건강하기만 바라는 것은 나의 욕심이란 것도 알고 있다. 엄마에게 받기만 하고 챙겨드리지 못해서 죄송하다. 그래도 오빠, 언니들이 있어서 엄마를 챙겨드리고 있으니 이렇게 걱정을 뒤로하고 이민을 올 수가 있었다. 이럴 때 자식이 많아서 좋다. 돌아가며 한 번씩 연락하고 찾아뵈어도, 엄마는 매일 자식과 연락하고 지내신다. 엄마는 자식들도 자녀를 키우느라 바쁘고 정신없이 생활한다는 것을 잘 알고 계신다. 엄마가 세상을 떠나신다고 생각하면 나는 아무것도 못 할 것 같다. 그런 날을 상상하고 싶지 않다. 언제까지나 함께하고 싶고, 늘 그 자리에서 계셨으면 좋겠다.

나는 모든 엄마들이 친정엄마와 같은 사람들이라고 생각했다.

엄마는 자기 자신보다는 자식들을 위하고, 자식들의 마음을 먼저 헤아려주는 존재다. 하지만 결혼하고 아이들을 키우다 보니, 엄마라고 다 같은 엄마가 아니라는 것을 간접적으로 알게 되었다. 자기가 낳은 자식보다 엄마의 마음을 먼저 생각하여 엄마를 반대로 더 챙기는 이들도 많았다. 그래서 지금까지 친정엄마가 보여주신 모습이 얼마나 대단하고 훌륭한 것이라는 사실을 알게 되었다. 예전에 엄마의 모습이 못마땅하고 이해 안 될 때가 있었는데, 지금 생각해 보니 철이 없었고 어리석은 생각이었다. 그때로 돌아가서 그렇게 생각한 나를 혼내고 수정하고 싶다. 지금 엄마의 딸로 살아가고 있음에 영광스럽고 감사하다. 엄마는 자식 일을 생각하면서 속이 쓰릴 정도로 아파한 날들이 많다. 엄마는 자식이 자신과 같다고 생각하여, 자식에게 일이 생기면 똑같이 가슴 아파하고 일이 해결되기까지 잠을 설치신다. 엄마가 자식을 동일시하는 것은 자식을 독립적으로 키우는 데 걸림돌이 되지만, 적절히 선을 지키며 감정을 조절하면 세상에 없는 조력자가 된다.

가끔 딸과 엄마 사이가 좋지 않은 사람들을 보면 서로 표현하는 방법이 다르고 서툴러서 그럴 뿐이지, 딸과 엄마의 관계는 여전히 돈독하다. 자기 자신을 위해서 살아오다가 자식이 태어나고, 자식과 살아가다 보니 부모님을 챙기지 못하고, 자연스럽게 소홀해진다. 자식은 되기 쉬워도 효자가 되기는 어렵다. 내가 부모님을 걱정하며 챙기지 못해 자책하고 있을 때, 먼저 살아오신 엄마 또래의

이젠 엄마의 감정을 돌볼 시간이다

선생님께서는 내가 지켜야 하는 가족이 우선이라고 말씀하셨다. 그것이 자식이 해야 할 도리이고 정답이라 하셨다. 그래서 아이들이 독립하고서야 부모를 챙기는 사람들이 많다. 그때가 되어서라도 부모님과 많은 시간을 보낼 수 있게 부모님의 시간은 천천히 흘러갔으면 좋겠다. 지금까지 아낌없이 주시는 엄마의 사랑을 받고만 있을 수 없는데, 딸이라 지금도 여전히 받고만 있다. 엄마가 밝혀주는 빛을 따라 부족한 딸은 오늘도 살아가고 있다.

3.

이제는 내가 당신에게 큰 힘이 되어 줄게

　사랑으로 인연을 시작했지만, 현재는 미움의 대상인 남편, 하지만 미워해서는 안 될 존재이기도 하다. 혈연이 아닌 어느 누가 나와 오랜 시간을 같은 공간에서 살아갈 수 있을까? 평생을 함께 살아야 하는 사람이 바로 남편인데, 그 존재의 가치를 망각하고 살아가고 있다. 하교하는 둘째를 데리고 학교 주차장에서 나오는 길에 후면 주차한 차가 갑자기 튀어나와 가벼운 접촉 사고가 일어났다. 상대 운전자는 둘째의 2학년 때 보조 선생님이셨다. 사고가 날까 봐 운전을 조심하고 웬만하면 운전을 덜 하려 했는데, 일이 터지고 말았다. 다행인 것은 상대방의 신분이 확실해서 더 안심했다. 선생님이 놀라서 손을 떨고 계셨고, 나는 보험증과 사고 흔적을

이젠 엄마의 감정을 돌볼 시간이다

사진으로 찍어두었다. 차를 안전한 장소로 이동시킨 후 남편에게 전화해서 사고 후처리를 도와달라고 했다. 남편이 학교로 급히 달려와서 보험사에 연락했다. 보험사의 통역사를 통해 사고가 일어난 상황을 비롯하여 차 수리와 보험보상에 관해 이야기했다. 한국에서와 다른 점은 언어의 차이뿐이었고, 그 외의 사고 처리는 비슷했다.

다음 날 남편과 수리점에 가서 접수하고 견적을 받았다. 다행히 약간의 손상만 있을 뿐, 다친 사람들이 없기에 무사히 넘어갔다. 며칠이 지나서 다시 차를 수리하러 수리점에 갔다. 차 안의 물건들을 꺼내고 정리하는데, 얼마 전 받은 내년 차 보증 카드가 보이지 않았다. 중요한 것인지 몰랐고, 영수증인 줄 알고 몇 주를 가지고 있다가 버린 것이었다. 재신청하면 되지만, 또 남편의 도움을 받아야 했다. 나는 차와 관련된 것은 모두 모르고 서툴렀다. 남편이 재발급 추가비를 내고 급히 신청해 주었다. 일을 처리한 후 남편은 다시 회사로 돌아갔다. 한국이었다면 모두 혼자서 할 수 있는 일이었는데, 남편이 외출하여 돕고 다시 회사로 가는 모습을 보니 고맙기도 하고 미안하기도 했다. 하지만 고맙고 미안한 표현을 하지 못했다. 중요한 것을 잃어버렸다고 남편에게 쓴소리를 들으니 더 기분이 좋지 않았다. 순간적으로 나오는 말들이 나의 감정을 상하게 했다. 이런 일이 또 생기게 된 것이 더 속상했다. 평소 화를 내더라도 남편은 내가 잘 못하는 일을 도와준다. 그렇기에 나는 남편을 더 신뢰하는지 모르겠다. 남편은 자신의 의견을 직설적으로 표현하지 않고 둘러서 이야기한다. 악한 마음으로 나에게 이야기하지 않지만, 나는 남편의 말을 이해하기까지 오랜 시간이 걸렸다. 그리고 무색할 정도로 남편의 호의를 인정하지 못했다.

   어느 날 저녁 식사를 마친 후 남편이 "이 음식 왜 남긴 거야?"라며 남긴 음식에 대해 지적했다. 남편의 말을 단순히 들으면 어린아이를 혼 내는 것 같다. 하지만 남편의 의도는 더 먹고 싶다는 것, 즉 "남은 음식 내가 먹어도 돼?"를 뜻한다. 나는 그 말을 듣고서 "응, 그것 먹어도 돼. 먹어."라고 대답했다. 결혼 생활 10년쯤 되자 남편이 하는 말의 의도를 알게 되면서 점점 생활이 편해지기 시작했다. 서로 다른 환경에서 살아온 사람이 함께하면 서로를 모르는 것이 많기에, 신혼 초 그렇게 많이 싸운 것은 당연했다. 어떻게 상대방의 속마음까지 알 수 있을까? 회사와 집만 오가며 살아가는 남편처럼 일을 할 수 있을까? 나는 남편처럼 일을 할 수 없을 것이다. 내가 맡은 일이 남편과 다르기도 하지만, 회사와 집만 오가며 회사 일을 일주일 내내 한다는 자체가 답답하고 힘겨워 보인다. 40대 중반은 일을 하기에 가장 좋고 성과를 낼 수 있는 나이이다. 기존의 직장 경력이 어느 정도 쌓였고 올라갈 자리도 있다. 그렇기에 일을 하는 만큼 결과가 나올 수 있다고 생각해서인지 남편은 더 열심히 한다.

이젠 엄마의 감정을 돌볼 시간이다

이곳으로 이사 오면 남편이 일찍 퇴근하고 주말에 가족과 함께 하는 시간을 더 많이 가질 수 있을 것으로 생각했다. 출퇴근 시간 이 자유로운 회사에 다니고 있지만, 남편은 한국에서와 같은 시간 에 회사를 가고 집으로 돌아온다. 어떨 때는 새벽에 나가서 일을 하기도 한다. 이웃에 사는 지인도 한국보다 더 많은 일을 하고 온 다고 한다. 언제든지 해고가 가능하기에 방심하며 살아가는 사람 이 없다. 성과를 내어 몸값을 높이면 이직도 쉬운 곳이 이곳이다. 매일 같은 일을 반복하며 예민하게 살아가는 남편의 건강이 나빠 지지 않을까 걱정이 된다. 최대한 남편에게 집과 아이들에 관한 일 을 덜 주려 하지만, 내가 할 수 없는 일이 생길 때는 미안하고 곤란 해진다. 한편으로는 남편이 아이들과 함께하는 놀이와 이야기가 줄면서 더 아이들과 더 멀어지는 것을 보면 안타깝다. 집에 돌아 와 저녁식사를 한 후 남편은 휴식 시간을 가진다. 그사이 아이들 은 공부를 하고 자유 시간을 가진다. 아이들이 잠자리에 들기 전, 남편은 아이들의 방을 다니며 아이들과 짧은 대화를 나눈다. 특히 첫째와 남편은 어릴 적 오랜 시간을 함께해서인지 사이가 돈독하 다. 하지만 사춘기에 접어들면서 첫째는 아빠와 길게 이야기하지 않는다. 남편이 점점 더 외로워지지 않을까 하는 생각에 함께하자 고 하지만 몸이 피곤하고 할 것이 많은 남편은 그 시간을 또 함께 하지 못한다. 이런 모습이 일반적인 40대 아빠들의 모습이 아닌가 싶다. 일을 하기에도 시간이 부족한데 가족을 챙겨야 하는 부담을 가지고 있다.

때로는 가족 일에 관심이 없을 뿐 아니라 가족의 마음을 이해해 주지 못하고 일만 하는 사람으로 비춰진다. 하지만 그래도 집에서는 없어서는 안 될 존재이다. 회사 일이 없고 여유로울 때는 다정한 남편과 아빠로 돌아온다. 남편이 이렇게 함께하는 것을 좋아하고, 나들이와 쇼핑을 좋아하는 사람인지 잠시 잊고 살았다. 당장 하루를 살아가기에도 바쁜 남편에게 미래를 위해 대비하고 준비하라고 말할 수 없다. 남편은 매일 최선을 다하면서 자신이 할 수 있는 것에 열정을 쏟기에, 인정을 받게 되고 갑작스런 좋은 기회가 찾아오기도 한다. 일에 집중하니 그 외의 것은 쉽게 포기하거나 욕심조차도 내지 못한다. 아빠가 되면서 많은 것을 내려놓았다. 자신이 하지 못하고 갖지 못해도 슬퍼하거나 억울해하지 않는다. 그런 것을 생각할 여유조차 없어 보인다. 자신이 해야 하는 일, 책임져야 하는 일들을 매일 생각하며 지내고 있다. 남편이 시간이 없어서 하지 못하는 일을 내가 찾아서 도와줘야 한다. 그래도 나는 남편보다 일이 적고, 시간이 많다. 지금은 남편에게 부담이 되는 부분을 덜어줄 수 없지만, 남편의 은퇴를 대비해서 내가 노후 준비를 알아봐야 한다. 지금은 남편이 벌어다 주는 돈으로 생활하고 아이들을 가르치지만, 그것이 멈춰지거나 하지 못할 때를 대비해야 한다. 설령 실천까지는 못하더라도 무엇을 해야 하는지 알고 있어야 한다. 남편에게 50대가 되면 나는 지금보다 더 본격적으로 경제 활동을 할 것이라고 이야기했다. 지금은 씨앗을 뿌리고 밑거름을 주고 있는 시기이니, 싹이 트고 자랄 때까지 기다려 달라고 했다.

이젠 엄마의 감정을 돌볼 시간이다

평행선을 유지하며 걸어가는 남편에게 나이가 들수록 나에게 기대어도 된다고 말하고 싶다. 나는 몸과 마음이 아파 치유하는 시간을 가지기도 했고, 공부방을 만들고, 심리 공부하고, 책을 출간하기 위해 투자금을 쓰기도 했다. 갑자기 주말에 지인들과 가족 모임을 만들거나 아이들의 친구들이 집으로 놀러오기도 했다. 나는 남편에게 새로운 일을 만들어 주는 존재다. 아주 좋게 해석한다면, 단순히 자신의 일만 하는 남편이 다양한 경험을 할 수 있게 하지만, 사실상 쉬고 싶어 하는 남편에게 무한한 일을 준다. 그동안 가만히 있지 못하고 조금씩 일을 만드는 나를 그래도 도와주고 믿어줘서 감사하다. 이제는 남편에게 주는 일거리를 줄이고 큰 힘이 되어 주는 존재로 살아가고 싶다. 속상하고 미워할 때도 많았는데, 내 옆에서 아이들을 함께 잘 돌봐주고, 우리 가족의 보금자리를 마련해 주는 남편에게 더 신경을 써야겠다. 마음이 지금보다 더 편할 수 있고, 집이 포근한 안식처가 될 수 있게 아내의 역할을 해야겠다.

4.

어제는 우울이 찾아왔고,
오늘은 행복이 찾아온다

　인생의 목표가 더 나은 삶, 행복을 찾아가는 길이라고 한다. 하지만 이제는 행복을 따라가기보다, 현재의 순간을 받아들이면서 행복이 이미 온 것임을 확신한다. 함박웃음을 지으며 행복한 시간을 보냈고, 앞으로도 그 행복이 계속될 것 같다고 생각했지만, 하루아침에 무너지는 일도 많이 경험했다. 오늘이 불안하고 힘겨워서 어떻게 살아갈지 모를 때가 있다면, 내일은 오늘보다 안정되고 나은 삶을 살 수 있다는 것도 알게 되었다.

　"너는 이제 많이 단단해진 것 같아. 어떤 힘듦이 있더라도 잘 이겨내는 것 같아!"

　이렇게 친한 언니가 나에게 이야기해 주었다. 나를 20년 정도 지켜본 언니는 과거의 나와 현재의 나를 잘 알고 있기에 할 수 있는 이야기였다.

"언니, 그동안 어려운 일들이 처음에는 힘들어서 많이 울고, 막막하고 두려웠지만, 이제는 앞으로 어떤 시련이 와도 잘 이겨낼 것이라는 믿음이 있어요. 그래도 당장은 아주 힘들다는 것은 잘 알아요."

언니의 말이 맞는 것 같다.

우리 가족을 포함한 여섯 가족이 처음으로 가까운 근교로 캠핑하러 갔다. 사정상 세 가족은 하룻밤을 함께하지 못하고 집으로 돌아갔고, 나머지 세 가족은 캠핑장에 남아서 함께 추억을 만들었다. 함께하는 순간이 즐거워 긴 시간 동안 같이 있고 싶었다. 다음 날 비가 와서 비를 맞고 일정을 소화했다. 이번 캠핑은 몸은 피곤했지만, 최고의 가치 있는 날이었고, 여러 명이 함께하여 뿌듯한 여행이 되었다. 그런 기분이 오랫동안 유지되길 바랐다. 다음 날 캠핑 물품 정리와 청소를 하고 있는데, 회사에 있을 남편이 집으로 돌아왔다.

"잠깐 나랑 이야기 좀 나누자!"

상기된 얼굴로 말하는 남편이 뭔가 이상했다. 역시나 일어나면 안 될 일이 일어난 것이었다. 이전까지의 시련과는 전혀 다른 폭풍이 불었다. 한 번도 경험하지 못한 시련이었다. 땅이 꺼질 듯한 기분이었지만, 차분히 앞날을 생각해야 했다. 하루가 다르게 마음이

바뀌는 남편을 달래며, 함께 시간을 보내야 했다. 그래도 이번만큼
은 혼란스러워서 힘들어하거나, 다시 불안하거나 우울감에 빠지지
않게 단단히 마음을 먹으려 했다.

아이들을 학교에 보내고, 남편과 근처로 나가 매일 걷자고 제안
했다. 복잡한 마음의 정리를 해주고, 현실을 받아들이는 과정이
빠를수록 앞날에 대처하는 힘이 생긴다. 그렇기에 깊은 동굴로 들
어가려는 남편을 무조건 밖으로 유인했다. 사실 남편뿐만 아니라
나도 늪에 빠지기 전에 멀리 도망가야 했다. 그동안 쉬지도 못하고
계속 달려온 남편이 이런 이유로 쉰다는 것은 더 불쌍하고 초라해
보였다. 당장 어제까지 해오던 학원 일정을 취소하거나 변경해야
했다. 미리 잡아둔 연말 여행도 취소했다. 삶의 패턴이 바뀌게 되
고, 앞으로 더 힘든 여정이 기다리고 있다는 것도 잘 알고 있다. 하
지만 그 여정이 어느 만큼의 고통을 줄지 모르겠지만, 방법은 있을
것이라 믿고 열심히 찾아보고 있다. 하나라도 손해를 보지 않거나,
눈을 낮추지 않고 욕심만 부려서는 안 되는 순간이다. 한국이었다
면 이런 일이 벌어지지 않았겠지만, 미국이기에 가능한 것이었다.
아직도 믿어지지 않지만, 현실을 부정할 수도 없기에 지금 하루를
살아가고 있다.

"어려울 때 엄마, 아빠가 싸우고, 힘겨워하면 아이들은 더 불안
을 느껴. 어쩌면 이 시련이 우리에게 기회가 될 수 있어. 아이들도

이젠 엄마의 감정을 돌볼 시간이다

이참에 절약하는 법을 배우기도 하고, 우리가 모든 것을 다해 줄 수 없다는 것을 잘 알 거야. 고난이 왔을 때 우리가 어떤 자세를 취하고 어떻게 해결해 나가는지 보여준다면 아이들에게는 무엇보다 좋은 교육이 될 거야. 우리 아무리 힘들어도 싸우지 말고 잘 해결해 나가 보자! 돈이 문제지, 그 외의 것은 모두 괜찮잖아! 그리고 동네 도서관 이층이 아주 좋거든. 조용하고 앉아서 컴퓨터를 이용해 공부할 수도 있어. 우리 오전에 그곳에 가서 공부하고 오자!"

남편은 묵묵히 나의 말을 듣고 있었다. 나도 나름대로 차분히 대처하는 것 같았다. 그동안의 시련을 통해 어떻게 행동해야 하는지 그 방법을 배운 것 같다. 지금 시련이 왔다고 해서 계속 안 좋아진다는 보장도 없고, 갑자기 시련이 사라지지 않는다는 것도 알고 있다. 감사하게도 남편은 금방 마음을 잡고 본인이 해야 할 일을 처리하고 있었다. 위기에 처해 있는 남편이 신중하게 일을 할 때마다 더 믿음이 갔다. 급한 나의 성격을 진정시켜 주기도 했다. 아이들에게 집안 사정이 좋지 않아 앞으로 많은 부분을 멈추고 못 할 것이라고 이야기했다. 숨긴다고 해서 숨겨지는 것이 아니기에, 아이들에게 현실을 솔직히 이야기했다. 첫째는 이 상황을 이해한 듯 바로 행동이 달라졌고, 어린 둘째는 예전과 다름없는 생활을 하고 있다.

"아빠, 그동안 쉬지 않고 너무 일만 했어. 이제 좀 쉬어도 돼. 더 좋은 곳으로 가면 되지. 아빠의 능력을 못 알아본 회사가 실수 한 거야!"

하루에도 몇 번씩 감정이 바뀌는 사춘기 소녀 첫째가 어느덧 의젓하게 우리를 위로해 주었다. 매번 결핍을 억지로 만들어 주려고 애를 썼는데, 이제는 억지로 만들지 않더라도 진짜 결핍이 아이들에게 왔다. 이날이 있을 줄 알고, 첫째는 몇 년에 한 번 받을 것 같던 상을 하루에 3개를 받았다. 한국학교에서 '이달의 학생상'을 수상했다. 2년마다 받을 수 있는데, 반마다 6명만 추천이 된다. 더군다나 학기 초라 아마도 눈에 띄는 학생에게 주어지는 상이어서 더 감사했다. 그리고 아름다운 한글 주제로 교육원에서 주최하는 글짓기대회에서 상과 상금을 받았다. 이러한 좋은 기운이 힘겨운 아빠에게 큰 보람을 전해주는 것 같았다. 마냥 어리다고 여겼던 첫째가 진정 장녀가 된 느낌이었다. 무엇보다 전학을 와서 한참 주눅 들고 힘겨워한 첫째였기에 이번 상의 의미는 남달랐다. 조금씩 예전처럼 자신감을 찾고 생활의 흥미를 느끼게 해줄 계기가 된 것 같다.

얼마 전까지 힘들었던 모든 상황이 얼마나 감사했는지 알게 된다. 깊은 잠을 못 자고, 스트레스를 받고, 막막한 미래가 두렵지만, 시련이 닥쳤을 때 해야 하는 행동강령을 통하여 시련과 더불어 살아가고 있다. 심리상담 공부를 하지 않았다면, 그리고 시련을 겪어보지 않았다면, 이번 폭풍을 어떻게 견딜 수 있을까? 분명 현실은

이젠 엄마의 감정을 돌볼 시간이다

다른데, 마음은 어제와 다름없다. 그리고 평정심을 유지하면서 아내와 엄마로서 해야 할 역할들을 소화하고 있다. 이만하면 괜찮은 삶이 아닌가!

우리가 살고 있는 이곳을 떠나야 할 순간도 찾아올지 모르겠지만, 차례대로 잘 해결해 나갈 것이라 믿는다. 깊은 우울 속에 빠져 있을 때가 어렵지, 한번 빠져나와 보면 다음번의 우울은 더 빨리 빠져나올 수 있고, 이것을 반복하다 보면 우울함에 빠지지 않는 법을 배우게 된다. 앞날은 어찌 될지 모르기에 불안하지만, 과거의 경험을 통해 지혜롭게 대처하여 미래를 살아갈 수 있다. 현재 나의 미래가 어떨지 모르기에 당장 현재를 잘 살아가면 되는 것이다. 행복은 바로 현재에 있다는 것을 잊으면 안 된다.

시련은 또 하나의 이야깃거리를 만들어 주는 소중한 것이다.

힘겨울 때 옆에 있어 주는 단 한 명만 있어도 일어날 수가 있다. 그 한 명이 곁에 있으면 감사하지만, 없어도 상관없다. 그 한 명이 바로 내가 되면 된다. 내가 나를 돌보면 된다.

왜 항상 아이들의 감정만 우선시되어야 할까?

엄마의 역할은 임신하면서부터 시작된다. 배 속의 아기는 건강하고 안전하게 잘 크고 있는지 매일 확인을 한다. 태교 음악을 듣고, 긍정적인 대화를 하고, 좋은 부모가 되기 위해 최선을 다해 준비한다. 엄마들은 출산에 이르기까지 한순간도 방심한 적이 없다. 엄마는 아이가 독립할 때까지 무거운 책임감을 가지고 살아가야 하기에, 온통 자녀에 집중해서 살아간다. 자녀가 슬프거나 힘든 일이 있을까 봐 노심초사하고, 행복하고 안전하게 지낼 수 있도록 모든 것을 아끼지 않는다. 관찰은 언제나 치밀하고, 관심은 섬세하다. 새 학기가 되면 적응은 잘하는지, 교우관계는 어떤지, 수업은 잘 따라가는지, 아이의 행동과 심리를 놓치지 않고 관찰한다. 내가 정말 이 아이를 잘 키우는 게 맞는지 아동심리 서적을 읽거나 자녀 교육 영상을 보면서 매일 자녀를 위한 삶을 살아간다. 하지만 아이에게 신경 쓰면 쓸수록 점점 엄마 자신은 돌보지 못한다. 설상가상 말 잘 듣던 아이가 고학년이 되면서 자기주장대로 행동하며 점점 엄마를 밀쳐내는 날들이 이어진다. 놀랍게도, 이렇게 엄마의 자리가 잠시 흔들릴 때야 비로소 엄마는 자기 자신과 마주한다.

거울에 비친 모습을 보니 주름과 흰머리가 어느새 늘어나고, 마흔에 접어들면서 체력적 한계가 확실히 느껴지며 몸 이곳저곳 안 아픈 데가 없다. 아이들 키우기도 바쁜데 몸과 마음이 고장 난 곳이 생기니 속상함은 몇 배가 된다. 몸이 아프면 치료하고 며칠 쉬어주면 낫는데, 정신적으로 아픈 것은 잘 낫지도 않는다. 엄마가 아프면 자녀를 제대로 돌볼 수 없기에 미안해하고 죄책감은 더 커진다. 요즘 정신적으로 힘든 엄마들이 참 많다. 안타까운 것은 자신을 돌봐야 하는 시간인데도 자신이 아픈지도 모르고 지내는 분이 많다.

엄마는 생각보다 강하지 않다. 그런데 어쩌면 엄마 자신을 '슈퍼우먼'이라고 여기는 사람은 그 누구보다도 엄마들 자신인 것 같다. 엄마라는 존재도 마찬가지다. 때로는 아이처럼 혼자서 몰래 숨어 울기도 하고, 육아와 일을 하느라 지쳐서 방전된 상태로 보낼 때도 많다. 깊은 우울감에 빠지기도 하고, 불안하고 무기력한 시간을 보내기도 한다. 현재를 살아가기도 벅찬데 미래를 준비해야 하는 부담감도 느끼고 산다. 자녀들이 뒤처지거나 부족할 때는 아이를 잘못 키웠다는 죄책감에 시달리기도 한다. 주부가 되면서 일도 육아도 완벽하게 해내지 못함에 만족스럽지 않은 삶을 이어간다. 때로는 열심히 살아가고 있음에도 이룬 것이 없는 상실감과 공허감을 느낀다. 엄마 각자의 아픔이 있지만, 누구도 이야기를 잘 들어 주지 않는다. 어쩌면 엄마 자신의 감정을 가볍게 느끼며, 타인에게 자신의 감정을 드러낼 만큼 용기가 나지 않아서인지도 모르겠다.

이뿐이랴. 엄마에게도 당연히 정신적으로 힘든 시련이 찾아온다. 불청객처럼 어느 날 갑자기 찾아오는 시련들이 있다. 부모님을 떠나보내야 하기도 하고, 병든 자신을 마주해야 하며, 경제를 책임져야 하는 순간도 온다. 또한 시댁이나 친정의 가족 문제로 골치 아픈 일이 생기기도 하고, 직장이나 자녀의 학교에서 문제가 발생하기도 한다. 때로는 가장 곁에 있는 부부끼리도 여러 가지 문제가 생긴다. 어쩌면 이미 겪은 분도 있을 것이고, 앞으로 찾아올 사

이젠 엄마의 감정을 돌볼 시간이다

람도 있을 것이며, 시간이 많이 흐른 다음에 찾아올 수도 있을 것이다.

나에게도 그런 시련이 찾아왔다. 첫째가 두 돌 되는 해, 나는 주부우울증과 공황장애를 진단받았다. 몸이 아프면 약을 먹고 치료하면 되는데, 이 병은 말하지 않으면 아무도 모른다. 아이들의 행복을 위한 삶을 원하면서, 진정 나의 행복을 찾지 못하고 있었을 때였다. 아니, 자기 행복은 대체 어떻게 찾는 것인지 방법 자체를 몰랐다. 나는 병을 마주하면서 세상을 바라보는 태도가 바뀌었다. 아이들이 행복해야 내가 행복한 것이 아니고, 내가 행복해야 아이들이 행복하다는 것을 알게 되었다. 우선 엄마인 내가 행복해지기 위해 노력해야 했다. 그렇게 나는 우울과 불안의 원인을 찾고, 고통 속에서 벗어나고자 노력했다. 병원 치료를 하면서 많은 책을 읽었고, 나를 살리고자 심리 공부를 시작했다. 약을 먹는다고 증상이 단번에 완화되지는 않았다. 책에서는 나와 같은 병명을 가진 사람들이 생각보다 많았고, 비슷한 방법으로 치유, 회복하는 과정을 알게 되었다.

처음에는 나를 살리기 위해 시작한 공부가 그다음에는 가족, 나아가 타인을 살릴 수 있다는 것을 알게 되었다. '이것은 내 삶의 숙명이다.' 아픔의 끝에서 나는 비로소 삶의 의미를 발견한 듯했다. 그리고 아주 조금 더 시간이 흐르고 나는 의미치료 심리상담사가 되었다.

엄마들은 항상 자신의 마음이 아픈 것보다, 자녀의 마음을 더 알려고 많이 노력한다. 심리 공부를 제대로 하며 깨달은 바는 '엄마의 감정이 늘 먼저다,'라는 사실이다. 그렇다. 아픈 엄마의 마음을 먼저 치유하기를 바란다. 엄마가 치유되고 행복해야 자녀를 행복하게 키울 수 있으므로 엄마의 마음 돌보기가 전제되어야 한다고 생각한다. 엄마들은 아이들을 위한 감정 공부가 아니라 진짜 엄마를 위한 감정 공부를 해야만 한다. 나는 이제 마음이 힘들 때 마음을 다스리는 법을 알고 있기에, 내 딸의 마음이 아프면 일어서는 법을 가르쳐 줄 수가 있다. 나에게 없는 것은 타인에게 줄 수 없다는 사실. 나는 그것을 마음이 아주 많이 아프고 난 뒤에야 깨달았다. 그리고 엄마의 마음 상태를 중요하지 않고, 쉽게 치유가

이젠 엄마의 감정을 돌볼 시간이다

된다고 생각하지 말고, 자신과의 감정과 많은 대화를 나누고 많은 시간을 가지길 희망한다. 그래서 나는 마음이 아픈 모든 엄마가 자신을 돌보는 시간을 더 많이 가지기를 바란다. 그것은 시간 낭비나 철없는 어리광도 아니다. 알다시피 우리의 인생은 장기전이다. 우리는 한 해 두 해, 10년 20년 아이를 키우고 끝나는 것이 아니다. 긴 시간 '엄마'의 역할을 다양하게 해나가야 할 것이다. 아이가 완전히 독립한 뒤에도 '나'는 남는다. 내 삶에는 언제나 내가 남아 있다. 이것으로 충분하지 않은가. 지금이라도 시간을 들여 '나'라는 자신을 관찰하고 이해하고 더 깊이 사랑하기 위해 노력해야만 할 이유가.

마음이 아픈 누군가가 정신의학과에 갈 용기가 나지 않고, 자신이 느끼는 감정이 무엇인지도 모를 때, 너무나도 힘든 상황인데 누구에게도 말할 수 없고, 어떻게 해야 할지 모를 때, 그럴 때 이 책이 스스로 자신의 감정을 이해하고 치유할 수 있게 도움이 되었으면 한다. 앞으로도 나는 여성 전문 의미치료 심리상담가로 행복한 여성이 많아질 수 있는 방법을 찾고 노력하고 있을 것이다. 특히 마음이 아픈 엄마들이 각자의 자리에서 더욱 힘을 낼 수 있도록 여러 가지 방법으로 그녀들을 도울 것이다. 오랜 주부우울증으로 아픔 끝에 내가 발견한 삶의 소명은 이것이다. 이 책이 마음이 아픈 엄마에게 작은 길잡이가 될 수 있다면 더 바랄 것이 없겠다. 그리고 모든 엄마들이 더 힘을 내어 행복한 자신의 삶을 살기를 희망한다.

———

이 에세이는 다음 책들에서 영감을 받았다.

- 《감사하면 달라지는 것들》_ 제니스 캐플런
- 《내 삶의 의미는 무엇인가》_ 이시형, 박상미
- 《시작의 기술》_ 개리 비숍
- 《아주 작은 습관의 힘》_ 제임스 클리어
- 《우울한 마음도 습관입니다》_ 박상미
- 《행복도 배워야 합니다》_ 이시형